D1391014

Charisme fatal

LISA MARIE RICE

PROTECTIONS RAPPROCHÉES – 3

Charisme fatal

Traduit de l'anglais (États-Unis)
par Anne Ferréol-Dedieu

POUR **elle**

Vous souhaitez être informé en avant-première
de nos programmes, nos coups de cœur ou encore
de l'actualité de notre site *J'ai lu pour elle* ?

Abonnez-vous à notre *Newsletter* en vous connectant
sur **www.jailu.com**

Retrouvez-nous également sur Facebook pour avoir
des informations exclusives.

Titre original
NIGHTFIRE

Éditeur original
HarperCollins Publishers, New York

1

San Diego, Californie, 4 janvier, tôt le matin

— Plus fort ! gémit-elle.

Mike Keillor redoubla d'ardeur. Le lit grinça. La femme couchée sous lui avait les joues en feu et les yeux révulsés.

— Encore ! ordonna-t-elle entre ses dents serrées.

En arrivant, elle lui avait dit qu'elle aimait être dominée pendant l'amour. « Que ça ressemble un peu à un viol, tu vois le genre ? » C'est pourquoi il la tenait plaquée contre le matelas. Elle projeta son bassin en avant, violemment, et gémit encore une fois.

Cela ressemblait plutôt à de la douleur qu'à du plaisir.

Étonné, Mike s'arrêta de bouger et la lâcha. Elle avait les poignets tout rouges et qui commençaient déjà à enfler. Bon Dieu, il ne connaissait pas sa force ! Avec ses grandes mains, il venait de lui faire mal.

Et elle avait l'air d'aimer ça !

C'était dingue.

Horrifié, il se retira, se releva précipitamment et chercha les toilettes. Il ouvrit une porte, c'était un placard. La deuxième était celle d'une minuscule cuisine. À la troisième tentative, il se retrouva enfin dans la salle de bains. Il eut juste le temps de soulever le couvercle de la cuvette des W.-C. avant de vomir les whiskys et les bières ingurgités ce soir, en quantités égales, une demi-douzaine de chacun, ainsi que la part de frites censée éponger tout cet alcool.

Mais ce qui lui retournait l'estomac, c'était surtout d'avoir couché avec une espèce de folle qui avait envie qu'on lui fasse mal.

Il était encore penché au-dessus des toilettes, crachant de la bile, quand un ongle pointu comme une griffe vint s'enfoncer dans son dos nu.

— Hé, Ducon ! Tu m'as laissée en plan. Qu'est-ce qui t'arrive ?

Mike ne bandait plus. Il ôta la capote qui pendait au bout de sa queue et la jeta dans la poubelle archipleine.

— C'est à toi que je parle, dit la fille en lui enfonçant méchamment son pouce entre les omoplates.

Mike se retourna. Il n'avait pas la moindre idée de qui était cette nana. Avait-il jamais su son nom ? Sans doute pas. Elle ne le lui avait pas dit. Il n'avait pas eu la curiosité de le lui demander.

Il y avait beaucoup de bruit dans le bar où ils s'étaient rencontrés et ils avaient surtout communiqué par gestes – c'est-à-dire qu'elle lui avait mis la main à la braguette. Moins de cinq minutes après, ils partaient ensemble, en titubant ; direction chez elle, à deux rues de là.

Ce n'était pas une pute. Elle n'avait pas demandé d'argent. Elle voulait juste qu'on la baise.

Et qu'on lui tape dessus.

En la regardant mieux, il distingua des traces de coups sur son visage, deux cicatrices d'estafilade sur sa poitrine et des ecchymoses plus ou moins anciennes un peu partout sur son corps. Pour ce qui était de se faire taper dessus, c'était déjà arrivé, et pas qu'une fois. Elle avait dû servir de punching-ball à des tas de mecs.

Pour la décrire, on ne pouvait pas se contenter de dire qu'elle était mince : elle était maigre comme un clou. Non seulement elle ne mangeait pas suffisamment, mais elle devait manger des cochonneries. Elle avait dragué un inconnu dans un bar. Un gros balèze complètement saoul. Lui… Mike. Et maintenant, elle le provoquait.

Elle le gifla puis recula d'un pas et le toisa en essayant de se donner un air méprisant. Avec son rouge à lèvres tartiné autour de la bouche, elle était surtout pathétique.

— Tu entends, connard ? On est ici pour s'envoyer en l'air et on ne s'arrête pas tant que je n'ai pas dit stop. Et puis, tu vas gerber ailleurs, hein, couilles molles !

Mike resta impassible. Pourtant, elle le regardait avec une lueur d'espoir dans ses yeux noirs. Il se rendit compte qu'elle suivait un scénario qu'elle connaissait par cœur. Elle venait de mettre en cause sa virilité. Il était forcé de réagir. En principe, c'était là qu'il devait se mettre à hurler et à la frapper.

Elle attendait ça avec impatience. Sauf erreur – et en matière de désir féminin, il ne se trompait pas souvent –, elle était aussi excitée à l'idée de dérouiller qu'une autre à l'idée de faire l'amour.

Mike en eut le souffle coupé.

Il fallait se tirer de là, et vite !

Immobile dans l'encadrement de la porte, elle lui bloquait le passage. Ça aussi, ça devait faire partie du scénario.

Il la prit par les épaules. Au toucher, son squelette paraissait aussi fin et fragile qu'un squelette d'oiseau. Elle frissonna. Enfin, on allait s'amuser !

Mike la souleva. Mais, au lieu de la fracasser contre le chambranle, il se contenta de la reposer délicatement trente centimètres plus loin, de manière à pouvoir sortir de cette fichue salle de bains et récupérer ses vêtements.

— Sale petit con ! s'écria-t-elle en lui donnant une poussée dans le dos alors qu'il était en train d'enfiler son jean. Où vas-tu comme ça ? Tu vas rester ici jusqu'à ce que tu aies fini le boulot.

Mike chercha des yeux ses boots. Les paroles de la femme lui semblaient lointaines et indistinctes, comme le bourdonnement d'une mouche de l'autre côté d'une vitre.

Il trouva ses boots, l'une sous le lit, l'autre sous une chaise bancale. Il avait eu hâte de se déshabiller et de se retrouver au lit. Non qu'il ait été fou de désir, mais parce qu'il avait voulu commencer avant que la saleté de l'appartement lui en coupe l'envie.

Maintenant qu'il était à moitié dessaoulé, il se rendait compte qu'il avait bien fait de se presser, car l'endroit était tellement dégoûtant que ça l'aurait fait débander sur-le-champ.

Il avait servi dans les Marines et, comme on dit, Marine un jour, Marine toujours. Les Marines sont propres et ordonnés. Et cet appartement était tout sauf ça. Des vêtements sales traînaient dans tous les coins. Lorsqu'ils étaient arrivés, le lit était défait et les draps étaient crasseux. L'endroit puait la sueur, le rut et le désespoir. Il aperçut, sur un coin de table, un miroir, une lame de rasoir et des traces de poudre blanche.

Une camée ! Il venait de se taper une camée !

Elle était en train de l'insulter, de le bourrer de coups de pied et de coups de poing.

Mike fut tenté de se laisser faire parce qu'il le méritait.

Il avait trente-cinq ans. Il avait été soldat. Appartenu à l'élite de la police. Et maintenant, il était associé avec ses frères dans une agence de sécurité, l'une des plus florissantes du pays.

Il était quelqu'un de bien.

Qu'est-ce qu'il faisait là avec cette toxico à moitié cinglée qui lui gueulait dans les oreilles ?

— Connard ! Même pas foutu de bander ! Je croyais que j'avais ramené un vrai mec et j'ai quoi, là ? Une espèce de grosse tapette...

Mike enfila son blouson. Elle le traitait de tapette, d'impuissant. Si la situation n'avait pas été aussi glauque, il y aurait eu de quoi rire. Car, à la vérité, depuis qu'il était en âge de s'intéresser aux femmes, son problème n'était pas de bander, mais de débander.

La baise avait toujours été pour lui un moyen de faire le vide, d'évacuer les toxines et le stress dans une bonne suée. Un exercice physique plus rigolo que le jogging. Un sport.

Avec cette fille, ç'avait été quoi ? Rien de tout ça.

Lorsqu'elle comprit qu'il partait pour de bon sans l'avoir ni enfilée ni battue, elle se mit à vociférer de plus belle. Quel barouf ! Quelqu'un allait finir par appeler les flics et ce serait le pompon ! Ses anciens collègues savaient que Michael Keillor était incapable de maltraiter une femme. Certains savaient même que sa compagnie, RBK Security Inc., aidait secrètement des femmes battues à fuir leur bourreau pour recommencer ailleurs une nouvelle vie. Mais celle-ci portait des traces de violence. Si elle criait au viol, ils se feraient un devoir d'emmener Mike au poste et de prévenir le procureur.

Sam et Harry viendraient payer la caution.

Il y aurait une enquête et peut-être un procès. Le nom de RBK serait traîné dans la boue.

Bon sang !

Mike se dépêcha de sortir, claqua la porte derrière lui et jeta un coup d'œil à la ronde. Si l'appartement était moche, le couloir était pire. Une ampoule sur deux était grillée et une odeur d'urine flottait dans l'air. Ses semelles adhéraient au linoléum gluant. La fille, de l'autre côté de la porte, ne hurlait plus. Elle s'était mise à pleurnicher. Du coup, il perçut ici et là des éclats de voix.

Dans toute la baraque régnaient la violence, la folie et le désespoir.

Il descendit l'escalier, tête basse, en retenant son souffle. Un sagouin s'était oublié sur le palier du deuxième étage. L'odeur était atroce et le spectacle répugnant. Mike devait être sacrément saoul et pressé de baiser pour n'avoir rien remarqué en arrivant.

Parvenu dans la rue, il inspira une grande goulée d'air frais et observa les alentours.

La rue était sinistre. Dans la lueur sale et tremblotante des rares lampadaires qui fonctionnaient encore, il vit des maisons abandonnées et des clochards affalés sur le trottoir. Un vieil ivrogne buvait au goulot d'une bouteille cachée dans un sac en papier. Un autre s'arrosait les pieds en croyant pisser contre un mur.

Après avoir frôlé une arrestation pour viol, ce n'était pas la peine d'en risquer une pour conduite en état d'ivresse. Mike décida de laisser sa voiture près du bar où il avait échoué. Elle était équipée de tous les systèmes antivol imaginables et, de toute façon, il était bien assuré. Demain, il enverrait Barney la chercher. Il raconterait un bobard quelconque à propos d'une planque ou d'une filature. Barney le croirait.

Mike regarda le ciel. Il ne vit que quelques étoiles. Lorsqu'il allait camper loin des lumières de la ville, la nuit, il pouvait en voir des milliers.

Depuis combien de temps n'avait-il pas campé ? Il ne s'en souvenait même pas.

Et quelle idée de se laisser emballer par une demi-folle ! Une maso ! Mike avait couché avec beaucoup de femmes dans sa vie mais il avait toujours eu soin d'éviter les dingues. Les droguées, les femmes mariées et les folles. Un principe auquel il n'avait quasiment jamais dérogé. Jusqu'à ce jour.

Quelle idée aussi de venir traîner ses guêtres dans ce quartier pourri... Qu'est-ce qui l'avait amené là ? La solitude. Tout le monde ne pouvait pas être marié et heureux en ménage, comme Sam et Harry.

Sam Reston et Harry Bolt. C'étaient des amis d'enfance et ils étaient comme des frères. Aucun des trois n'avait eu de famille. La mère d'Harry et sa petite sœur avaient été assassinées. En comparaison, Sam pouvait s'estimer heureux : il avait seulement été abandonné à la naissance.

Quant à Mike...

Rien que d'y repenser, il ressentit comme une douleur dans les côtes. Pourtant, il y avait vingt-cinq ans de cela. Il était un grand garçon, à présent. Un ancien Marine, un ancien flic, un tireur d'élite, familier de tous les dangers. Un dur. Et pourtant, ça faisait toujours mal.

Pendant les fêtes de fin d'année, ils avaient mangé ensemble tous les jours, chez Sam ou chez Harry. Ils habitaient dans le même immeuble sur Coronado

Shores. Mike y avait un vaste espace à lui, nu et vide, qu'il appelait son chez-moi, faute d'un autre nom.

Les appartements de Sam et d'Harry avaient été transformés en véritables paradis par leurs épouses. L'appartement de Sam et de Nicole était immense, leur gouvernante était un cordon-bleu et Nicole une parfaite maîtresse de maison. Fille d'ambassadeur, elle avait été à bonne école.

Quatre étages plus bas, l'appartement d'Harry et Ellen était un petit peu moins grand, en duplex, sans cuisinière à demeure. Mais on mangeait quand même très bien à leur table car Ellen, qui était une chanteuse très célèbre, comptait dans son fan-club quelques cuistots qui rivalisaient de talent pour lui faire parvenir les mets les plus raffinés. À toute heure du jour et de la nuit, on pouvait savourer chez eux des plats préparés par les chefs des meilleurs restaurants de la ville. Mais les soirées chez Harry avaient un autre agrément : après dîner, il n'était pas rare qu'Ellen chante quelques chansons.

Et les gosses !

Mike aurait été prêt à marcher pieds nus sur des charbons ardents pour avoir le privilège de jouer avec la fille de Sam, Meredith. Elle était adorable, futée et jolie comme un cœur. Elle aimait beaucoup son tonton Mike et, bon Dieu, il l'aimait en retour. Un autre bébé était en route, que tout le monde attendait avec impatience. Et la fille d'Harry, Grace : elle n'avait que trois mois, mais elle souriait déjà lorsqu'elle entendait sa voix.

Dans ces conditions, il avait facilement pris l'habitude de dîner trois ou quatre soirs par semaine, et parfois cinq, chez Sam ou chez Harry. Et les week-ends, ils les passaient ensemble. On faisait un barbecue sur la terrasse ou bien on se faisait livrer des pizzas et on sortait des bières du frigo.

Pour Mike, l'année écoulée avait été la plus heureuse de sa vie depuis le massacre de sa famille. Il avait même perdu un peu de poids parce qu'il mangeait mieux, à heure fixe. Des aliments sains, pas des cochonneries achetées dans des fast-foods.

Sa vie sexuelle aussi avait été foisonnante mais, sans qu'on ait besoin de beaucoup le torturer, il aurait avoué qu'il en avait un peu marre des bars de célibataires et des aventures d'un soir.

C'est pourquoi il était toujours fourré chez Sam ou chez Harry.

Il ne s'était pas rendu compte qu'il était devenu envahissant.

Jusqu'à hier.

Il avait passé le réveillon de la Saint-Sylvestre chez Sam et puis la journée du 1er janvier chez Harry et puis la soirée du lendemain chez Sam. Mais hier, lorsqu'il avait demandé ce qu'on faisait ce soir, les autres avaient échangé des regards qui en disaient long.

Qui allait être de corvée ?

Ellen était fatiguée, elle avait donné un concert à Noël et enregistré entre les fêtes un CD qui sortirait en mars. En plus, la petite Grace faisait ses dents. Ellen et Harry avaient les yeux cernés à cause des nuits supercourtes et entrecoupées de nombreux réveils. Quant à Nicole, elle était enceinte de trois mois, avec les nausées matinales qui vont avec, et elle avait une traduction à faire en urgence.

Soudain, Mike avait compris qu'ils avaient envie d'être seuls, chacun chez soi, tranquilles. Pour une fois. Et il avait eu honte en repensant au nombre de fois où il avait supposé qu'il était le bienvenu, n'importe quel jour, à n'importe quelle heure.

Aussitôt, il avait décidé de se débrouiller tout seul et de ne plus vampiriser les familles de Sam et d'Harry. Le soir, en ouvrant le frigo, il l'avait découvert bien propre et vide, à part un pack de bière. Alors, il était sorti et s'était mis en quête d'un truc à bouffer et d'un truc à baiser.

Il pouvait dire que la chance lui avait souri !

Mike avait le sens de l'orientation. Il partit d'un bon pas dans la bonne direction, se mit à trottiner, pour ne plus avoir à ruminer. Et aussi parce qu'il avait hâte de quitter ce quartier sinistre et mal famé, aux rues sombres et sales. Des clochards grelottaient dans des cartons, autour d'un brasero se réchauffaient des sans-abri aux gueules toutes cabossées. Un échantillon pathétique d'humanité abîmée…

Mike accéléra la cadence. Il y avait plus de vingt bornes pour rentrer à Colorado Shores, sans compter la traversée en ferry. Mais, dans les Marines, on courait facilement vingt kilomètres par jour, en rangers, avec vingt-cinq kilos sur le dos. Lorsque les recrues se retrouvaient les pieds en sang, le sergent instructeur leur disait : « Les gars, c'est le métier qui rentre et la faiblesse qui sort. »

Il avait raison. Les sergents instructeurs ont toujours raison. Chez les Marines plus encore qu'ailleurs. Un sergent instructeur chez les Marines, c'est ni plus ni moins qu'un demi-dieu.

Et vas-y que je cours !

Lorsqu'il finit par atteindre l'océan, il s'était débarrassé de l'odeur de cette femme. Et le ciel était passé du noir au gris. On commençait à distinguer la ligne où la mer et le ciel se rejoignent.

Mike s'arrêta devant l'embarcadère, courant sur place pour ne pas perdre le rythme. Et il continua après être monté à bord du ferry. Les rares passagers le regardèrent comme une bête curieuse. Lorsque le ferry accosta, il se remit à courir. En allongeant sa foulée.

Il parvint devant son immeuble, tout au bout de Coronado Shores. Tandis qu'il fouillait dans ses poches à la recherche de ses clés, Ruiz, l'un des quatre veilleurs de nuit, le reconnut et télécommanda l'ouverture de la porte vitrée.

Ruiz était là depuis à peu près deux ans et il avait vu Mike rentrer à n'importe quelle heure, et dans tous les états : après des beuveries et des coucheries, ou après des nuits de travail sur le terrain. Tel qu'il était ce petit matin, en jean, T-shirt et blouson de cuir, trempé de sueur, Mike n'avait rien d'exceptionnel. Ruiz le salua d'un signe de tête lorsqu'il traversa le hall.

Mike retrouva son appartement exactement comme il l'avait laissé la veille en partant : propre et bien rangé. Une femme de ménage venait une fois par semaine. De toute façon, Mike ne possédait pas assez d'affaires pour créer du désordre. Le mobilier se limitait à un lit, un canapé et de quoi regarder des films et écouter de la musique. Il avait aussi une cuisine ultra-moderne dont il ne se servait jamais.

Plutôt que *propre et bien rangé*, il aurait mieux valu dire *aseptisé et vide*.

Il ôta ses vêtements, les jeta dans le panier à linge sale et prit une douche. Il resta une demi-heure sous l'averse brûlante. Lorsqu'il en ressortit, le ciel était gris perle. Une serviette de bain nouée autour de la taille, il sortit sur le balcon qui surplombait le Pacifique.

D'ordinaire, le spectacle de l'océan, avec ses vaguelettes ornées d'une dentelle d'écume, l'apaisait. Mais pas ce matin. Il agrippa le garde-corps en fer forgé et regarda le ciel qui s'éclaircissait de minute en minute.

Il n'avait pas du tout envie de dormir.

Il était sur les nerfs. Repensant à la cinglée de ce soir, il regrettait presque de ne pas lui avoir donné la dégelée qu'elle réclamait. En fait, non, il ne regrettait pas ça. Il regrettait plutôt de… Et merde ! Il ne savait pas ce qu'il regrettait. Regrettait-il seulement quelque chose ? Il savait juste que s'il avait croisé des voyous agressifs sur le chemin du retour, il aurait été partant pour une bonne petite bagarre.

Il avait les poings solides et savait s'en servir. Il avait toujours aimé se battre. Même à un contre trois. Il lui en fallait davantage pour le faire reculer. Mais un jour comme aujourd'hui, ce n'était pas une simple bagarre qui aurait suffi à le calmer.

Finalement, lorsque le soleil éclaira le ciel tout entier, il rentra dans l'appartement et se prépara pour une nouvelle journée de travail.

2

Chloé Mason était assise dans la très élégante salle d'attente de RBK Security Inc., laquelle se trouvait dans un très élégant building d'un très élégant quartier de San Diego.

Elle avait beaucoup vécu dans des environnements luxueux, mais elle était quand même impressionnée par la vaste pièce, qui réussissait à être à la fois belle, confortable et fonctionnelle.

De la couleur des tentures aux plantes grasses, en passant par le mobilier et les tableaux aux murs, tout semblait avoir été choisi pour ses vertus apaisantes.

C'était toujours la période des fêtes, mais aucun haut-parleur ne diffusait les sempiternels chants de Noël, qui ont leur charme mais finissent par devenir crispants, surtout si l'on est stressé. Au lieu de cela, il y avait des madrigaux du Moyen Âge en fond sonore. Et, plutôt que de sacrifier un vrai sapin, la maison avait opté pour une sculpture faite de tubes au néon multicolores, qui excitait la curiosité autant que l'admiration.

Chloé avait passé toute son enfance et une bonne partie de son adolescence dans des cliniques de luxe et elle connaissait par cœur ce style de décor chic et rassurant qui incluait la réceptionniste en tailleur-pantalon anthracite, cheveux argentés impeccablement coupés et sourire inoxydable ! En arrivant, Chloé lui avait donné son nom et avait demandé à parler à l'un des dirigeants, en ayant soin de préciser que ça ne prendrait pas plus de cinq minutes. Dans le monde des affaires, ça ne marche pas comme ça, Chloé le savait, mais elle avait quand même omis de prendre rendez-vous. Elle était partie de Boston la peur au ventre, l'espoir au cœur et les mains dans les poches.

La réceptionniste n'avait pas tiqué. Elle avait juste demandé si c'était urgent.

Urgent ? Oui, peut-être. Peut-être pas. Mais si Harry Bolt était bel et bien celui qu'elle croyait qu'il était, alors, oui, c'était urgent. Chloé s'était contentée de hocher la tête, elle avait la gorge trop serrée pour parler.

— Je vais voir ce que je peux faire, avait dit la réceptionniste en tapant du bout de l'index sur son écran tactile. À défaut de M. Bolt, est-ce que l'un des autres codirecteurs vous conviendrait ? Je vois que M. Keillor a une heure de libre ce matin.

M. Keillor. Il devait s'agir de Michael F. Keillor, ancien Marine, ancien officier de police dans les SWAT. Elle avait lu sa bio sur le site Internet de RBK. Elle avait aussi vu sa photo. Pas très souriant, le monsieur. Mais costaud, et l'œil intelligent. Pour un problème de sécurité, il aurait fait l'affaire aussi bien qu'Harry Bolt.

Mais le problème de Chloé n'avait rien à voir avec la sécurité.

Toujours incapable de parler, elle avait secoué la tête en espérant que la réceptionniste ne prendrait pas son mutisme pour de la grossièreté.

La femme ne s'y était pas trompée. Elle avait de nouveau effleuré son écran.

— Dans ce cas, avait-elle enchaîné, je vais m'arranger pour que M. Bolt vous reçoive entre deux rendez-vous. À neuf heures et demie, si cela ne vous dérange pas d'attendre.

Chloé avait attendu toute sa vie ce moment. Elle n'était plus à une demi-heure près.

Elle avait articulé un merci à peu près audible et était allée s'asseoir dans un des gros fauteuils qui parsemaient l'immense réception.

Elle éprouvait tant d'émotions différentes qu'elle aurait été bien en peine d'en définir une seule. Mais toutes l'oppressaient, au point de l'empêcher de respirer…

Cependant, ce n'est pas parce qu'on les désire, si fort qu'on a l'impression de suffoquer, que les choses arrivent. S'il y avait une vérité que la vie lui avait apprise, c'était celle-là. Qui pouvait dire ce qui changeait effectivement les choses. Le destin ? Le hasard ? Pourquoi pas ? Mais l'envie ? Non.

Elle s'adossa à son fauteuil… et disparut.

C'était son truc, appris à rude école au fil des ans. Il lui arrivait toujours malheur quand elle se faisait remarquer, alors elle s'était exercée très jeune à passer inaperçue. Ça ne voulait pas dire qu'elle devenait invisible. C'était juste qu'elle cessait d'émettre les signaux inconscients grâce auxquels les humains se manifestent les uns aux autres. En termes militaires, on aurait dit qu'elle faisait *silence radio*. Plus personne ne savait où elle était.

Elle resta assise là, immobile et silencieuse. Et attentive.

Elle observa les autres personnes qui attendaient. Il y avait là trois hommes, entre quarante et cinquante ans, visiblement riches et puissants. Des hommes d'affaires qui avaient besoin des services de RBK Security Inc. Ils avaient l'air mauvais et transpiraient si fort qu'une odeur âcre se mêlait aux effluves de leur eau de toilette.

Chloé n'osa pas les regarder de peur qu'ils le prennent pour de la provocation.

Elle se tourna vers l'entrée juste au moment où les portes automatiques s'ouvraient.

Un homme fit son apparition et tous les regards se tournèrent vers lui. Les trois messieurs à l'air important se prenaient peut-être pour des mâles dominants mais ils se trompaient. Chloé connaissait beaucoup d'hommes riches qui croyaient que leur fortune suffisait à leur conférer le statut de chef de meute. C'était parfois vrai, mais pas toujours.

Cet homme-là, en train de traverser le vestibule à grands pas, était le type même du mâle dominant. Capable de s'imposer dans n'importe quel groupe humain. Qu'il soit riche ou pauvre, la question n'était pas là.

Il n'était pas grand mais très costaud, avec de larges épaules, des bras musculeux, un cou puissant. Un culturiste, mais sans la démarche chaloupée des culturistes, parce qu'il ne faisait qu'exercer sa musculature naturelle. Ses mouvements étaient rapides et précis. C'était le plus fort de tous ceux qui étaient dans la pièce. Et ça devait lui arriver souvent d'être le plus fort, où qu'il aille.

Michael Keillor. Le K de RBK. Il n'était sans doute pas milliardaire, mais il n'avait pas besoin de ça. Il avait de l'argent, de la réussite, du prestige. Beaucoup de gens s'en seraient contentés.

En passant, il scruta la salle, son regard s'attardant un court instant sur Chloé. Il avait des yeux bleus, intelligents et froids. Soudain, il battit des paupières, la froideur s'évanouit et quelque chose se passa, mais elle n'aurait pas su dire quoi.

Au lieu de continuer en direction des bureaux, il bifurqua vers la réceptionniste et s'arrêta pour lui parler.

La femme parut surprise, puis elle jeta un regard à Chloé.

Le cœur de Chloé fit un bond dans sa poitrine. Il parlait d'elle, à l'évidence. Se doutait-il de la raison pour laquelle elle était ici ? Non, c'était impossible. Personne au monde ne savait pourquoi elle était ici, pas même le vieux M. Pelton, l'avocat de la famille.

Pour l'instant, sa mission était ultra-secrète. Mais alors, pourquoi Michael Keillor parlait-il d'elle avec la réceptionniste ?

Chloé avait le don de passer inaperçue, le talent de se faire oublier, mais au lieu de passer son chemin après avoir, d'un coup d'œil, noté sa présence, Michael Keillor était en train de s'enquérir d'elle auprès de la réceptionniste. Comme toujours lorsqu'on s'intéressait à elle sans qu'elle en sache la raison, ou qu'on la regardait trop attentivement, son cœur se mit à battre la chamade ; c'était instinctif, elle n'y pouvait rien.

Michael Keillor accueillit d'un hochement de tête les explications de la réceptionniste puis disparut dans l'un des bureaux situés de l'autre côté des portes vitrées.

Chloé regarda sa montre. Neuf heures et quart. Le rendez-vous avec Harry Bolt, c'était dans un quart d'heure, si l'homme était ponctuel. Elle se remit à faire ce qu'elle faisait de mieux : attendre.

Toute son enfance et une bonne partie de son adolescence avaient été passées à attendre. Attendre que les chairs cicatrisent. Attendre que les os se ressoudent et qu'on la déplâtre. Attendre d'avoir récupéré de la précédente opération. Attendre le prochain passage sur le billard. Elle était la championne de l'attente. S'il y avait eu une épreuve d'attente aux Jeux olympiques, elle aurait eu la médaille d'or, à coup sûr.

Respirer lentement, oublier son propre corps, rester immobile… elle savait exactement ce qu'il fallait faire. Au lycée, elle avait lu un grand nombre de livres sur les techniques de *self-control* et elle s'était rendu compte qu'elle savait déjà tout, d'instinct, sans avoir eu besoin d'apprendre. Pour la patience, Chloé ne craignait personne.

Mais là, elle constatait avec stupeur qu'aucune de ses vieilles méthodes ne marchait. Sa respiration était rapide, presque haletante. Elle avait les mains moites. Son cœur tambourinait dans sa poitrine. Quoi qu'elle fasse, elle n'arrivait pas à se calmer. Elle ne cessait de triturer l'enveloppe en papier kraft posée sur ses genoux, dont les bords étaient maintenant chiffonnés et brunis. Autre signe de stress, elle avait l'impression qu'il n'y avait plus d'oxygène dans l'air qu'elle respirait.

Toute sa vie, elle avait attendu ce moment, sans vraiment le savoir. Maintenant, qu'elle était au pied du mur, elle était désemparée. Elle pensait à ce qu'elle devrait dire et ne trouvait rien. Son esprit était vide. Elle n'était même pas certaine de pouvoir parler, tellement sa bouche était sèche.

« Réfléchis encore, Chloé ! » s'ordonna-t-elle. Elle avait fait tant de choses difficiles dans sa vie… Elle pouvait faire celle-ci.

Que dirait-elle ? Et avec quels mots ? Peut-être qu'en présence de cet homme, elle allait s'apercevoir qu'elle avait été folle de traverser le pays pour ça. Peut-être que…

— Mademoiselle Mason ?

Chloé tourna la tête, balbutia un « Oui ».

La réceptionniste lui sourit. Si l'on considérait l'importance de la firme, ce sourire était exceptionnellement gentil. La plupart des secrétaires dans les grosses sociétés sont hautaines. En tout cas, celle de M. Pelton l'était. Elle ne se serait jamais fendue d'un sourire. Toutes les fois où elle avait rendu visite à son avocat, Chloé avait surtout vu les narines de la secrétaire, qui renversait la tête en arrière pour la toiser.

— M. Bolt va vous recevoir maintenant. Troisième porte à droite dans ce couloir.

La réceptionniste montra du doigt les portes en verre.

Mon Dieu, nous y voilà !

Complètement affolée, Chloé se leva en priant pour que ses genoux consentent à la soutenir. Ce n'était pas une vaine peur. Ses deux genoux étaient faits de plastique et d'acier, high-tech mais capricieux.

Tout le monde la suivit des yeux lorsqu'elle traversa lentement le hall, aussi grand soudain devant elle que le désert de Gobi. Les portes en verre brillaient. Elles s'ouvrirent toutes seules à son approche. Derrière elles, l'impression de luxe était encore plus forte. Les portes étaient capitonnées, les bureaux sans doute immenses, car elle dut aller loin dans le couloir pour atteindre la fameuse troisième porte à droite.

Chloé se planta devant, agrippée à son sac et à son enveloppe, la tête vide. Elle n'avait plus la moindre idée de ce qu'elle allait dire. Elle chercha du regard une poignée, mais la porte n'en avait pas. En contemplant son reflet dans le cuivre qui la recouvrait, elle attendit la suite.

Il y eut un déclic et la porte coulissa.

Chloé se pétrifia. Depuis toujours, elle rêvait de ce moment, tout en se disant que c'était absurde, que ces choses-là n'arrivent pas.

Aussi longtemps que les choses demeurent dans les rêves, on est libre de choisir la manière dont elles se passent et comment elles finissent. Dans les rêves de Chloé, tout finissait toujours bien. Alors que, dans sa vraie vie, les choses avaient tendance à tourner à l'aigre.

Voilà pourquoi Chloé tremblait. Le seuil de cette pièce était peut-être le seuil d'une nouvelle vie.

— Mademoiselle Mason ? dit une voix grave.

Chloé avala une grande bouffée d'air. Elle avait retenu son souffle pendant une minute sans même s'en apercevoir.

Dans la vaste pièce se trouvaient deux hommes, debout, ainsi qu'il convient à des gentlemen devant une dame. L'un était Michael Keillor.

Qu'est-ce qu'il faisait là, celui-là ?

Cette affaire ne regardait qu'Harry Bolt et, si l'entretien se terminait mal, Chloé n'avait pas besoin qu'une tierce personne soit témoin de son humiliation. Mais elle n'aurait jamais eu assez d'aplomb pour lui demander de sortir.

L'autre homme était Harry Bolt. Chloé le regarda, ou plutôt, elle le dévora des yeux. Il était beaucoup plus grand que Keillor et presque aussi carré, avec des cheveux aussi longs et blonds que ceux de Keillor étaient courts et bruns.

Les deux hommes étaient immobiles et impassibles. Il n'y avait aucun moyen de deviner leurs sentiments. Toute frissonnante, avec, dans le cœur, un fol espoir et de sombres pressentiments, Chloé entra dans la pièce.

« Elle est morte de peur », se dit Mike. Cette demoiselle Chloé Mason avait expressément demandé à parler à Harry mais, après l'avoir vue dans le couloir, Mike s'était dit qu'il ferait bien d'assister à la rencontre.

Parce que cette femme était manifestement une victime. Encore une qui cherchait à échapper à un mari violent. Et il enrageait toujours autant à l'idée qu'il y avait sur terre des salauds capables de battre une femme.

RBK s'occupait principalement de la sécurité des entreprises. Dans la salle d'attente se trouvaient en ce moment même trois hommes prêts à payer fort cher les services de la maison. Deux d'entre eux étaient des P-DG et le troisième le chef de la sécurité d'une des plus grosses boîtes du pays. Mike avait lu leur dossier, il connaissait leur problème et savait comment le résoudre.

Ces trois bonshommes représentaient un chiffre d'affaires d'un million de dollars pour RBK.

Chloé Mason ne représentait pas un *cent* parce que RBK n'acceptait pas d'argent des femmes battues. Au contraire, il pouvait arriver qu'aux plus démunies, RBK procure un peu d'argent. De quoi tenir un an.

En moyenne, au bout de ce délai, elles étaient tirées d'affaire.

Après l'épisode de la veille, Mike avait envie d'aider une femme. Une femme comme celle-là, justement, avec son air doux et vulnérable.

Ce matin, Sam était resté auprès de Nicole, qui avait des nausées, si bien qu'Harry et lui allaient se partager les clients. C'était le genre de travail qu'ils accomplissaient les yeux fermés.

Ils comprenaient d'instinct les problèmes de sécurité – pendant toute leur enfance, ils n'avaient connu que ça, des problèmes de sécurité ! Ensuite, l'US Army leur avait appris à affronter les risques. C'est une question d'expérience et de sang-froid.

Mais avec les femmes battues, celles qui arrivaient ici toutes tremblantes en pensant que RBK était leur dernière chance, c'était une question de tête *et* de cœur.

Même si la femme dans le hall avait demandé à voir Harry, Mike avait compris d'instinct qu'elle était pour lui. C'était lui qui devait l'aider. Lui, et personne d'autre.

Pas parce qu'elle était belle, même si elle l'était. Exceptionnellement belle, même. Mais parce qu'elle avait l'air perdue. Elle avait une silhouette mince, le teint clair et un joli minois. Ce qui retenait surtout l'attention, c'étaient ses grands yeux dorés.

Ses vêtements n'étaient pas bon marché, comme ses chaussures et son sac. Tout cela était élégant, discret et cher. Une femme de goût, avec de la classe et de l'argent.

Mais l'argent ne changeait rien à l'affaire.

Chez RBK, ils en voyaient défiler de toutes sortes. Des femmes maltraitées par des minables, des toxicos, d'accord. Mais aussi des épouses d'avocats ou de médecins et même une femme de sénateur. Les riches aussi appréciaient de cogner sur leur femme et leurs gosses. La différence, c'est qu'ils réussissaient à le cacher plus longtemps.

Avant d'aboutir ici, les femmes de la bonne société commençaient par aller au poste de police, mais la police ne faisait rien. Elle se gardait d'importuner les hommes influents. C'est ainsi que les riches peuvent faire impunément des choses pour lesquelles les pauvres finissent en prison. N'empêche que les épouses de riches ne sont pas moins battues que les épouses de pauvres.

Cette femme, Chloé Mason, faisait indubitablement partie des gens riches. Mais elle n'avait pas l'élégance tapageuse des *nouveaux* riches.

De la tête aux pieds, elle était charmante. Mais, sous ses beaux vêtements, il y avait sans doute quelque chose de beaucoup moins joli à voir. Elle marchait doucement, comme quelqu'un qui a été roué de coups. C'est leur truc, aux mecs violents. Leurs pulsions sont peut-être incontrôlables, mais ils conservent quand même suffisamment de lucidité pour ne frapper que là où les traces ne se verront pas. La semaine précédente, la femme d'un banquier leur avait rendu visite, apparemment fraîche comme un gardon. Pas la moindre égratignure sur le visage ; mais six mois plus tôt, elle avait été opérée d'un éclatement de la rate. Ensuite, étaient venues les côtes fracturées, les coups de pied dans les reins et pour finir un crochet du gauche dans le ventre qui avait endommagé le foie.

Quelqu'un avait dû faire quelque chose dans ce goût-là à Chloé Mason. Elle marchait très doucement, très prudemment, comme si elle craignait de tomber chaque fois qu'elle mettait un pied devant l'autre.

Oh, bon Dieu ! Qui pouvait avoir envie de brutaliser une femme ? Et spécialement une Chloé Mason, jolie et menue comme elle était ?

Il se tourna vers Harry. On l'aurait dit transformé en statue de sel. Immobile, les lèvres entrouvertes, il regardait fixement la visiteuse. Quelqu'un qui ne l'aurait pas connu aurait peut-être imaginé qu'il avait le coup de foudre. Mais ça ne pouvait pas être le cas. Harry adorait sa femme. Depuis qu'il était marié, son intérêt pour les autres femmes était égal à zéro. Mais il y avait quelque chose chez celle-ci qui le captivait. Et qui lui coupait la chique.

Mike lui donna un coup de coude dans les côtes, en pure perte. Aussi se résolut-il à prendre les commandes.

— Bonjour, mademoiselle Mason, dit-il à la jeune personne qui était en train de s'avancer vers eux à pas comptés.

Et comme Harry ne bougeait toujours pas, Mike contourna le bureau et s'approcha d'elle. En évitant les gestes brusques pour ne pas l'effaroucher.

Elle leva les yeux vers lui. Elle était ravissante ! C'était le mot juste. Aujourd'hui, on disait d'une femme qu'elle était belle parce qu'elle s'était fait refaire les pommettes et les seins et qu'elle sortait du lot par sa façon de s'habiller, de se maquiller et de se coiffer.

Chloé Mason était différente. Son charme tenait à la pureté de son teint, à la finesse de ses traits, à sa blondeur, à l'éclat de ses yeux dorés – le tout, cent pour cent naturel.

Elle serrait contre elle une grande enveloppe bistre et son sac à main. Comme elle avait l'air sur le point de défaillir, Mike se risqua à la prendre par le coude, aussi courtoisement que possible, parce que les femmes qui ont été battues sont promptes à s'alarmer lorsqu'un homme les serre d'un peu trop près. La vie leur a appris que c'est un genre de situation qui finit souvent mal. Et Mike ne voulait pas causer à cette jeune femme la moindre inquiétude.

— Mademoiselle Mason, dit-il en désignant l'un des deux fauteuils qui se trouvaient devant le bureau d'Harry. Je vous en prie, asseyez-vous.

Il avait une voix naturellement grave, un peu enrouée ce matin à cause de l'alcool qu'il avait bu la veille. Elle le regarda, vacillant un peu, si bien qu'il se demanda ce qu'on avait bien pu lui faire subir. Bon Dieu, si elle avait été battue au point de ne plus pouvoir tenir debout, il trouverait le salaud qui lui avait fait ça et, sans en parler à personne, dans un coin sombre, il lui casserait la gueule…

— Mademoiselle Mason ? répéta-t-il gentiment.

Elle baissa la tête.

— Oui, bien sûr, murmura-t-elle. Pardonnez-moi, je suis un peu distraite mais… mes nerfs ont été mis à rude épreuve ces temps derniers.

C'était la première fois qu'il entendait le son de sa voix. Une voix aussi douce que le reste de sa personne. Avec une pointe d'accent british. Était-elle anglaise ?

— Voulez-vous que je vous débarrasse de votre manteau ? proposa Mike en lui lâchant le bras.

Elle acquiesça d'un signe de tête – avait-elle déjà perdu sa langue ?

Lorsque ce fut fait, Mike retourna auprès d'Harry, derrière le bureau, après un détour par la patère pour y accrocher le manteau, et Chloé s'assit enfin.

C'est-à-dire qu'elle posa une fesse à l'extrême bord du fauteuil. Par définition, les clients de RBK avaient des soucis, des ennuis, et on cherchait par tous les moyens à les mettre à l'aise. C'est pourquoi les fauteuils étaient les plus confortables du monde. Mais c'était sans effet sur Chloé Mason. Elle était tendue comme un arc.

Au bout d'un instant, Mike rompit un silence qui menaçait de s'éterniser.

— Mademoiselle Mason, dit-il, soyez la bienvenue chez RBK Security. Je m'appelle Mike Keillor et voici mon associé, Harry Bolt.

Harry était toujours pétrifié. Mike leva les yeux au ciel. Il savait qu'Harry manquait de sommeil à cause de sa gamine, mais ça n'expliquait pas tout.

— Mademoiselle, poursuivit Mike, je sais que vous avez demandé une entrevue avec M. Bolt mais il nous arrive souvent de travailler ensemble sur un cas. Avant de commencer, puis-je vous offrir quelque chose à boire ? Une tasse de café ? Ou de thé ? ajouta-t-il à cause de l'accent.

— Oui, volontiers, merci beaucoup, répondit-elle précipitamment. Je veux bien une tasse de thé.

Bingo ! pensa Mike.

Il attendit qu'Harry fasse quelque chose mais comme Harry ne faisait toujours rien, c'est lui qui prit l'initiative d'appuyer sur le bouton de l'Interphone.

— Marisa, dit-il à la réceptionniste, pourriez-vous nous apporter une tasse de thé, s'il vous plaît ?

En temps ordinaire, Mike n'aurait jamais demandé à Marisa de s'occuper des rafraîchissements. Mais elle était la providence des malheureuses qui venaient chercher du secours ici, étant elle-même une ancienne femme battue. Elle avait des cicatrices qui le prouvaient. C'était une excellente employée, dure à la tâche et loyale, qui donnait toujours le meilleur d'elle-même. Mais, pour les femmes victimes de violences qui se présentaient chez RBK, elle se surpassait. Elle les bichonnait, les maternait, les protégeait.

— Oui, monsieur, je m'en occupe tout de suite.

Pour certaines femmes, le fait de raconter leur histoire était une véritable épreuve. Elles avaient honte. Comme s'il y avait de la honte à avoir été victime ! En tout cas, ce genre d'intermède avait du bon. Chloé Mason en profita pour se détendre. Sa respiration devint plus lente et régulière et elle reprit des couleurs.

La porte du bureau s'ouvrit et Marisa entra, portant un plateau garni d'une grande théière et de trois tasses. Plus du lait, du sucre et des biscuits – les cookies de Manuela, la cuisinière de Sam, rien de moins !

— Harry ? dit Mike.

Harry ne réagit pas et Mike dut répéter en forçant la voix :

— Harry ? Tu veux bien faire le service ?

Cette fois, Harry tressaillit.

— Euh, oui. Oui, bien sûr, bredouilla-t-il.

En regardant fixement Chloé, il demanda :

— Comment prenez-vous votre thé, mademoiselle Mason ?

Elle sourit.

— Avec un nuage de lait et une petite cuillerée de sucre, merci.

C'était la première fois que Mike la voyait sourire. Elle était stressée, sans doute même terrifiée, et cependant son sourire était ingénu et lumineux. Lorsqu'elle souriait, son joli visage devenait carrément sublime. C'était vraiment une beauté. On pouvait passer à côté d'elle sans la voir mais, une fois qu'on l'avait remarquée… attention, danger !

Mike ressentit un drôle de serrement de cœur.

Bon, ils allaient s'occuper de cette adorable jeune femme. La protéger. L'installer quelque part où elle serait hors de danger.

Ensuite ? Eh bien, Mike irait tabasser le salaud qui l'avait martyrisée !

Oh, et puis non ! Tout compte fait, dès qu'il lui aurait mis la main dessus, il le tuerait.

3

La porcelaine rendit un son mélodieux lorsque Chloé reposa sa tasse et sa soucoupe sur le plateau. Ses mains tremblaient un peu. Les deux hommes s'en étaient-ils aperçus ? Probablement, car ils ne la quittaient pas des yeux.

C'était d'autant plus curieux que, selon elle, les messieurs n'étaient pas très observateurs. Ils étaient tellement imbus d'eux-mêmes qu'ils remarquaient à peine le monde extérieur, à moins d'avoir quelque chose à y gagner.

Toutefois, ces deux-là faisaient exception. Ils avaient l'air attentifs. C'était exactement ce qu'elle souhaitait. Elle avait envie d'être écoutée. Et *entendue*. Par Harry Bolt.

Harry Bolt, et pas Michael Keillor.

Mais, pour l'instant, le plus réactif des deux, c'était justement Michael Keillor. Quant à Harry Bolt, il ne faisait rien de mieux que de la regarder avec des yeux ronds.

Normalement, Chloé n'avait pas besoin de plus de cinq minutes pour jauger quelqu'un. Il y avait tant d'indices – les attitudes, le regard, les vêtements, le son de la voix, le langage. Même la façon de respirer. Mais elle avait beau faire, elle n'arrivait pas à voir clair au travers de ces deux-là.

Leurs vêtements étaient quelconques. Confortables et pas particulièrement chics. Pas des costumes pour rester assis derrière un bureau. Plutôt du solide, pour se colleter avec la réalité extérieure.

Ils lui accordaient beaucoup de temps et elle en abusait.

Elle triturait toujours l'enveloppe kraft qui contenait tout son passé. Et peut-être son avenir.

— Monsieur Bolt, commença-t-elle.

— Je vous en prie, appelez-moi Harry.

Il avait une voix grave, presque aussi grave que celle de son partenaire.

— Et, ajouta-t-il en montrant ce dernier, lui, c'est Mike.

Quelque chose dans la voix d'Harry la fit frissonner.

— Harry, reprit-elle, je dois commencer par vous faire un aveu : j'ai menti à la réceptionniste. Je lui ai dit que je n'avais besoin que de cinq minutes. Mais ça risque de durer plus longtemps. Je regrette de ne pas avoir pris rendez-vous. Je sais que j'aurais dû. Si vous voulez, proposa-t-elle en espérant qu'il refuserait, je peux revenir plus tard.

— Mais non, voyons, répondit Harry en se carrant enfin dans son grand fauteuil directorial.

Il avança la main et appuya sur un bouton.

— Marisa ? S'il vous plaît, annulez mes deux prochains rendez-vous.

Mike se pencha vers l'Interphone et dit :

— Marisa, c'est Mike. Pendant que vous y êtes, annulez mon rendez-vous de 10 heures, s'il vous plaît.

— Donc, mademoiselle Mason, reprit Harry, nous voilà tous les deux à votre entière disposition. Nous vous écoutons. Prenez votre temps.

Chloé se mit à se balancer au bord de son fauteuil, s'arrêta dès qu'elle s'en rendit compte. Par où commencer ?

Par le commencement, bien sûr.

— J'ai eu un accident, dit-elle. Un accident très grave, quand j'étais petite. Je ne m'en souviens absolument pas. Mais, à cause de cela, je suis allée d'hôpital en hôpital pendant toute mon enfance et une bonne partie de mon adolescence. À quinze ans, j'avais été opérée quatorze fois.

Les deux hommes firent la grimace.

— Je compatis, mademoiselle Mason, dit Harry Bolt.

— Appelez-moi Chloé, s'il vous plaît.

Elle essaya de sourire, mais sans grand succès.

— Je ne le dis pas pour me faire plaindre, ajouta-t-elle d'une voix blanche. Mais je vous remercie. Ça me touche.

Elle n'aimait pas parler de ses misères, sauf avec les médecins et le personnel soignant. Ç'avait été suffisamment dur à vivre. Elle n'avait pas envie de le revivre en le racontant. Les gens se demandaient peut-être pourquoi elle avait parfois la démarche raide, mais elle ne se sentait pas obligée de leur expliquer.

— Je vous en parle parce que mes, comment dire ? mes ennuis de santé m'ont privée de dix ans de ma vie. Mes blessures étaient si graves que les médecins ont plusieurs fois perdu l'espoir de me sauver. Telle que vous me voyez, c'est un miracle si je suis encore en vie. Le résultat de tout ça, c'est que des pans entiers de mon existence ont disparu. À part de longs séjours dans des hôpitaux et des cliniques, je ne me souviens pas de grand-chose. Pendant cette période, je n'ai jamais été à l'école. Ç'aurait été impossible. Mes parents payaient des professeurs particuliers, qui venaient me voir à l'hôpital. Ce n'est qu'à partir de quinze ans que j'ai pu enfin me lever, marcher, songer à mener une vie normale.

Elle observa Harry Bolt puis Mike Keillor, promenant de l'un à l'autre un regard anxieux et scrutateur. Difficile de dire lequel des deux était le plus intéressé par son récit. Elle n'avait jamais été l'objet d'une telle attention. Elle eut l'impression que non seulement ils ne perdaient pas un mot de ce qu'elle disait, mais qu'en outre, ils percevaient même les mots qu'elle ne disait pas.

Elle prit une profonde inspiration, parce que les vraies difficultés commençaient.

— Je n'ai jamais osé demander à mes parents ce qui s'était passé. Ils n'étaient pas des gens très chaleureux, c'est le moins qu'on puisse dire. Jack Mason, mon père, était richissime. Il était à la tête d'une affaire florissante, dans l'immobilier. Au début, ma mère, Laura, venait me voir à l'hôpital chaque semaine. Au fil des années, ses visites se sont espacées. À la fin, elle venait une fois par trimestre au grand maximum. Comme j'avais besoin de longues périodes de rééducation entre les opérations, mes parents ont trouvé plus pratique de me placer dans des cliniques de long séjour, plutôt que de me déménager sans cesse. Ils pouvaient se le permettre.

C'est ainsi qu'elle s'était retrouvée pendant de longues années dans des cliniques de luxe, entièrement délaissée, avec les infirmières pour seule compagnie. Elle avait espéré l'amour de ses parents, sans jamais l'obtenir. Il n'y avait jamais rien eu d'autre que ce puits sans fond dans lequel elle déversait en vain son amour de petite fille.

Sur son lit de souffrance, elle avait vécu dans l'attente des visites de sa mère. Lesquelles se déroulaient toujours de la même façon. Sa mère arrivait avec un cadeau hors de prix, elle s'asseyait sur une chaise sans ôter son manteau. Elle posait une ou deux questions, n'écoutait pas les réponses, visiblement pressée de repartir, ce qu'elle faisait en général au bout d'un quart d'heure. Ensuite, Chloé pleurait ; jusqu'à ce qu'elle devienne assez résignée pour ne même plus pleurer.

— Mes parents étaient des gens froids et distants, résuma-t-elle. Les apparitions de mon père étaient encore plus rares que celles de ma mère. Lui, c'est tout juste si je le voyais deux fois par an. Finalement, vers la fin de ma quinzième année, j'en ai eu terminé avec les opérations. Les médecins ont dit que j'allais aussi bien que possible et que j'étais libre de rentrer chez moi. Mes parents déménageaient souvent. Lorsque je suis sortie de l'hôpital, on m'a emmenée dans une maison que je n'avais jamais vue, dans un quartier de la ville que je ne connaissais pas. Un décorateur m'avait préparé une chambre. Dans cet environnement nouveau, avec des parents que je connaissais à peine, j'ai eu un peu de mal à m'adapter.

— Où était-ce ? demanda Mike Keillor.

— À Boston.

Jusqu'ici, Harry Bolt avait peu parlé. Mais il écoutait. Chloé avait même l'impression qu'il était attentif avec chacun de ses cinq sens et pas seulement avec ses oreilles. Pourtant, c'était Michael Keillor qui posait les questions.

Les mains crispées sur son enveloppe fétiche, Chloé observa de nouveau les deux hommes. Ils n'avaient pas l'air de s'impatienter. Au contraire, ils l'écoutaient avec attention, et bienveillance.

D'ordinaire, les gens ne pouvaient s'empêcher de trahir leur exaspération, lorsqu'elle cherchait ses mots. Ils poussaient des soupirs, croisaient et décroisaient les jambes. Il y avait ceux qui regardaient au plafond, ceux qui regardaient leur montre, ceux qui griffonnaient. On lui avait tout fait. Ici, rien de tel. Seulement deux hommes qui l'écoutaient en lui témoignant l'intérêt le plus vif.

Du coup, elle ne bafouillait pas. Les mots lui venaient aussi facilement que si elle avait été en train de raconter un film.

— Lorsque j'ai définitivement quitté mon dernier hôpital, ayant épuisé toutes les ressources de la médecine moderne, c'était l'été et il n'y avait pas d'école. De toute façon, j'avais deux ans d'avance parce que j'avais eu d'excellents précepteurs et qu'à l'hôpital, il n'y a pas grand-chose à faire à part étudier. Je ne me plaisais pas chez mes parents. Je les trouvais bizarres, même si je manquais d'éléments de comparaison. En fait, *tout* me semblait bizarre. Nous parlions peu. Ils ne me posaient jamais de questions. Je ne leur en posais jamais non plus. Si je leur en avais posé, ils n'auraient pas répondu. Ils étaient presque toujours absents. Je restais toute seule à la maison. C'était un peu comme l'hôpital, sauf que j'étais bien habillée et que je pouvais sortir quand je le voulais. Et puis, un jour, mon père est rentré plus tôt que d'habitude.

Chloé ferma les yeux. C'était ancien, elle avait vu des tas de psy, mais ce souvenir était toujours aussi accablant.

Un jour de juillet à Boston, chaud et humide. Dans sa chambre, Chloé avait trouvé une armoire pleine de jolies robes d'été, cadeaux de sa mère, pour une fois délicate et attentionnée. Après dix ans de pyjama et de survêtement, les jolies robes l'avaient enchantée.

Une promenade en plein air était une nouveauté pour elle, et une fête. La chaleur du soleil sur sa peau et le vent dans ses cheveux, quel régal ! Elle portait une petite robe en coton et pas de soutien-gorge, car pourquoi porter un soutien-gorge quand on a des tétons comme des œufs au plat ? La maison avait un jardin qu'elle adorait explorer. Un jardinier s'en occupait deux après-midi par semaine. Un vieux Mexicain très gentil qui lui apprenait le nom des fleurs en anglais et en espagnol. Elle passait des heures avec lui sans songer que peut-être elle le dérangeait dans son travail.

Ce jour-là, rentrant du jardin les bras chargés de fleurs, elle tomba sur son père. C'était un gaillard qui se servait de sa taille et de son poids pour intimider les gens autour de lui. Sa femme, pour commencer, mais aussi la cuisinière, les femmes de chambre et les gens qui venaient quelquefois dîner. Il intimidait aussi Chloé.

Elle avait géré le problème en tâchant de ne jamais se trouver seule dans la même pièce que lui, sortant quand il entrait, s'arrangeant pour ne pas le frôler, même par mégarde. Elle tressaillait à son approche. Il lui donnait la chair de poule.

Ce jour-là, il n'y avait pas eu moyen de quitter la pièce ni même de battre en retraite. Il l'avait coincée contre un mur.

Elle avait été prise d'une terreur panique, sans commune mesure avec le danger réel. Comme si cette situation lui en rappelait une autre. Chloé s'était même demandé si elle n'était pas un peu médium, car elle avait souvent fait des cauchemars dans lesquels elle se retrouvait plaquée contre un mur par un colosse.

Et, cet après-midi-là, son cauchemar était devenu réalité.

— Est-ce qu'il l'a fait ? demanda Mike Keillor d'une voix sourde.

Chloé battit des paupières. Il venait de dire quelque chose dont elle n'avait saisi que la fin.

— Comment ?

— Nous avons entendu ce genre d'histoire un nombre incalculable de fois. C'est pourquoi je vous demandais si votre père vous avait violée.

Chloé baissa la tête. Ça se voyait tant que ça ? Elle avait l'air d'une femme qui a été violée par son père ? Elle qui s'était donné tant de mal pour ne pas apparaître comme une victime ! Cependant, cet homme ne s'y était pas trompé !

— Non, murmura-t-elle. Ce n'est pas faute d'avoir essayé. Mais je me suis débattue comme une diablesse dans l'eau bénite. Ce qui n'était pas malin, car il était beaucoup plus fort que moi. J'aurais dû essayer de fuir. Mais j'étais sidérée.

Elle se souvenait de tous les détails. De la rage folle qui s'était emparée d'elle.

— Oui, toute résistance était vaine, reprit-elle. Mon père mesurait presque deux mètres et pesait plus de cent kilos. Mes coups ne lui faisaient aucun mal. Il ne prenait même pas la peine de les esquiver. À un moment donné, il a mis une de ses mains sur ma bouche parce que je criais.

Dès cet instant, elle avait compris ce qui se passait.

Elle n'avait jamais fait l'amour, jamais embrassé un garçon, ni même jamais touché un garçon ; mais elle avait lu des romans et, de toute façon, même sans ça, elle aurait compris. D'instinct. Ce visage tout congestionné, cette respiration haletante, ces yeux fous, ces narines frémissantes, cette odeur de bête fauve, une fille comprenait facilement. Même le renflement au niveau de la braguette, elle savait ce que cela voulait dire.

Elle avait crié, donné des coups de pied, des coups de poing. Elle avait attrapé un lourd chandelier et elle lui en avait donné un coup sur la tête. Il avait eu une expression de surprise qui voulait dire : « Quoi ! cette mauviette se défend ! »

Sa résistance avait été de courte durée.

— Il a fini par me casser un bras, dit-elle.

Ç'avait été le prix à payer pour échapper au viol car, en voyant le bras qui faisait un drôle d'angle, il s'était arrêté net.

Harry Bolt parut écœuré. Mike Keillor parut furieux. Chacun son tempérament.

— Juste à ce moment-là, poursuivit Chloé, ma mère est entrée. Sans un mot pour mon père, elle m'a emmenée dehors. Elle m'a conduite à l'hôpital et leur a dit que je m'étais fait ça en tombant. Le lendemain, avec mon bras dans le plâtre, je me suis retrouvée dans un avion pour Londres. Mes parents m'avaient inscrite dans un pensionnat de jeunes filles, l'école du Sacré-Cœur. J'y suis restée trois ans.

Chloé sourit. Elle ne savait pas si sa mère s'était renseignée sur le Sacré-Cœur ou bien si elle avait fermé les yeux et posé le doigt au hasard sur la page d'un annuaire. En tout cas, elle avait mis dans le mille. Les années que Chloé avait passées au Sacré-Cœur, sous l'égide de sœur Marie Michel, avaient été les plus heureuses de sa vie, et de loin. Les nonnes étaient chaleureuses, les autres filles, qui venaient des quatre coins du monde, avaient fourni l'amitié et, pour la première fois de sa vie, Chloé s'était sentie chez elle quelque part.

— Me trouvant bien en Angleterre, j'y suis restée.

Mike hocha la tête. Ainsi s'expliquait la pointe d'accent anglais.

— J'ai fait mes études supérieures à Londres, poursuivit Chloé. Quand j'ai eu mon diplôme, je suis retournée au Sacré-Cœur, mais cette fois comme prof. J'enseignais l'histoire et la littérature américaines. Je n'ai jamais revu mes parents. Ma mère et moi, nous échangions des nouvelles de temps à autre. Parfois, elle parlait de venir me voir à Londres, mais elle ne l'a jamais fait.

Par contre, elle envoyait de l'argent. Des centaines de milliers de dollars, que Chloé mettait à la banque, dépensant le moins possible. Elle aimait les jolis vêtements mais elle n'avait pas besoin d'une immense garde-robe. Elle avait des goûts simples et son pécule ne fit que croître.

Chloé regarda sa montre. Elle parlait depuis une demi-heure.

— Je suis désolée, dit-elle aux deux hommes. Je vous fais perdre votre temps. Mais il fallait que je dise tout ça pour que vous compreniez ma démarche.

Une fois de plus, ce fut Michael Keillor – Mike – qui parla.

— Oh, nous comprenons parfaitement. N'est-ce pas, ajouta-t-il regardant Harry avec insistance.

Harry Bolt secoua la tête. Ce n'était pas pour dire oui, plutôt pour s'ébrouer.

Les mains de Chloé se remirent à trembler. Le grand moment était venu. Jusqu'ici, elle avait raconté son histoire comme si c'était celle de quelqu'un d'autre. Mais maintenant, cela devenait trop intime. Avec la possibilité d'un épilogue terrible... ou magnifique.

Elle se pencha en avant et les deux hommes firent de même. Un groupe de comploteurs en train de manigancer un mauvais coup.

— Comme je l'ai dit, je n'ai jamais revu mes parents et je n'avais pas souvent de leurs nouvelles. Si bien que je ne l'ai pas su tout de suite, lorsqu'ils ont été tués dans un accident de la route le 18 avril de l'année dernière. L'avocat de mon père a mis un mois à me retrouver. C'était la fin du trimestre, alors, je suis rentrée pour régler les affaires de mes parents.

Elle avait l'impression que l'enveloppe, sur ses genoux, était remplie de briques. Lourde, bosselée, encombrante.

Plus elle approchait du terme de son récit, plus sa poitrine lui faisait mal.

— Mon père ne m'avait rien laissé dans son testament, enchaîna-t-elle. Cela ne m'a guère surprise. Mais, comme ma mère lui avait survécu quelques heures, qu'elle était sa seule héritière et que j'étais la seule héritière de ma mère, j'ai quand même hérité de tout. J'ai averti l'école du Sacré-Cœur de ne pas compter sur moi à la reprise des cours car j'allais avoir besoin de temps pour régler la succession. Ce n'était pas une mince affaire, mais j'avais des hommes de loi pour m'aider et un endroit où habiter : leur maison. Une maison flambant neuve, grande comme un château, que je n'avais jamais vue. Tant que j'y étais, j'en profitais pour en faire l'inventaire. Elle contenait des livres rares, des beaux meubles et des œuvres d'art. Et puis surtout, j'ai fouillé dans les papiers, dans l'espoir d'apprendre des choses sur mes parents et sur mon propre passé. C'était l'occasion de répondre aux questions qui me hantaient depuis longtemps.

Elle s'interrompit pour respirer. Tous les événements de sa vie avaient convergé vers ce moment et elle qui ne laissait rien au hasard, prévoyait tout, planifiait tout, résolvait tous les problèmes avant même qu'ils ne se posent, eh bien, elle n'avait pas la moindre idée de ce qui allait arriver à la seconde suivante.

— Dans le bureau de mon père, il y avait un coffre-fort énorme, comme ceux que les cambrioleurs essaient de forcer dans les films policiers. Je n'avais aucun moyen de l'ouvrir. L'avocat m'a dit que j'avais le droit de le faire ouvrir. Il m'a donné le nom d'un expert. Un homme qui avait fait de la prison à cause de ses exploits de perceur de coffre et qui était devenu *consultant en sécurité*. En réalité, quelqu'un que vous embauchez pour forcer des coffres en toute légalité.

Au souvenir de ce curieux personnage, un pâle sourire étira ses lèvres. Luigi Zampilli ! Proportionné comme une borne d'incendie mais avec des mains de neurochirurgien. Il avait dit :

— Pour dix mille dollars, je vous ouvre ce coffiot en moins de cinq minutes, montre en main.

Elle avait sorti les dix mille dollars et il avait ouvert le coffre en quatre minutes et demie.

Les deux hommes ne la quittaient pas des yeux. Elle avait de plus en plus de mal à parler. Elle finit son thé pour s'humidifier la gorge. Elle aurait donné cher pour être plus vieille d'un quart d'heure, quand elle aurait tout dit et qu'elle connaîtrait leur réaction.

— À l'intérieur du coffre, il y avait plusieurs centaines de milliers de dollars en bons du Trésor, des lingots d'or et des titres de propriété pour un nombre incalculable de maisons et d'immeubles. Il y avait aussi une boîte noire pleine de documents.

D'une main qui tremblait de plus en plus, Chloé posa son enveloppe sur le bureau d'Harry et la contempla pensivement. Il y avait toute sa vie dans cette enveloppe.

— J'ai été adoptée, dit-elle enfin en ravalant sa salive. Je ne m'en étais jamais doutée. Lorsque j'ai vu les papiers d'adoption, j'ai eu l'impression de recevoir un coup de marteau sur la tête.

Elle avait été si choquée qu'elle s'était laissée choir dans un fauteuil et qu'elle y était restée vingt-quatre heures d'affilée tandis que ses souvenirs, comme dans un kaléidoscope, se rassemblaient pour former une nouvelle image, une image enfin cohérente, alors que l'ancienne n'avait jamais eu le moindre sens.

Adoptée. Elle avait été adoptée. Par des parents qui n'avaient pas voulu d'elle. Cela ressortait clairement du journal intime de sa mère adoptive.

— Le certificat d'adoption était seulement à son nom à elle. Il se trouve que la femme que j'avais toujours prise pour ma mère était en réalité ma tante. Ma mère biologique avait été une fille à problèmes qui, dès l'âge de quatorze ans, était allée de cure de désintoxication en cure de désintoxication, jusqu'à ce qu'elle se décide à fuguer, vers dix-huit ans. Cela m'a pris des jours à reconstituer l'histoire, surtout d'après le journal intime que ma mère, enfin, ma tante, avait tenu, mais aussi d'après des coupures de presse qui relataient les nombreux démêlés de ma mère avec la justice. Après la fugue de ma mère, on perdait sa trace. J'ai donc...

Elle se mit à trembler. De tout son être et plus seulement ses mains. Elle regarda Harry, puis Mike, puis encore Harry. Ce dernier n'avait pas l'air dans son assiette. Ses yeux étaient tellement brillants qu'on les aurait dits radioactifs, et les coins de sa bouche étaient affaissés.

— J'ai donc engagé une enquêtrice privée, acheva-t-elle.

Étranglée par l'émotion, Chloé fut obligée de se taire pendant un instant. C'est à peine si elle pouvait respirer.

Inutile de mentionner les innombrables fausses pistes, les impasses. La mère de Chloé avait été une paumée, malade mentale, accro à toutes les drogues existantes et avec un penchant marqué pour les hommes violents et instables.

Ce que Chloé avait appris sur elle l'avait rendue malade, mais elle avait continué de chercher. Parce que la vérité valait mieux que ce... que ce rien. Ce gigantesque trou au milieu de sa vie.

L'enquêtrice, Amanda Young, avait été une jeune et jolie fille. Une ancienne policière qui avait démissionné parce que son patron la harcelait. Elle avait porté plainte, gagné son procès, changé de métier. Entre Amanda et Chloé, le courant était passé tout de suite. Amanda n'avait pas ménagé ses efforts pour cette cliente-là. Nul doute que, sans la ténacité d'Amanda, Chloé aurait laissé tomber.

Et elle ne serait pas là aujourd'hui, sur le point de...

Elle eut un hoquet de frayeur.

La vérité, c'est qu'elle ne connaissait pas Harry, ne savait rien de lui. Pas moyen de prévoir comment il allait réagir.

Tout ça pouvait finir très mal.

En même temps, elle ne pouvait s'empêcher d'espérer le contraire. Ça devait se voir sur son visage. Un espoir comme celui-là, elle n'en avait jamais ressenti auparavant. Pas même lorsque les médecins lui avaient dit qu'elle ne remarcherait peut-être jamais.

— Et alors ? demanda Harry en fronçant ses gros sourcils. Elle a trouvé quelque chose ? L'enquêtrice ?

Chloé hocha la tête. Elle avait de nouveau la gorge sèche et sa tasse était vide.

— Oui, elle a fini par trouver. Après des mois de recherches. Les gens comme ma mère laissent des traces partout, dans les postes de police, les tribunaux, les hôpitaux, les services sociaux. Bref, ma mère était partie vers l'Ouest. La piste aboutissait ici, à San Diego. Elle s'était mariée avec quelqu'un comme elle, toxicomane et désaxé, qui l'a quittée quand elle a été enceinte de moi. J'étais son deuxième enfant. Avant moi, elle avait eu un garçon. L'année de mes cinq ans, ma mère a été assassinée par un de ses amants. Il s'en était également pris à mon frère et à moi. J'avais été gravement blessée. C'était ça, l'*accident*.

Doucement, si anxieuse qu'elle sentait à peine ses propres mains, Chloé poussa l'enveloppe vers Harry. La pièce était silencieuse. L'enveloppe parut faire beaucoup de bruit en glissant sur le bureau.

— Tout est là. Le rapport de l'enquêtrice, le certificat de mariage et les deux bulletins de naissance, celui de mon frère et le mien. Et puis les certificats de décès de ma mère et de son mari, c'est-à-dire mon père. Le mari de ma mère s'appelait Michael.

Elle ravala péniblement sa salive avant de continuer.

— Michael Bolt. Le couple a eu deux enfants.

Chloé avait des sueurs froides. Elle était pleine d'espoir et de désespoir, les deux à la fois.

— Les enfants s'appelaient Harry et Christine. Harry Bolt et Christine Bolt. Je suis née Christine Bolt.

Elle accrocha le regard de l'homme qui était sans doute sa seule famille. Sa gorge se noua. Les mots réussirent quand même à se frayer un passage jusqu'à ses lèvres.

— Harry, je crois que vous êtes mon frère.

Harry se leva d'un bond. Il était livide.

— *Crissy ?* murmura-t-il.

Chloé resta sans voix une fraction de seconde. Et soudain, du tréfonds de sa mémoire, où il était enfoui mais non oublié, remonta ce nom :

— *Rico ?*

Et elle fondit en larmes.

4

Harry serrait Chloé dans ses bras. Elle pleurait si fort qu'elle avait du mal à respirer. Harry pleurait aussi. Mike n'avait jamais vu Harry pleurer, ce qui s'appelle *jamais*. Pas même lorsqu'il était rentré d'Afghanistan grièvement blessé, et que le moindre geste était pour lui une torture.

— Je n'arrive pas à le croire, dit Harry.

Il s'écarta et tint Crissy – enfin, Chloé ! – par les épaules, tandis que de grosses larmes ruisselaient sur ses joues.

— Oh mon Dieu ! C'est toi ? C'est vraiment toi ?

Sans attendre de réponse, il l'étreignit de nouveau.

Ce n'était pas la peine de le demander. La ressemblance était frappante. Voilà pourquoi il s'était pétrifié en la voyant. Son cœur n'avait pas été long à comprendre des choses que son cerveau ne pouvait pas accepter.

Ils étaient frère et sœur, indiscutablement. Une fois que vous le saviez, vous ne pouviez plus en douter. Ils étaient sortis du même moule. Chloé, si féminine, et Harry, si viril ! Comment pouvaient-ils être aussi semblables en étant aussi différents ? Pourtant, cela crevait les yeux : même teint, même regard, même physionomie.

Les enfants Keillor avaient été comme ça. Trois frères, ressemblant beaucoup à leur père et un peu à leur mère et se ressemblant entre eux comme deux gouttes d'eau. Une famille, visiblement unie par les liens du sang. Le cœur de Mike se serra, comme chaque fois qu'il repensait à eux.

Harry et Chloé faisaient beaucoup de bruit, parlant vite, sanglotant, riant comme des fous.

La porte du bureau coulissa et Sam passa la tête dans l'embrasure. Il n'avait pas bonne mine. La deuxième grossesse de Nicole était encore plus pénible que la première. Elle passait des nuits difficiles et son mari aussi.

— Qu'est-ce que c'est que ce raffut ?

Il eut un hoquet de surprise en voyant Harry et Chloé dans les bras l'un de l'autre, pleurant à chaudes larmes. Ce n'était pas tous les jours qu'on pouvait voir l'ami Harry en train d'enlacer une femme qui n'était pas la sienne ou de chialer comme un môme. Alors, les deux à la fois !

Mike n'eut aucun mal à imaginer ce qui se passait dans la tête de Sam. Un genre de branle-bas de combat parmi ses neurones. Sam avait beaucoup de mal à analyser la scène, chose inhabituelle chez un ancien des Navy Seals. Ces gars-là ne sont pas faciles à surprendre et, en général, ils comprennent vite. Sam manquait vraiment de sommeil…

Harry releva la tête. La joie la plus pure se lisait sur son visage. Il sourit à Sam.

— Sam, je te présente ma sœur Crissy.

Se retournant vers elle, il ajouta :

— À moins que tu préfères qu'on continue à t'appeler Chloé ?

Chloé resplendissait comme un petit soleil.

— Oui, appelle-moi plutôt Chloé, répondit-elle doucement. Si tu n'y vois pas d'inconvénient.

Sam secoua la tête. Non ! C'était invraisemblable !

— Crissy ? Mais je croyais qu'elle était…

Il avait été sur le point de dire *morte*. Chloé se retourna vers lui. Ce fut exactement comme pour Mike. Une fois admise l'idée qu'Harry et Chloé étaient frère et sœur, ça devenait évident.

— Oh, mon Dieu ! s'exclama-t-il en écarquillant les yeux.

— Hé oui, fit Harry en s'essuyant les yeux. J'ai hâte d'apprendre la nouvelle à Ellen. La tête qu'elle va faire ! Et Grace !

Se penchant vers Chloé, il ajouta :

— Ma chérie, j'ai le plaisir de t'apprendre que tu as une nièce. Une jolie petite nièce qui s'appelle Grace. Son deuxième prénom, c'est Christine. Comme toi !

Le visage de Chloé se fripa, ses épaules tremblèrent. Elle se blottit contre la poitrine d'Harry et se remit à sangloter.

Sam hésita à s'approcher. Face à une femme en pleurs, il était aussi précautionneux qu'au milieu d'un champ de mines.

C'est alors que Marisa fit irruption dans la pièce.

En pareil cas, elle était tout le contraire de Sam. En fusillant du regard ces trois sagouins qui avaient osé faire pleurer une femme, elle prit Chloé par les épaules. Marisa pesait soixante kilos toute mouillée et approchait de la cinquantaine. Mais aucun d'entre eux n'aurait osé lui tenir tête quand elle était comme ça. Plutôt s'attaquer à une lionne défendant ses petits.

— Que se passe-t-il ici ? Qu'est-ce que vous avez fait à cette pauvre fille, bande de…

— C'est ma sœur, dit Harry en l'interrompant. Ma petite sœur qui revient d'entre les morts.

Marisa en resta bouche bée. Personne n'en parlait jamais, mais tout le monde au bureau connaissait l'histoire d'Harry. Tout le monde savait qu'il ne s'était jamais remis de la perte de sa sœur.

— *Mamma mia*, murmura-t-elle.

Elle en revenait toujours à sa langue maternelle, quand elle était émue. Après avoir dévisagé tour à tour Harry et Chloé, elle s'exclama de nouveau :

— *Mamma mia*.

— *Davvero*, dit alors Chloé en essuyant ses larmes.

Marisa poussa un cri, embrassa Chloé sur les joues et esquissa un pas de danse. Mike n'en revenait pas. Personne n'avait jamais vu Marisa aussi exubérante.

— *Una sorella ritrovata !* s'exclama-t-elle. La petite sœur que l'on croyait perdue, elle est retrouvée ! Et elle parle italien !

— *Solo un poco*, seulement un peu, répondit Chloé en souriant. Je n'en ai fait que pendant un an.

— Hé ! Que se passe-t-il ici ?

Deux jolies femmes montrèrent le bout de leur nez au coin de la porte. Elles avaient l'air intrigué. C'étaient Nicole et Ellen. Elles venaient sans doute de travailler ensemble. En plus de chanter comme un ange, Ellen était expert-comptable. Elle tenait la comptabilité de Wordsmith, l'agence de traduction de Nicole, ainsi que de RBK Security.

Elle se précipita vers son mari en larmes.

— Harry ! s'exclama-t-elle, avec plus de surprise que d'inquiétude. Qu'est-ce qui ne va pas, mon chéri ? Tu as mal ?…

De toute évidence, Harry n'avait mal nulle part. Il éclata de rire et essuya ses joues. Chloé se tourna vers les deux femmes. Une espérance faisait briller ses yeux dorés. Mike n'avait jamais rien vu d'aussi poignant que ce sourire qui l'illuminait. Le sourire de quelqu'un qui n'est pas habitué au bonheur.

— Viens ici, ma chérie, dit Harry à sa femme.

Ellen et Nicole n'étaient pas sottes. Elles regardaient Harry puis Chloé, comprenant bien qu'il se passait quelque chose.

— Ellen chérie, dit Harry entre deux rires, car c'était tellement extraordinaire que ça avait l'air d'une blague, écoute ! Je sais que tu vas avoir du mal à le croire, mais permets-moi de te présenter… Crissy. Ma petite sœur. Elle était morte, elle ne l'est plus. Seulement, maintenant, elle s'appelle Chloé.

Ellen et Nicole en restèrent stupéfaites. Mike faisait à peine attention aux autres. Il se rapprocha. C'était plus fort que lui. Chloé était la lumière faite femme et il était irrésistiblement attiré par elle. Ses jambes se mouvaient de leur propre initiative, son corps tout entier s'avançait vers cette lumière, qu'il avait reconnue tout de suite comme une chose bonne et désirable.

Harry tenait maintenant Ellen et Chloé dans ses bras. Tout le monde parlait en même temps, dans un brouhaha ponctué d'exclamations incrédules et de rires. Marisa se tenait un peu à l'écart, un sourire béat sur les lèvres, les yeux humides. Sam se pencha vers elle.

— Marisa.

Avec toute autre femme, il lui aurait posé sa main sur l'épaule. Mais Marisa n'aimait pas qu'un homme la touche. Il y avait d'ineffaçables cicatrices aux endroits où son mari l'avait touchée.

Elle se tenait droite. Elle était tout doucement en train de se ressaisir. Bientôt, elle aurait recouvré son air serein et digne.

— Monsieur Reston, répondit-elle avec un petit signe de tête.

Sam regarda Harry, entouré de femmes heureuses, surexcitées, puis il regarda Mike. Et se décida.

— On ferme ! annonça-t-il en se tournant vers Marisa. RBK offre deux jours de congés à tout son personnel. On reprendra le travail lundi. Annulez tous les rendez-vous prévus d'ici là, s'il vous plaît. Le plus délicatement possible.

Lorsque Sam l'interrogea du regard, Mike hocha la tête en signe d'approbation. Retrouver une sœur qu'on croyait morte depuis longtemps, ça justifiait bien quelques jours de vacances. Surtout si la sœur en question était Chloé Mason !

— Bien monsieur, merci, monsieur, répondit Marisa.

Sa voix était neutre, mais le rose du contentement colorait ses joues. Le bonheur des Bolt était contagieux et elle l'avait attrapé.

Ils l'avaient tous attrapé.

— Eh bien, dans ce cas, Wordsmith ferme aussi, dit Nicole en souriant.

Son agence de traduction était au même étage que RBK, juste en face.

— Je vais sous-traiter les travaux qui ne peuvent pas attendre. Un événement comme ça, ça se fête ! Et toi, Ellen, poursuivit-elle en regardant la femme d'Harry d'un œil sévère, car c'était une travailleuse forcenée qu'il fallait quelquefois décoller de son bureau avec une barre à mine, plus de bilans jusqu'à lundi, d'accord ? Pas même la plus petite addition !

Ellen éclata de rire.

— Tout à fait d'accord ! Tu ne crois pas sérieusement que je vais travailler quand j'ai une sœur qui me tombe du ciel ?

Elle serra Chloé dans ses bras. Elle aussi, elle avait le rose aux joues.

— Chloé, attends d'avoir vu Grace. Ta nièce. Tu vas l'adorer. C'est formidable ! Elle n'avait qu'une tante, maintenant, elle va en avoir deux. Nicole, es-tu prête à partager ton statut et tes privilèges ?

— Avec cette belle petite-là, bien sûr ! répondit joyeusement Nicole.

Et elle se pencha pour embrasser Chloé sur la joue.

— J'ai hâte que tu connaisses ma fille, ajouta-t-elle. Elle s'appelle Meredith. Merry pour les intimes. À part ça, euh !…

Elle se retourna vers Harry et lui sourit.

— C'est tellement formidable que les mots me manquent !

Ce qui n'était pas banal pour une traductrice professionnelle dont les mots étaient le fonds de commerce.

Sam et Harry avaient vraiment des femmes extraordinaires. Mike était content pour eux. La brune Nicole et la rousse Ellen étaient non seulement belles et intelligentes, mais aussi douées pour la vie conjugale. Elles étaient amoureuses et faisaient de beaux enfants. De toute leur vie, Sam et Harry n'avaient jamais eu de famille, jamais su ce qu'était un foyer heureux. Depuis leur mariage, ils ne touchaient plus terre.

Nicole avait passé un coup de fil. Elle referma son téléphone portable, le rangea dans son sac et réclama le silence en tapant dans ses mains.

— Je viens de demander à Manuela de préparer le déjeuner. Elle va s'y mettre dès qu'elle aura fini de pleurer. La fête continue sur Coronado Shores. Chloé, où vas-tu habiter ?

— Chez nous, répondirent Ellen et Harry d'une seule voix. Ça ne se discute même pas, ajouta Harry.

Chloé était au comble de la joie. Tout à l'heure, en découvrant dans le hall d'accueil cette frêle jeune femme si pâle et si anxieuse, Mike l'avait trouvée émouvante. Mais on n'aurait pas pu dire que sa beauté sautait aux yeux. Maintenant qu'elle rayonnait de bonheur, les yeux brillants de larmes et les joues colorées, il la trouvait sublime.

Ellen et Nicole, aussi belles qu'elles soient, ne lui arrivaient pas à la cheville.

— Oh ! s'exclama Chloé, je ne veux pas vous encombrer ! J'ai loué une chambre au *Del Coronado*. Vous n'êtes pas obligés de me fournir le gîte après le couvert ! Vous avez un enfant et...

Elle laissa sa phrase en suspens lorsqu'elle se rendit compte que ni Harry ni Ellen ne l'écoutaient. Ils étaient déjà en train de discuter de l'intendance : quelle chambre allait-on lui donner, ne faudrait-il pas ajouter une armoire, etc.

Lorsqu'ils furent tombés d'accord, Ellen se retourna vers Chloé et l'étreignit.

— C'est le plus beau Noël de ma vie, assura-t-elle.

Harry prit la main de Chloé dans la sienne, avec mille précautions. Harry avait de grandes mains, comme Sam et Mike. Comme eux, il prenait soin de ne pas faire de mal aux femmes et aux enfants avec ses grandes mains.

Soudain, Mike repensa à la fille de la nuit précédente et il se sentit coupable. Elle avait demandé que ça ressemble à un viol et lui, comme un imbécile, était entré dans son jeu. Pour l'immobiliser, il lui avait pratiquement broyé les poignets. Et, pendant la partie de jambes en l'air, il y était allé un peu fort. Les cris qu'elle avait poussés n'avaient pas tous été de plaisir. Cette nana était une tordue, d'accord, mais ce n'est pas pour ça qu'elle méritait de souffrir – même à sa demande !

Ce souvenir lui faisait honte. Il se sentait sale. Indigne de ses deux amis. De leurs femmes. Et de Chloé.

— Chloé, dit Harry en la regardant attentivement, tu dois comprendre quelque chose de vraiment important. Sam, Mike et moi, nous sommes comme des frères. Plus proches que des frères, même, car il y a des frères ennemis. J'aurai tout le temps de t'expliquer pourquoi. Pour l'instant, tout ce que tu as besoin de savoir, c'est que je ne peux pas être ton frère sans que Sam et Mike le soient aussi. Avec Nicole, Ellen et les deux petites filles, nous formons une famille. *Ta* famille.

De nouveau, Chloé fondit en larmes. Elle ne pouvait contenir son émotion. Mike la comprenait. Lorsqu'elle avait raconté son histoire, il avait entendu dans sa voix un profond besoin de chaleur humaine. Lui, il n'avait profité de sa famille que jusqu'à l'âge de dix ans. Les choses avaient été encore plus dures pour elle, qui n'avait connu la sienne que pendant sa petite enfance. Un temps dont elle ne pouvait pas se souvenir.

Harry fit signe à Sam et à Mike.

— Vous deux, leur dit-il, venez embrasser votre sœur.

Sam s'approcha en premier. Il était grand : presque un mètre quatre-vingt-dix. Il dut se pencher beaucoup. Il l'embrassa sur le sommet du crâne.

— Tu sais, Chloé, c'est exactement comme l'a dit Harry. Pour ma femme et moi, tu fais partie de la famille. Et quand Merry pourra parler, elle ne dira pas autrement.

Chloé lui sourit. Mike, qui l'observait toujours avec la même attention, vit tressaillir les muscles sous la peau de son cou.

— Merci, Sam, murmura-t-elle entre deux sanglots.

Sam s'écarta pour faire place à Mike. Il voulut la prendre dans ses bras. Elle y consentit de bonne grâce. Avec lui, cela se passa sans heurt. Elle se retrouva dans ses bras, juste comme ça !

Le temps s'arrêta.

Le décor disparut. Harry et Sam, Ellen et Nicole – *pfft*, envolés ! Il n'y avait plus le moindre bruit. Rien que Chloé dans les bras de Mike. Mike avec Chloé dans ses bras.

Mike était plus petit que ses deux amis et son épaule se trouvait à la bonne hauteur pour que Chloé y appuie sa tête. Mike en profita pour frotter sa joue contre les cheveux de Chloé, si soyeux et si parfumés. Il n'aurait pas eu besoin de se pencher beaucoup pour l'embrasser.

Une vague de chaleur se répandait dans tout son corps. Il avait les nerfs à fleur de peau et pouvait sentir contre son cou les minuscules saccades dans le souffle de Chloé. Ses grandes mains enveloppant Chloé couvraient presque tout son dos. Contre sa paume, il sentait le cœur de la jeune femme battre à une cadence folle.

Mike avait couché avec quantité de femmes, mais il n'avait jamais rien éprouvé de semblable. C'était comme s'il touchait une femme pour la première fois. Il n'avait jamais senti une telle douceur, une telle chaleur. Il n'avait jamais connu une femme dont le corps se presse contre le sien comme s'ils étaient deux aimants de pôles opposés. Une force les projetait l'un vers l'autre. Une force mystérieuse, irrésistible.

Elle s'appuyait contre lui et il l'aurait bien gardée dans ses bras jusqu'à la fin des temps, mais il se rendit compte qu'il bandait, alors il s'écarta légèrement.

Bon Dieu ! Son sexe n'avait jamais su se tenir.

Voilà qu'il se comportait comme lorsqu'il allait draguer dans des endroits malfamés, quand il avait le moral à zéro. Il ne pouvait pas vraiment s'en vouloir, cependant… S'il bandait, c'était de désir pour la belle Chloé. Une promesse…

Il s'écarta brutalement et tenta de sourire.

Du coup, elle recula aussi et lui rendit son sourire.

— Un frère, murmura-t-elle.

Mike ne répondit rien. Sincèrement, il ne pouvait pas confirmer qu'elle venait de se trouver un autre frère.

Parce que les sentiments qu'il éprouvait à cet instant n'avaient absolument rien de fraternel.

5

Chloé reçut davantage de baisers ce matin-là que dans toute sa vie. C'était magique, au-delà des mots. Au-delà de tout ce qu'elle avait imaginé – et elle avait beaucoup fait marcher son imagination, pendant ses nuits sans sommeil.

Elle n'aurait jamais cru qu'avoir une famille pouvait être aussi merveilleux.

Il ne lui avait pas fallu plus d'une seconde pour comprendre qui était qui. La jolie rousse, avec un léger accent sudiste, c'était Ellen, la femme d'Harry. Et, par voie de conséquence, sa *belle-sœur*. Et elle avait une *nièce*.

Chloé n'avait jamais envisagé l'existence d'une belle-sœur et d'une nièce. Des gens avec qui elle aurait un lien de parenté. L'idée avait de quoi faire frissonner.

Ensuite, il y avait Nicole, la femme de Sam. Belle, chaleureuse et accueillante. Et, puisque Harry avait dit que Sam était comme un frère pour lui, il en résultait que Nicole aussi était une parente.

Sam était grand comme Harry, mais moins beau. Il avait l'air fort et rude, le genre d'homme qu'elle évitait, instinctivement. Grand, fort et rude, c'était pour elle synonyme de danger. Cette méfiance était inscrite au plus profond d'elle-même, dans son cœur, dans son cerveau, dans chacune de ses fibres, et elle n'avait jamais été tentée de la remettre en question, jusqu'à ce jour.

En dépit de son apparence, ce devait être un chic type. Il avait l'air capable de vous fracasser contre le mur sans faire le moindre effort, mais il s'appliquait à être le plus doux possible avec elle. Même sa grosse voix, il s'efforçait de l'adoucir lorsqu'il s'adressait à elle.

Et il n'aimait pas moins sa femme qu'Harry aimait la sienne.

C'était flagrant dans ses yeux chaque fois qu'il regardait Nicole. Chloé comprenait pourquoi car Nicole était superbe, belle et gentille à la fois. Elle était grande et mince, sauf son ventre arrondi par sa grossesse. De longs cheveux bruns, de beaux yeux bleus. Et tout à fait spontanée. Elle ne semblait pas éprouver ce besoin de compétition qui caractérise souvent les jolies femmes. Elle avait embrassé Chloé dans un véritable élan d'amitié, en la regardant dans les yeux, et du point de vue de Chloé, le message était clair. Par leur attitude, Nicole et Ellen lui signifiaient qu'elles étaient heureuses de la connaître et qu'elles voulaient être ses amies.

Mike Keillor, c'était autre chose. Pas aussi grand que ses deux amis, mais quasiment deux fois plus large, il avait les épaules et les bras les plus puissants qu'elle eût jamais vus chez un homme. Un culturiste, assurément, mais sans le côté raide et pataud des body-builders. Il dégageait une formidable impression de force et de vitalité. Il était bien planté sur ses jambes, indéracinable, invincible.

C'était un peu plus difficile de penser à Mike Keillor comme à un frère.

Les accolades de Sam et Harry – désormais officiellement ses *frères* ! – et les embrassades de leurs épouses avaient été chaleureuses, elle n'avait pas eu, dans l'excitation du moment, le temps de comprendre ce qui lui arrivait.

Mais, quand Mike l'avait prise dans ses bras, le temps s'était pour ainsi dire arrêté. Immédiatement, elle était devenue consciente de tout. Elle avait éprouvé des sensations inédites, précises et distinctes. Enivrantes.

Mike, c'était Superman, sans le collant. Superman en un peu plus petit, un peu plus large, mais avec des yeux bleus ! Et qui sentait bon. Une saine odeur de mâle.

Au lieu d'une accolade, il l'avait enlacée et serrée contre lui ; presque une étreinte amoureuse. Elle avait adoré ça. Sans réfléchir, sans avoir besoin de délibérer, comme elle faisait la plupart du temps. Sans se poser de questions.

Elle n'était pas naturellement douée pour les relations humaines, sans doute à cause de toutes ces années de solitude à l'hôpital ; et aussi parce que ses parents ne lui avaient pas beaucoup parlé et ne l'avaient guère écoutée non plus. Quoi qu'il en soit, Chloé pensait que tout le monde avait le mode d'emploi de la vie, sauf elle, et que c'était pour ça qu'elle était perpétuellement dans le brouillard.

Les choses s'étaient quelque peu améliorées à partir du moment où elle avait été à l'école du Sacré-Cœur. Ensuite, il y avait eu l'université, et puis le monde du travail, où elle s'était passablement débrouillée. Mais elle n'avait pas le sens inné de la vie en société et le peu qu'elle savait dans ce domaine avait été appris à rude école.

Tandis que ce moment avec Mike – ce moment hors du temps – avait été purement instinctif. Ils allaient si bien ensemble ! Il n'y avait pas eu le moindre embarras. En une fraction de seconde, elle s'était retrouvée dans ses bras, serrée contre lui, presque joue contre joue.

À cet instant, son constant monologue intérieur s'était interrompu. Fini le casse-tête, plus de questions. Elle s'était contentée de ressentir, assaillie par un vrai déferlement de sensations.

La force de cet homme, sa chaleur, lui communiquait une incroyable impression de sécurité. Et aussi... du désir.

Heureusement que Mike avait pris l'initiative de s'écarter. Elle aurait pu, sinon, rester collée à lui, abandonnée entre ses bras, jusqu'à la fin des temps. Lorsqu'il s'était écarté, elle avait éprouvé une sensation de froid, comme si quelque chose de vital lui manquait soudain. Leurs regards étaient restés accrochés l'un à l'autre. Le sien avait une expression grave. Les traits de son visage étaient crispés. Elle avait eu l'impression d'être transparente pour lui et qu'il pouvait lire en elle. Chloé était fascinée.

Le temps était suspendu.

Chloé sursauta, reprit conscience de ce qui l'entourait. Harry et Sam étaient en train de fermer boutique, éteignant les ordinateurs, rangeant des dossiers. Harry lui sourit.

— On va faire un détour par le *Del Coronado* pour récupérer tes bagages et puis nous irons déjeuner chez Nicole et Sam.

Il s'interrompit et la regarda en fronçant les sourcils.

64

— Tu as l'air secouée, dit-il en lui prenant doucement les mains. C'est trop pour toi ?

Il avait les mains tellement chaudes !

— Oh non ! répondit-elle. Des moments comme celui-là, il n'y en aura jamais trop.

En contrôlant tant bien que mal le tremblement au fond de sa gorge, elle ajouta :

— J'ai encore de la peine à y croire.

Il se pencha pour l'embrasser sur le front.

— Je comprends ce que tu veux dire. Sauf que toi, tu as eu le temps de t'habituer à l'idée de me retrouver. Alors que moi, j'ai pris ça de plein fouet.

Il la regarda tendrement.

— Mais je vais te dire une chose : j'ai l'impression que tu as toujours été là.

— En un sens, c'est vrai que j'ai toujours été là. Je pensais à toi si fort que c'est impossible que tu ne l'aies pas senti.

Elle partit d'un rire qui se mua en sanglot.

— Je vais bien finir par arrêter de pleurer, reprit-elle en s'essuyant les yeux. C'est promis.

— Maintenant, intervint Ellen, nous allons faire la fête. On rentre à la maison.

— Chloé ?

Mike, derrière Chloé, lui présentait son manteau. En l'aidant à l'enfiler, il posa brièvement ses mains puissantes sur ses épaules. Elle trouva que c'était bon. Une poigne solide qui la maintenait stable au milieu de la tornade des événements...

Nicole rappela Manuela pour la prévenir de leur arrivée d'ici une demi-heure.

— Dépêchons-nous, dit-elle ensuite, elle nous prépare un festin et ne sera pas contente si on laisse refroidir. Et personne n'a envie de mécontenter Manuela, pas vrai ?

— Oh, non, madame ! approuva Sam, ajoutant à l'intention de Chloé : Sans Manuela, c'est bien simple, je ne mangerais jamais.

Nicole lui décocha un coup de coude et le toisa en plissant les yeux. Son regard pétillait de malice.

— Une autre plaisanterie dans ce goût-là, dit-elle, et je connais autre chose que tu ne feras plus jamais !

La mimique horrifiée de Sam fit rire Chloé. Elle se retint de mettre la main devant sa bouche. Sa mère adoptive lui avait toujours dit que seuls les gens mal élevés riaient en public. Mais c'était un passé, un passé révolu. Tout le monde lui sourit et Sam lui adressa un clin d'œil complice.

— OK, dit Harry en montrant la sortie. Tout le monde dehors. Toi, Chloé, tu montes en voiture avec nous.

— Moi aussi, je vais profiter de ta voiture, Harry, dit Mike. J'ai laissé la mienne dans Logan Heights la nuit dernière. Barney la récupérera.

En l'entendant citer Logan Heights, Sam et Harry échangèrent un regard lourd de sens. Chloé n'eut pas le loisir de s'en étonner car déjà une grosse main se refermait sur son coude.

Mike, à ses côtés…

Ils sortirent, avec des secrétaires en train d'enfiler leur manteau, qui s'éclipsèrent en lançant de joyeux « Au revoir ! ». Les clients étaient partis.

Il y avait une bonne ambiance dans cette firme, songea Chloé. Son frère avait créé quelque chose de bien, avec Sam Reston et avec Mike Keillor, l'homme qui la tenait toujours par le bras. À leur attitude, on voyait que les gens étaient heureux de travailler ensemble dans une firme prospère, où l'on était respecté. Chloé était sensible à l'impression de sérénité et d'harmonie qui régnait entre les personnes. Elle n'avait connu cela qu'au Sacré-Cœur, à Londres…

Harry rayonnait, Sam avait passé un bras autour de la taille de sa femme et il souriait. Harry et Sam étaient assez simples à comprendre. Deux braves types, bien dans leur peau, heureux en ménage, décontractés.

Mike quant à lui n'avait pas l'air particulièrement heureux, mais pas malheureux non plus. Il avait juste l'air grave. Et il se tenait à ses côtés. Comme son ombre. On aurait pu les prendre pour trois couples.

Harry et Ellen. Sam et Nicole. Mike et elle…

Elle ne marchait pas vite mais Mike allait du même pas qu'elle, s'accordant à son rythme. Sa présence, tout près d'elle, ne se laissait pas oublier. Il créait autour de lui son propre champ gravitationnel, eût-on dit. Chloé devait se donner beaucoup de mal pour ne pas le regarder sans cesse ou pour ne pas se coller contre lui. Il la tenait toujours par le coude. Sans serrer particulièrement fort, mais elle aurait sans doute eu du mal à se libérer, si elle l'avait voulu. De toute façon, elle ne souhaitait pas se libérer. Pour rien au monde. La sensation était trop délicieuse.

Ainsi, elle était en train de quitter RBK Security avec quatre membres de sa nouvelle famille et un cinquième qui, euh… qui avait moins l'air d'un parent que d'un homme intéressé par une femme.

Qui aurait pensé qu'autant de bouleversements pouvaient se produire en deux heures seulement ?

Deux heures plus tôt, elle était arrivée ici malade d'inquiétude, tiraillée entre la peur et l'espoir. Complètement seule au monde et incapable d'imaginer sans trembler comment les choses allaient se passer. Dans le meilleur des cas, Harry et elle… quoi au juste ? Ils déjeuneraient ensemble ? Et ensuite ?

Après avoir fait ouvrir le coffre-fort et découvert ses papiers d'adoption dans la fameuse boîte noire, Chloé s'était demandé pourquoi leur tante n'avait pas également adopté son frère. La réponse se trouvait dans le journal intime enfoui au fond de ladite boîte, sous des relevés bancaires, comme si, même dans le coffre, il avait encore fallu le cacher.

Laura y racontait par le menu ce qui s'était passé à partir du moment où les autorités avaient découvert que Laura Mason, née Tyler, n'était autre que la sœur de Carol Bolt, née Tyler, décédée.

Laura avait pris l'avion pour San Diego, seule. Mariée depuis peu, elle commençait déjà à s'apercevoir qu'elle était tombée sur un homme pervers et violent. Mais elle était riche et respectée. De la fortune et une haute position sociale, elle n'avait jamais rien voulu d'autre dans la vie.

Poussée par son sens du devoir, elle s'était rendue au dispensaire de San Diego, qui était, ainsi qu'elle le notait avec dégoût, « un endroit pour soigner les pauvres ». Chloé avait senti l'hostilité de Laura croître au fil des pages lorsqu'elle parlait de Christine, sa nièce, pauvre petite chose fracassée, plus morte que vive, sur un lit d'hôpital.

Puis Laura était allée voir son neveu. Un garçon grand et fort pour son âge, et dangereux. Bagarreur. Incontrôlable. Elle l'avait regardé de loin tandis qu'il faisait une crise, cassant tout et criant sa rage contre l'univers entier.

Cela réglait le problème. Son mari accepterait à la rigueur qu'elle adopte une petite fille tellement mal-en-point qu'elle ne survivrait peut-être pas. Mais un adolescent costaud et violent ? Pas question.

Chloé comprenait que, dans ces conditions, Laura ait choisi d'abandonner Harry aux bons soins des services sociaux.

En retrouvant sa sœur, Harry n'avait manifesté que de la joie, alors que Chloé avait pensé qu'il éprouverait peut-être de la rancœur en apprenant qu'il aurait pu être adopté, lui aussi, et connaître un meilleur sort.

Elle avait tout envisagé, d'un accueil plutôt tiède à un rejet pur et simple. Elle aurait accepté n'importe quoi, pour voir de près le seul être qui soit du même sang qu'elle.

S'il l'avait tenue à distance, elle aurait compris. Elle lui aurait été reconnaissante de la moindre miette qu'il lui aurait accordée.

Jamais elle n'aurait imaginé la manière dont ça s'était vraiment passé – qu'il lui ouvre les bras sans la moindre réticence, qu'il lui fasse une place dans sa famille. Dans sa famille *élargie* car, chose dont elle aurait été bien incapable, Harry avait réussi à se forger de solides amitiés. Il avait autour de lui une vraie tribu.

Une tribu à laquelle, désormais, elle appartenait. Deux heures plus tôt, elle n'avait personne, elle était seule au monde. Maintenant, elle avait Harry et Sam et Mike. Ellen et Nicole. Merry et Grace. Et une troisième nièce en préparation.

Mike la regarda.

— Je parie que tu n'aurais jamais cru que ta matinée finirait comme ça, par un déjeuner en famille, dit-il à voix basse, pour elle seule.

Elle sourit.

— Tu lis dans mes pensées. Serais-tu extralucide ?

— Oh, certes non ! répondit Mike. On m'a déjà soupçonné de manquer de lucidité, mais jamais d'en avoir trop ! C'est juste que tu avais l'air tellement anxieuse en arrivant et que maintenant tu as l'air heureuse.

Elle le fixa, attirée vers lui par une soudaine sympathie, chose rare chez elle.

— J'étais anxieuse et maintenant je suis heureuse, tu as raison.

D'un signe de tête, Mike désigna le groupe dont il fermait la marche.

— Tu ne peux pas être plus heureuse qu'Harry en ce moment, dit Mike. Ou qu'Ellen ou Sam ou Nicole.

Il attendit une seconde avant d'ajouter :

— Ou moi.

Elle tressaillit. Ça voulait dire ce que ça voulait dire !

Harry tenait ouverte pour eux la porte du garage, au sous-sol de l'immeuble.

— Viens, ma chérie, lança-t-il à Chloé.

Pas d'impatience, rien que de la tendresse.

Chloé était souvent obligée de compter sur la patience des gens. Marcher était en soi un miracle, pour elle. Il lui avait fallu des années et des années d'effort pour y parvenir. Elle ne pouvait pas aller plus vite. Si elle essayait de se dépêcher, elle risquait de tomber. Elle devait marcher lentement et affronter l'impatience des gens.

Mais Harry n'était pas impatient, juste attentionné. Mike non plus ne trahissait pas d'impatience. Il réglait naturellement son pas sur le sien.

Sam et Nicole filaient déjà vers leur voiture.

— À tout à l'heure, leur cria Ellen. On passe par l'hôtel de Chloé, et puis on vous rejoint.

Nicole se retourna.

— Je débouche le champagne, lança-t-elle gaiement. Tâchez de ne pas traîner, sinon on le boira sans vous.

— On sera là, ne t'en fais pas ! répliqua Ellen. Et que ce soit du champagne français, hein ? Du vrai de vrai ! Pas de la vinasse californienne.

Nicole répondit par un geste de la main. Son mari lui tint la portière du passager, l'aida à monter à bord, fit le tour du véhicule et démarra alors que les autres étaient encore loin derrière.

Chloé s'excusa, rougissant de honte. Harry, Ellen et Mike se réglaient sur elle. Ils traversaient le garage à une allure d'escargot.

— Je suis désolée de marcher si lentement, dit Chloé avec un pauvre petit sourire. Partez devant, je vous rejoins… Toi aussi, ajouta-t-elle en regardant Mike.

Mike secoua la tête. Dans la pénombre du garage, ses yeux bleus brillaient. Il prit le bras de Chloé et le passa sous le sien.

— Crois-moi, dit-il en la regardant droit dans les yeux, en ce moment, le seul endroit où j'ai envie d'être, c'est ici, près de toi.

Chloé battit des paupières.

Oh ! là, là !

6

Chloé s'excusait de ne pas pouvoir marcher plus vite. Mike n'avait jamais rien entendu de plus poignant.

Chloé avait survécu à des épreuves qui en auraient tué plus d'un. Enfant, elle avait été brutalisée. Pendant une dizaine d'années, elle était allée d'hôpital en hôpital. Elle avait été opérée quatorze fois. Elle était vivante par miracle – et elle s'excusait !

Harry avait tué le salaud qui avait jeté sa petite sœur contre un mur comme si elle avait été une poupée de chiffon ; sinon, Mike serait allé lui dire deux mots. Il lui aurait proposé de voir si un expert en close-combat d'un quintal et des poussières était aussi facile à déplacer qu'une gamine de cinq ans sans défense.

Ouais ! Mike aurait adoré faire ça.

Le garage du Morrison Building était immense et la place de parking d'Harry se trouvait à cent lieues des ascenseurs. Harry et Ellen avaient déjà fait la moitié du chemin, Harry se retournant toutes les trente secondes pour voir si Chloé suivait le mouvement.

Harry n'avait pas besoin de s'inquiéter parce que Mike veillait sur elle. Et pas qu'un peu !

Mike aurait juré qu'après ce qui s'était passé hier soir, il aurait été dégoûté des femmes pendant un certain temps.

Eh bien, non ! Le désir renaissait, plus fort que jamais. C'était dans sa tête, ça courait dans ses veines, provoquant une vague de chaleur entre ses jambes. S'il y avait une chose que vingt ans de sexe intensif lui avaient apprise, c'était à contrôler sa queue. Et là, il la sentait, toute lourde et dure contre son bas-ventre.

Ce n'était pourtant pas comme d'habitude. S'il avait été un peu moins obnubilé par Chloé, il aurait pu essayer de réfléchir à ce qu'elle avait de spécial. Pour l'heure, il avait juste assez d'oxygène dans le cerveau pour savoir qu'il ne devait pas la quitter d'une semelle.

Harry et Ellen étaient déjà installés dans leur gros 4 × 4 lorsque Mike et Chloé les rejoignirent. Harry démarra le moteur.

— Allez hop ! En voiture ! Et que ça saute ! cria-t-il.

Chloé tressaillit. Mike la vit plisser les yeux.

Mike aimait Harry. Il l'aimait comme un frère – et même plus qu'un frère. Ce n'est pas pour ça qu'il n'eut pas envie de lui botter les fesses.

Parce qu'Harry ne se rendait pas compte des difficultés de Chloé. La hauteur du marchepied du 4 × 4 était pour elle un vrai souci. Sans un mot, Mike la prit par la taille et la déposa délicatement sur le siège. Lorsqu'il monta par l'autre côté, elle lui sourit.

— Merci, dit-elle tout bas, en se penchant pour être entendue de lui seul.

Oh, ce sourire ! Par quel miracle un simple sourire pouvait-il l'embellir encore ? Mike pensa qu'elle ne devait pas sourire souvent. La vie ne lui en avait guère fourni l'occasion. Il connaissait le problème.

Ellen se retourna.

— Chloé, j'ai hâte que tu voies Gracie, même si elle est un peu grognon en ce moment. Nous pensons qu'elle fait ses dents.

— Quel âge a-t-elle ?

— Trois mois.

— Un beau bébé, dit Mike.

— Oui, c'est vrai, confirma Ellen en souriant. Elle ressemble à Harry et… maintenant que je te vois, elle te ressemble beaucoup aussi.

Chloé se cacha à moitié derrière sa main.

— Oh, il ne fallait pas me le dire, ça va me faire pleurer à nouveau !

— Ne te gêne pas, lui dit Harry en la regardant dans le rétroviseur.

Ellen sortit des Kleenex de la boîte à gants, en garda un pour elle et passa les autres à Chloé.

— J'ai bien fait de ne pas mettre de mascara ce matin, dit-elle. J'aurais l'air d'une maman raton laveur.

— Et moi, dit Chloé en riant, d'une tata raton laveur. Dire que j'ai une nièce, ajouta-t-elle en hochant la tête. J'ai de la peine à le croire.

— Tu as besoin d'aide pour faire tes bagages ? proposa Ellen alors qu'ils roulaient vers l'hôtel.

— Oh, non. Je n'ai pas beaucoup d'affaires. Je ne pensais pas rester plus de deux ou trois jours.

Cette déclaration fut accueillie par un silence.

— Tu vas rester plus de deux ou trois jours, crois-moi, assura finalement Harry en s'adressant à son reflet dans le rétroviseur.

Si ça ne tenait qu'à lui, pensa Mike, elle resterait pour toujours. Il y avait plusieurs appartements libres dans l'immeuble. Harry pourrait en obtenir un pour Chloé. Il suffisait d'en parler au syndic.

Ils se garèrent devant le *Del Coronado*, un grand building tout blanc avec des tourelles rouges qui brillaient sous le soleil.

— Je monte avec elle, décida Mike.

Il n'était pas question qu'il la laisse porter seule ses bagages.

— Ce n'est pas la peine... protesta Chloé.

Mais il était déjà descendu et faisait le tour du 4×4 pour lui ouvrir sa portière. Comme il l'avait déjà fait, il la prit par la taille et la déposa sur le sol. Elle était légère comme une plume. Et si douce entre ses mains. Il eut des regrets de devoir la lâcher.

En refermant la portière, Mike croisa le regard d'Harry dans le rétroviseur. Harry et lui se connaissaient bien. Entre eux, les mots n'étaient pas nécessaires.

« C'est ma sœur, disaient les yeux d'Harry. Fais gaffe ! »

Les yeux de Mike étaient non moins éloquents. « Je sais. T'inquiète ! »

Le *Del Coronado* était très fréquenté pendant les fêtes de fin d'année. Chloé, qui venait de quitter le froid et la neige de Boston, comprenait l'attrait de San Diego. Ici, c'était pour ainsi dire l'été. Il y avait des touristes partout – bronzés, heureux et s'agitant dans tous les sens. Beaucoup de familles, avec des ribambelles d'enfants.

Un groupe d'hommes, heureux et décontractés dans leurs ridicules tenues de golf, traversaient le hall en plaisantant, riant et ne faisant attention à personne. Et ils venaient vers elle.

Chloé se crispa. Elle était deux fois plus petite que la plupart d'entre eux et savait par expérience qu'ils ne la remarqueraient pas tant qu'ils ne l'auraient pas bousculée. Ils déboulaient comme une horde d'éléphants ou comme un train de marchandises, enfin, le genre de chose qu'on n'arrête pas comme ça. Elle voulut s'écarter de leur chemin mais sentit que Mike se glissait derrière elle. D'une main, il la tint par la taille et de l'autre par le bras. Sans dévier d'un pouce, ils passèrent facilement au milieu des bonshommes. En fait, le groupe s'ouvrit comme la mer Rouge pour les laisser passer. Ensuite, ils atteignirent sans encombre la réception, en traversant des bataillons de touristes.

Incroyable, se dit-elle. Cette impression de fendre la foule était inouïe. Il lui avait épargné un véritable parcours du combattant. Lui, évidemment, les gens le voyaient arriver et faisaient place.

Chloé évoluait à ses côtés comme dans une bulle protectrice – une impression si rare qu'elle s'en délectait.

Elle informa le réceptionniste qu'elle quittait l'hôtel.

— Oui, madame, dit l'homme, qui s'appelait Ronald s'il fallait en croire le badge agrafé sur sa veste. J'espère qu'il n'est rien arrivé de fâcheux ?

Chloé rosit de bonheur.

— Rien de fâcheux, Ronald, au contraire. J'ai seulement décidé d'accepter l'invitation de mon frère.

Oh ! que ces mots-là étaient doux à prononcer. Elle avait accepté l'invitation de son *frère* !

— Ça doit être agréable de s'entendre dire ça tout haut, murmura Mike, et Chloé le regarda, étonnée une fois de plus par sa finesse.

Il avait tous les attributs du macho, dégageait une impression de puissance et exsudait des phéromones mâles par tous les pores de sa peau. Un parangon de virilité.

Dans l'esprit de Chloé, de tels hommes étaient indifférents à tout ce qui n'était pas eux. C'est pourquoi Mike la surprenait tant.

— Oui, dit-elle, ça fait du bien. Surtout que je n'aurais jamais imaginé dire ça un jour.

Elle se tourna pour le regarder bien en face et subit aussitôt la fascination de son regard lumineux.

— Je suis heureux, dit-il de sa belle voix grave. Vraiment heureux que tu sois là.

Que pouvait-elle répondre à cela ?

— Votre clé, madame, fit le réceptionniste.

Chloé était tellement désorientée, hors de l'espace et du temps, qu'il répéta en glissant la carte magnétique sur le comptoir :

— Votre clé, afin que vous puissiez récupérer vos bagages...

Il devait la prendre pour une demeurée. Chloé rougit. Les retrouvailles avec un frère, la découverte d'une famille, le pouvoir de séduction de Mike, ça faisait beaucoup d'émotions fortes d'un seul coup !

— Merci, dit Mike en empochant la carte.

Ronald lui expliqua où se trouvait la chambre, dans l'aile nord. Mike le remercia d'un hochement de tête.

— Tu viens, jolie Chloé ? dit-il en lui prenant le bras. Dépêchons-nous de faire ta valise, qu'on puisse aller à la maison.

Jolie Chloé. À la maison. Oh ! là, là !

Le *Del Coronado* était immense et il fallut marcher, croiser d'autres groupes qui s'écartèrent, leur livrant sans difficulté le passage. Mike, très attentif, marchait du même pas qu'elle, lui offrant son bras comme s'ils avaient été dans un grand bal. Elle avait l'impression que tant qu'il serait là, il ne pouvait rien lui arriver de fâcheux. C'était un sentiment délicieux.

Chloé aimait marcher, c'est la marche qui ne l'aimait pas.

Elle n'avait pas eu moins de cinquante fractures. La plupart de ses os étaient assez bien ressoudés mais elle ne contrôlait pas entièrement son corps. Un chirurgien orthopédiste lui avait expliqué qu'elle avait perdu des millions d'*éléments proprioceptifs*, les minuscules récepteurs logés dans les muscles, les os, les tendons et les articulations, et qui nous renseignent en permanence sur la position de notre corps. Lorsqu'elle se déplaçait, elle devait faire attention à ne pas poser le pied n'importe où, parce que si elle trébuchait un tant soit peu, elle se retrouvait par terre, alors qu'une autre aurait rétabli automatiquement l'équilibre.

Avec Mike à ses côtés, elle pouvait y aller ! S'aventurer dans des couloirs bondés, passer sur des pavés inégaux, traverser des pelouses ! Rien ne l'effrayait…

Arrivé à destination, Mike fit glisser la carte dans la serrure et ouvrit la porte.

C'était une très belle chambre avec vue sur la mer.

— Je n'en ai que pour une minute, annonça Chloé.

— Prends ton temps, répondit Mike en la caressant du regard. Tu n'avais pas l'intention de rester longtemps à San Diego.

Ce n'était pas une question.

— J'ai retenu la chambre pour trois nuits. Si les choses ne s'étaient pas bien passées avec Harry, au lieu de repartir tout de suite, j'aurais fait du tourisme. À Boston, il y avait cinquante centimètres de neige et il gelait à pierre fendre.

— Eh bien, tu n'es pas près d'y retourner.

Elle ouvrit un placard et en sortit ses affaires.

— Voilà tout mon trousseau, dit-elle en posant sur le lit sa lingerie, une chemise de nuit, deux pulls et un pantalon.

— Tu vas devoir faire venir des vêtements de Boston, dit Mike. Ou bien te refaire une garde-robe ici. Ce ne sont pas les jolies boutiques qui manquent. Et tu n'as pas de soucis d'argent, si j'ai bien compris.

Chloé se retourna.

— Non, répondit-elle. Mes parents adoptifs m'ont laissé une fortune. C'est d'ailleurs une des raisons pour lesquelles j'ai recherché Harry. Pour partager mon héritage avec lui, *fifty-fifty*. Ce ne serait que justice. Nous sommes frère et sœur. La moitié de mes biens lui appartient.

Même si aucune somme d'argent ne pouvait réparer le fait qu'Harry ait été abandonné comme un chien galeux, tandis qu'elle était recueillie par des gens riches.

Mike s'approcha d'elle en hochant la tête.

— Tu veux donner de l'argent à Harry ? Je te souhaite bonne chance. Je suis prêt à parier qu'il refusera ton offre. Il n'acceptera même pas d'y réfléchir.

— Tu parierais quoi ?

— Un dîner dans le meilleur restaurant de la ville.

— Et moi, si je perds, je te devrai quoi ?

Il la regarda dans les yeux et sourit.

— Un dîner dans le meilleur restaurant de la ville.

Chloé resta pensive une seconde.

— Donc, si j'ai bien compris, quel que soit le gagnant, on dîne ensemble ?

Il se rapprocha encore.

— Oui, c'est exactement ça. Et on se régale.

Elle fut obligée de renverser la tête en arrière pour continuer de le regarder dans les yeux. Il était si proche qu'elle sentait sa chaleur. Et il emplissait son champ de vision. Elle ne pouvait rien voir d'autre que lui.

— Tope là !

La main de Chloé s'avança, comme si elle était animée d'une volonté propre. Mike la prit entre les deux siennes, au lieu de la banale poignée de main à laquelle elle s'était attendue. Et alors, lentement, sans quitter Chloé des yeux, il approcha de ses lèvres la jolie petite main qu'il retenait captive… et l'embrassa.

Quelque chose en elle, dont elle n'avait jamais soupçonné l'existence, s'éveilla. *Le désir*. Sa main se mit à trembler entre celles de Mike, de façon incontrôlable. D'ailleurs, elle ne contrôlait plus rien, ni ses mains, ni l'expression de son visage, ni son désir.

Elle s'agrippa à la main de Mike tandis qu'il l'attirait vers lui. Elle suivit volontiers le mouvement.

Tout était tellement délicieux. Chloé décida de se rappeler ce moment jusqu'à la fin de ses jours. Les portes-fenêtres ouvraient sur un balcon qui surplombait une plage de sable blanc et, au-delà, l'océan infini étincelait au soleil, comme si des diamants flottaient entre deux eaux. Les rideaux frémissaient dans la brise de mer.

Il y avait au loin le clapotis des vagues, un rire de petite fille et le bruit monotone d'une partie de tennis. Elle humait un curieux mélange de parfums où entraient de l'air marin, une encaustique citronnée, des fleurs… et Mike.

Pour la circonstance, ses cinq sens étaient aiguisés et tout ce qu'elle éprouvait était délectable. Surtout le désir.

Oh, le désir, elle savait ce que c'était ! Elle avait lu des livres, elle en avait entendu parler par des amies, elle y avait réfléchi, mais elle ne l'avait jamais compris.

Maintenant, elle comprenait. Elle concevait que des femmes fréquentent et même épousent des hommes médiocres parce que, pour ressentir *ça*, ne serait-ce qu'une fois, fugitivement, ça valait encore la peine.

L'excitation l'empêchait de respirer. Sa température corporelle monta tout à coup de plusieurs degrés. Elle sentait son cœur battre. Elle avait des picotements dans les doigts.

Le désir faisait fondre ses entrailles, répandait de la chaleur entre ses cuisses. Lorsque Mike l'attira si près que leurs poitrines se touchèrent pour la première fois, elle sentit son sexe se contracter. Une brusque pulsation. Impossible à confondre avec autre chose. Ça ne lui était jamais arrivé, pourtant elle comprit immédiatement de quoi il retournait. Sans aucune participation de son cerveau, son corps était en train de se préparer pour lui.

Mais ce qui l'étonna le plus, l'excita et l'émerveilla le plus, ce fut de se sentir aussi *vivante*. Les forces de la vie s'éveillaient dans tout son être et elle se rendit compte que jusqu'ici elle avait plus ou moins été comme morte.

Mais plus maintenant. Maintenant, elle était vivante dans toutes les fibres de son corps, reliée à la terre, aussi humaine que n'importe qui. C'était exaltant. Elle savait sans l'ombre d'un doute que ça ne venait pas d'elle. Ce n'était pas en son pouvoir de se mettre seule dans cet état. Elle avait essayé, ça n'avait jamais marché.

Pour ça, il fallait un Mike Keillor, ses yeux si bleus, sa force, sa puissance, sa virilité. C'était grâce à lui qu'elle se sentait incroyablement vivante.

L'idée l'aurait effrayée si elle avait encore eu la capacité de s'effrayer, mais ce n'était pas le cas. Elle se sentait vivante et forte, prête à tout affronter. Elle aurait été capable de déplacer des montagnes. Une vraie force de la nature.

Tandis qu'il se penchait vers elle, Mike observa attentivement sa réaction, pour voir si elle était

consentante ou pas. Comme si la question se posait !
Pas consentante ? Alors qu'elle mourait d'envie d'être
embrassée. Et que cela crevait les yeux.

Quelque chose qu'elle n'avait jamais ressenti, en tout
cas pas à ce degré d'intensité, la faisait trembler.

Alors, cela arriva.

Mike pencha la tête, cessa de la regarder dans les
yeux pour ne plus regarder que sa bouche, puis
l'embrassa sur les lèvres. Brièvement, pour commencer. Elle ressentit comme une décharge électrique.

Ils tressaillirent tous les deux. Certes, c'était complètement inédit pour Chloé, mais elle n'était pas experte
en la matière. Mike la contempla, les yeux plissés, la
mine assombrie, comme s'il avait reçu un choc.

Avant qu'elle puisse dire quelque chose ou s'écarter
de lui car, manifestement, il n'était pas emballé par sa
manière d'embrasser, il l'embrassa de nouveau, et
cette fois sans la moindre hésitation. Il la força à écarter les lèvres et lui glissa sa langue dans la bouche.

Une autre vague de chaleur se répandit dans le corps
de Chloé. Elle se colla contre lui et ce fut comme si elle
se collait à de l'acier. Leurs langues se touchèrent,
Chloé frissonna des pieds à la tête.

Il dut ressentir quelque chose, lui aussi, car soudain
il la prit par la taille et, la soulevant, l'emporta jusqu'au
mur, à quatre pas de là.

Le rythme de sa respiration s'accéléra quelques
secondes plus tard, lorsqu'elle se retrouva coincée
entre lui et le mur et qu'il se mit à lui dévorer la
bouche.

Ils ne s'embrassaient plus, ils faisaient l'amour, avec
leurs bouches et non avec leurs sexes. Pour Chloé,
c'était aussi brûlant, aussi excitant et ça lui faisait le
même effet. Chaque fois que Mike lui enfonçait sa

langue dans la bouche, elle ressentait une pulsation entre les cuisses.

Elle n'aurait pas pu la réprimer, c'était plus fort qu'elle. De toute façon, elle ne voulait pas s'y soustraire. Au contraire, elle voulait Mike encore plus près d'elle, bien que ce fût quasiment impossible. Elle s'agrippa à son cou et se hissa à sa rencontre. Il glissa un genou entre ses cuisses, puis avança l'autre, et soudain ils se retrouvèrent ventre contre ventre.

En plein contre son entrecuisse, elle pouvait le sentir. Une masse dure, vibrante. Qui, chaque fois que leurs langues se touchaient, réagissait et pulsait comme son propre sexe. Mike se frottait à elle, bouche contre bouche, ventre contre ventre. Elle était en feu.

Elle gardait les yeux clos. Pour mieux le sentir. Sentir cet homme tout entier tourné vers elle et qui lui infusait sa force et sa chaleur.

Ils s'embrassèrent encore et encore, et l'instant présent pouvait durer toujours.

Mike retroussa un peu sa jupe et posa sa main sur sa cuisse. Sa main était si large qu'elle enveloppait une incroyable surface de peau. La paume était calleuse. Elle crissa sur le nylon, tandis qu'elle remontait de plus en plus haut.

Il tressaillit en se rendant compte qu'elle portait des bas. Chloé ne portait jamais de collants et, pour l'heure, elle s'en félicita. Lorsque la main de Mike dépassa la dentelle et s'aventura sur la peau nue, elle eut la chair de poule.

Au contact de cette peau nue, il se figea et s'écarta. Elle hésita à rouvrir les yeux. Plusieurs secondes passèrent sans que Mike l'embrasse. Alors, elle plissa les paupières et découvrit le visage de Mike, attentif, penché au-dessus du sien. Il l'observait. Peut-être craignait-il de la brusquer, avec ses baisers et ses caresses…

Quel idiot !

Cette fois, ce fut Chloé qui prit l'initiative. Accrochée au cou de Mike, elle se souleva pour atteindre sa bouche et l'embrassa, à son tour. Avec une fougue maladroite, mais éloquente, ô combien… Mike aussitôt y répondit, plongeant en elle, littéralement. Refoulant sa langue et emplissant sa bouche. L'air manqua à Chloé, en même temps qu'il courait plus bas sur sa peau, sur le haut de ses cuisses et jusqu'à ses reins. Mike venait de retrousser sa jupe jusqu'à sa taille.

Il plaqua son bassin contre elle et lui fit écarter les cuisses jusqu'à ce que leurs sexes se joignent, alignés comme par magie, l'érection de Mike frottant contre sa fente.

Chloé poussa une plainte. Elle était entièrement à sa merci. Elle pouvait sentir la chaleur du membre à travers les épaisseurs de tissu. Comme il la soutenait par les fesses, à la juste hauteur et avec le bon angle, son sexe proéminent frottait au bon endroit, avec une précision affolante.

Chloé voguait sur un océan de plaisir, qui semblait infiniment calme. Et puis soudain, la tempête se leva et une vague déferla sur elle, de plus en plus énorme. Au moment suprême, elle poussa un cri rauque, qui fut avalé par la bouche de Mike. L'onde de plaisir qui naissait entre ses cuisses se répandit de proche en proche dans tout son corps. Une brûlure et une chaleur bienfaisante à la fois. Elle fut secouée de mouvements spasmodiques si violents qu'ils en étaient presque douloureux.

Elle redescendit tout doucement sur terre, les yeux fermés, dodelinant de la tête. Elle soupira. Tout ce qui venait de se passer était extraordinaire. La plus belle expérience de sa vie. En vérité, elle n'avait même jamais rien connu d'approchant.

Mike s'écarta. Elle soupira de nouveau, rouvrit les yeux et reçut un choc. Mike n'avait pas l'air heureux. Il avait même l'air de souffrir.

— Je suis désolé, dit-il sur un ton un peu guindé.

Le bonheur de Chloé vacilla.

— Désolé ? répéta-t-elle, incrédule.

Il était *désolé*… Il était désolé de l'avoir embrassée, de l'avoir fait jouir ? Elle s'était trompée quelque part, alors, mais où ? Avait-elle mal interprété la situation ? Mais… c'était lui qui avait pris l'initiative de ce baiser. Avait-elle répondu maladroitement ? Avec trop de fougue ? Pas assez de décence ?

Quelle horreur ! Parce que c'était une des rares fois de son existence où elle n'avait pas eu besoin de réfléchir. Elle n'avait même pas réfléchi du tout. Elle avait agi d'instinct, chose qui lui arrivait rarement. Jamais, en fait.

Coincée entre le mur et Mike, elle ne pouvait pas bouger d'un centimètre. Elle pouvait toujours baisser les yeux, pour s'efforcer de cacher sa honte.

Une grande main la prit par le menton et la força à relever la tête. Mike avait l'air dérouté.

— Tu ne m'en veux pas d'avoir brûlé les étapes ?

— T'en vouloir ? Comment est-ce que je pourrais t'en vouloir ? bredouilla-t-elle. C'est la première fois que ça m'arrive. C'était merveilleux.

Mike battit des paupières.

Chloé savait très bien que ce n'était pas le genre de chose qu'une femme doit dire à un homme. Elle n'était pas sortie avec beaucoup d'hommes – en fait, avec aucun –, mais elle avait lu, écouté ses rares amies et elle savait que, passé dix-huit ans, il était de rigueur d'avoir de l'expérience.

Mais elle ne savait pas mentir. Ce n'était pas dans sa nature. Les mots avaient fusé et il était trop tard pour rattraper l'aveu. Trop tard aussi pour jouer les filles cyniques et blasées, celles qui notent leurs orgasmes en faisant la fine bouche.

Mike reprit d'une voix enrouée :

— Eh bien, si tu ne m'en veux pas, si je n'ai pas besoin de m'excuser, alors, laisse-moi te dire franchement que je ne suis pas désolé, pas désolé du tout. En vérité, je serais même prêt à le refaire. En mieux... sur un lit, et sans vêtements...

La regardant droit dans les yeux, il ajouta :

— Mais nous avons tout le temps pour ça, n'est-ce pas ?

Chloé n'avait jamais rien vu de plus sexy que lui et il la regardait comme s'il n'avait jamais rien vu de plus sexy qu'elle. Il était visiblement très excité. Il la fixa longtemps sans ciller et puis il se pencha pour l'embrasser de nouveau ! On ne regrette pas quelque chose qu'on n'a jamais connu. Mais maintenant que Chloé avait l'expérience de ce suprême plaisir, elle en désirait davantage.

Elle s'était crue condamnée à rester privée de sexe. Jusqu'à ce que Mike lui démontre le contraire. Maintenant qu'il l'avait détrompée, elle n'était pas prête à se contenter d'une fois.

Aujourd'hui, elle avait franchi une frontière invisible. Elle avait trouvé un frère, peut-être aussi un amant, et réintégré la commune humanité.

Leurs lèvres se frôlèrent et déjà elle tressaillit de désir.

Une sonnerie les fit sursauter tous les deux. Mike releva la tête et fronça les sourcils.

— Mon téléphone, s'excusa-t-il.

En marmonnant un juron, il le sortit de la poche de sa veste et regarda l'écran.

— Ouais, ouais, Harry, on arrive, maugréa-t-il en réponse au message qui s'affichait.

Il baissa les yeux vers Chloé.

— Plus tard, dit-il avec un demi-sourire.

— Plus tard, acquiesça-t-elle joyeusement.

Le clan vivait dans un superbe immeuble au bord d'une plage de sable blanc. Chloé fut émerveillée par les lieux.

Nicole et Sam avaient leur appartement au dernier étage. Harry et Ellen habitaient au cinquième et Mike au quatrième.

Lorsqu'ils entrèrent chez Harry, la baby-sitter, une jolie Latina, émergea de la chambre avec un bébé dans les bras, qui pleurait et gigotait.

Ellen le prit et le berça en lui murmurant des mots tendres. Les cris devinrent déchirants. Harry posa la main sur l'épaule de sa femme et se pencha pour regarder sa fille.

Chloé à son tour s'approcha et passa la main sous la tête du bébé. Les pleurs s'apaisèrent, les petits pieds cessèrent de s'agiter.

— Je peux ? risqua Chloé.

Sans une seconde d'hésitation, Ellen lui donna le bébé. Elle était loin de se douter que Chloé n'avait jamais tenu un bébé dans ses bras.

Elle le blottit au creux de son bras gauche et le regarda. C'était le plus petit être humain qu'elle eût jamais vu et elle en tomba immédiatement amoureuse.

— Chloé, je te présente ta nièce Grace Christine, dit Ellen. Nous l'appelons Gracie. Gracie, je te présente ta tante Chloé.

Chloé regarda la petite frimousse et fut frappée par la ressemblance avec elle. La même couleur des yeux – un brun clair qui paraissait doré dans la lumière du soleil se déversant abondamment par les immenses baies vitrées.

Tous les médecins avaient dit à Chloé qu'elle ne pourrait jamais enfanter. Ses blessures avaient été trop graves. Des fragments d'os avaient sectionné les trompes de Fallope. Elle le savait depuis l'enfance, elle n'aurait pas d'enfant.

C'est pourquoi elle n'avait jamais pensé qu'un jour elle tiendrait dans ses bras une petite fille qui lui ressemblerait.

Et pourtant, c'était bien ce qui était en train de se passer. Un petit miracle. Gracie. Dans ses bras.

Le bébé la regarda comme si elle avait été une créature céleste et exhiba ses gencives sans dents, ce que Chloé interpréta comme un sourire. Et elle comprit qu'elle avait envie de tenir un rôle dans la vie de ce bébé, autant que ses parents le permettraient.

À en juger d'après la mine des parents en question, ce serait un grand rôle.

Gracie, bercée par Chloé, cessa complètement de pleurer. Chloé perdit la notion du temps, oublia qu'ils étaient attendus là-haut, chez Nicole et Sam, oublia qu'elle était censée s'installer dans sa chambre, oublia tout ce qui n'était Gracie, ses beaux yeux et sa peau toute douce.

Soudain, elle se rendit compte du drôle de silence qui régnait autour d'elle. Lorsqu'elle réussit à s'arracher à la contemplation du bébé, elle vit que les trois autres l'observaient curieusement. Les yeux d'Harry et ceux de Mike étaient attendris, ceux d'Ellen carrément mouillés de larmes.

— Quoi ? fit-elle.

Ellen s'essuya les joues avec le dos de la main.

— Gracie a été si pénible ces derniers temps qu'on ne savait quoi faire pour la calmer. Et elle a cessé de pleurer à la seconde où elle a été dans tes bras. Tu as le chic avec les enfants, Chloé.

Holà ! On n'avait pas idée de se tromper comme ça ! Chloé ne savait pas s'y prendre avec les enfants, mais alors là, pas du tout. Elle n'en avait jamais fréquenté, ne les connaissait pas. Ce qu'elle avait fait avec Gracie, elle l'avait fait d'instinct.

Comme avec Mike.

En y repensant, elle rougit jusqu'au blanc des yeux et se pencha vers Gracie pour que personne ne s'en aperçoive.

Un téléphone sonna et la grosse voix d'Harry répondit.

— Allô, Nicole ? Oui, Chloé et Gracie sont en train de faire connaissance. J'ai l'impression que le courant passe entre ces deux-là. On arrive tout de suite.

Il raccrocha et reprit :

— Sam est en train de siffler tout le champagne ! Et les plats de Manuela refroidissent. Chloé, tu t'installeras tranquillement après le déjeuner. Ça te va comme ça ? Tu as faim ?

Chloé, surprise d'être interpellée, releva la tête.

— Oui, j'ai faim.

Et c'était vrai. En principe, Chloé n'avait jamais faim. À l'hôpital, il avait fallu quelquefois la mettre sous perfusion parce qu'elle n'arrivait pas à se nourrir. Même maintenant, elle mangeait peu et sans faim. Souvent, la simple idée de nourriture lui soulevait le cœur.

Pour l'heure, elle était affamée. Embrasser Mike, avoir son premier orgasme, tenir dans ses bras un bébé qui lui ressemblait trait pour trait – tout cela lui avait ouvert l'appétit et elle salivait à l'idée du festin qui les attendait là-haut.

— En route, dit Harry en poussant tout le monde vers la sortie.

Chloé regarda encore la petite fille dans ses bras. Gracie avait fermé les yeux. Elle poussa un soupir et sourit de nouveau. Enfin, elle fit une mimique que Chloé prit pour un sourire.

— Chloé ? insista Harry.

Il était déjà à la porte, avec Ellen à ses côtés.

— Elle s'est endormie, murmura Chloé. J'ai peur de la réveiller.

— Non ! implora Ellen, ne la réveillons surtout pas ! Tu as envie de la porter dans tes bras jusque là-haut ?

En toute autre circonstance, elle aurait reculé devant l'idée d'être responsable d'un bébé. Marcher en tenant un bébé ! Elle qui avait souvent du mal à tenir debout ! Ce n'était certes pas une bonne idée. Mais sans savoir d'où lui venait cette soudaine confiance en elle, Chloé était sûre de ne pas trébucher avec Gracie dans ses bras. Elle se sentait forte, solidement campée sur le sol.

Et puis, il y avait Mike.

Pouvait-elle tomber avec Mike à ses côtés ?

Alors, elle sourit à Harry et à Ellen, ses nouveaux frère et belle-sœur. Elle sourit à Mike, son nouveau... Dieu sait quoi. Et elle dit avec assurance :

— C'est bon, allons-y.

7

Aux yeux de Mike, l'appartement de Nicole et Sam était l'endroit le plus chaleureux de la terre – avec celui d'Ellen et Harry, bien sûr. C'est là qu'il se plaisait le mieux. Et c'est là que se trouvaient les deux petites créatures qui lui étaient les plus chères au monde, Merry et Gracie.

Gracie était dans les bras de Chloé, et elle avait l'air de s'y plaire. Mike n'oublierait jamais l'émerveillement de Chloé lorsque Ellen la lui avait mise dans les bras. Chloé n'avait même pas remarqué la réaction des parents lorsque le bébé s'était immédiatement calmé.

Il émanait de Chloé quelque chose de magique, une aura de douceur et de paix. Sauf que lui, elle ne le calmait pas vraiment. C'était plutôt le contraire. Elle l'échauffait comme personne !

Il avait frôlé l'accident, tout à l'heure, au *Del Coronado*, pendant qu'il l'embrassait. Heureusement que sa longue expérience lui avait permis d'acquérir une maîtrise suffisante pour ne pas se répandre dans son caleçon, ce qui ne lui était plus arrivé depuis le collège. Mais il n'était pas passé loin, lorsque Chloé avait joui. Sa première fois, en plus… *waouh !*

Sam et Nicole vinrent les accueillir. Sam avait Merry dans les bras. Elle poussa des petits cris de joie lorsqu'elle vit Mike, puis elle se tourna vers son père et dit d'un ton sans réplique :

— Pose-moi, papa.

Sam se laissait tyranniser par Merry, ce que Nicole trouvait exaspérant. Elle prétendait que son mari avait assez de complaisance en réserve pour corrompre le caractère d'une nichée de douze gosses !

Aussitôt par terre, Merry fila vers Mike et se jeta dans ses bras. Il la fit tournoyer en l'air.

— Tonton Mike, dit-elle en riant aux éclats. Tu as vu ?

Elle le força à la regarder, pour le cas où il aurait été un peu distrait. Merry était une vraie petite princesse.

— Quoi, chérie ?

Elle montra ses pieds.

— Regarde, tonton Mike. Des nouvelles chaussures !

Elle tendit une jambe pour qu'il puisse les admirer

— Elles sont rouges, dit-elle à mi-voix, sur le ton qu'on emploie d'habitude pour parler des choses saintes.

Nicole leva les yeux au ciel.

— Elle m'a tannée pour les avoir, depuis quinze jours qu'elle les a vues dans une vitrine. Mais elle avait un allié de poids, ajouta Nicole en coulant vers son mari un regard plein de tendre ironie. Entre Merry et Sam, je ne sais pas lequel des deux a le mieux plaidé en leur faveur.

— Ce sont de très belles chaussures, Merry, assura Mike avec conviction.

On ne plaisantait pas avec ça. Merry hocha la tête en signe d'approbation.

— Je voudrais te présenter quelqu'un, dit Mike tout à coup. Ma chérie, tu as une nouvelle tata.

Merry écarquilla les yeux, surtout parce que, pour elle, une tata de plus signifiait plus de cadeaux et plus de rigolade.

Mike se tourna vers Chloé. Il avait Merry dans les bras et elle, Gracie.

— Merry, ma petite chérie, je te présente Chloé, ta nouvelle tante. Dis-lui bonjour.

— Pose-moi, tonton Mike, ordonna-t-elle.

Dès qu'il eut obtempéré, la fillette s'approcha de Chloé, lui tendit sa menotte et dit « Bonjour ! » d'une voix chantante. Merry était une enfant très bien élevée, une parfaite petite lady, qualité dont elle était entièrement redevable à sa mère. Chloé serra la main qu'elle lui tendait.

— Bonjour, Merry. Je suis heureuse de te connaître.

Merry, après avoir dévisagé Chloé, fit quelque chose d'insolite. Elle se blottit contre la jambe de Chloé, leva les yeux et soupira : « Tata Chloé. »

Chloé rayonnante, avec un beau bébé blond dans les bras et une jolie brunette agrippée à elle. Tout le monde fut sensible à la beauté du tableau. Mike le premier. Cela lui fit un coup au cœur. Merry le regarda alors, puis Chloé. Quelque chose la chiffonnait.

— Tata Chloé, demanda-t-elle, es-tu la femme de tonton Mike ?

Je voudrais bien. Mike le pensa si fort que tout le monde aurait pu l'entendre. En cet instant, il s'y voyait. Chloé, sa femme. Entourée de leurs enfants.

— Non, ma chérie, je suis la sœur de ton oncle Harry, répondit Chloé en caressant la tête de Merry. C'est pour cette raison que je suis ta tante.

— Eh bien, intervint Nicole d'une voix que l'émotion faisait trembler, je crois qu'il est temps de se mettre à table.

Mike attendit Chloé pour passer dans la salle à manger. Elle avait toujours une enfant dans les bras et l'autre accrochée à sa jupe. Mike comprenait parfaitement Merry. Lui aussi, s'il l'avait pu, se serait collé contre Chloé…

— Comme c'est beau ! murmura Chloé en pénétrant dans la salle à manger.

Manuela s'était surpassée.

La table, au plateau de verre brillant comme un miroir dans la lueur de bougies, était couverte d'innombrables mets, tous plus appétissants les uns que les autres.

Nicole plaça les convives.

La petite voix de Merry retentit.

— Maman ! Je veux être à côté de tata Chloé.

Nicole s'étonna car Merry réclamait toujours de s'asseoir auprès de son père.

— Moi aussi, je veux m'asseoir près d'elle, dit Mike en toute hâte.

Ellen voulut débarrasser Chloé du bébé, mais Gracie se réveilla aussitôt et se remit à crier. Ellen la berça. Rien n'y fit. Harry voulut essayer à son tour, sans plus de succès. Au contraire, les cris redoublèrent.

Chloé faillit intervenir, mais se ravisa. Gracie hurlait de plus en plus fort.

— Je peux ? finit par demander timidement Chloé.

Interloqué, Harry lui rendit Gracie.

Aussitôt, celle-ci cessa de pleurer, exactement comme si on avait basculé un interrupteur.

— Je suis bluffé, dit Mike.

— Moi aussi, dit Harry. Chloé, je suis content que tu aies décidé d'habiter chez nous. J'espère que tu vas rester longtemps.

— Au moins jusqu'à ce que Gracie ait toutes ses dents, ajouta Ellen avec ferveur. Et peut-être même jusqu'à ce qu'elle entre à l'université.

— Je suis partie avec une petite valise, j'aurais du mal à tenir jusqu'à ce que Gracie entre à l'université.

— Je t'emmènerai faire les boutiques, proposa Nicole. On s'amusera bien. Merry pourra venir avec nous. Elle adore faire du shopping. Et j'ai l'impression que tu lui as tapé dans l'œil.

— Du shopping avec tata Chloé ? dit Merry sur un ton extasié.

— Chloé, dit Ellen, si tu as besoin d'argent...

Harry devança Chloé.

— Non, Ellen, dit-il. Si j'en crois ce qu'elle nous a dit ce matin, elle n'a pas de problème d'argent. N'est-ce pas, sœurette ?

Mike était bien placé pour voir que les mains de Chloé tremblaient. Elle prit une profonde inspiration.

— En un sens, oui, j'ai un problème d'argent, dit-elle en souriant finement. C'est-à-dire qu'avec ce que mes parents adoptifs m'ont laissé, j'en ai à ne plus savoir qu'en faire. C'est l'une des raisons pour lesquelles j'ai mis tant d'acharnement à te rechercher, Harry. Je pense que la moitié de cette fortune te revient. On devrait prendre rendez-vous avec un notaire le plus tôt possible.

Il y eut un moment de silence. Tous les regards se tournèrent vers Harry, qui secouait la tête.

— Chloé, dit-il résolument, je ne veux pas de cet argent. Il est à toi. Jusqu'au dernier *cent*. RBK marche très bien, mais même si la boîte devait capoter, Ellen gagne assez d'argent avec sa musique pour m'entretenir. Tu en as bavé, Chloé. Garde cet argent. Dépense-le pour tes menus plaisirs. Tant que c'est ici à San Diego, avec nous.

Des larmes brillèrent dans les yeux de Chloé.

Mike se pencha vers elle.

— J'ai gagné mon pari, murmura-t-il. Alors, on dîne au *Del Coronado*. Demain soir.

Demain soir. Et après-demain soir. Et tous les autres soirs… Hier, il traînait dans Logan Heights en quête d'alcool et de filles faciles. Aujourd'hui, il était assis à côté de la femme la plus délicieuse qu'il eût jamais vue. Pas question qu'elle lui file entre les doigts. Demain soir, donc, dîner au *Del Coronado*. Salon particulier. Repas aux chandelles. Menu extraordinaire. Ensuite, promenade sur la plage.

Son téléphone sonna.

Il le sortit de sa poche avec l'intention de l'éteindre. Pas maintenant. Les gens qui comptaient pour lui étaient tous dans cette pièce. Les autres pouvaient aller se faire voir.

Oh, non ! C'était Bill O'Connell. Un brave flic et, qui plus est, un ancien Marine. Les anciens Marines, c'était sacré ! Même s'il n'était plus dans le service actif, Mike était toujours un Marine dans l'âme. Tous les Marines étaient ses frères.

Et Bill O'Connell comptait parmi les meilleurs. Mauvaise tête mais bon cœur. Mike ne pouvait pas le snober, pas même au moment où il venait de trouver la femme de ses rêves.

Alors, bon gré mal gré, il décrocha.

— Salut, Bill. Tu choisis mal ton moment, mais bon…

— Tu es chez toi ? demanda O'Connell d'un ton sec.

— Non, chez Sam mais…

— Je suis là dans deux minutes, trancha O'Connell.

L'écran du téléphone s'éteignit. Mike resta pantois. Si Bill pouvait être là dans deux minutes, ça voulait dire qu'il se trouvait déjà dans l'immeuble. Devant la porte de Mike, quelques étages plus bas ?...

Qu'est-ce qui se passait ?

La sonnette retentit une minute plus tard seulement. Nicole alla ouvrir. O'Connell la suivit dans la salle à manger. Il se rendit compte immédiatement qu'il tombait mal.

— Bonjour mesdames, dit-il avec un mouvement de tête. Salut Reston, salut Bolt.

En montrant du doigt la porte, il ajouta :

— Keillor, tu viens avec moi...

Bill était de la vieille école. Pour lui, il y avait les choses qui se faisaient et celles qui ne se faisaient pas. Et ça ne se faisait pas d'interrompre une réunion de famille pour parler de la pluie et du beau temps.

Il fallait donc que ce soit sérieux.

Mais Mike ne faisait plus partie de la police de San Diego. Il ne leur devait rien. Il était en train de passer un bon moment et il avait envie de rester près de Chloé.

— Ça ne peut pas attendre ? demanda-t-il sans chercher à dissimuler son impatience.

O'Connell se rembrunit.

— Non, ça ne peut pas. Dans dix minutes, les collègues seront là avec un mandat d'arrêt. Je te donne une chance d'éviter les menottes dans le dos en te pointant là-bas sans attendre qu'on vienne te chercher. Je suis en train de te faire une fleur, Keillor. Alors, ne me regarde pas comme si je te chiais dans les bottes, d'accord ?

En temps normal, Bill n'aurait jamais été aussi grossier devant des dames. Il devait être sous pression.

— Un *mandat d'arrêt* ? répéta Mike.

— Oui.

Sam et Harry étaient debout, leurs chaises repoussées loin derrière eux, sur la défensive. Les trois femmes avaient l'air sidérées.

Se rendant compte qu'il se passait quelque chose d'anormal, la petite Merry courut se réfugier dans les bras de Nicole. Gracie se réveilla et se mit à pleurer. Chloé essaya de la calmer en la berçant, mais comme ça ne marchait pas elle la rendit à Ellen. Sur la table, les plats exhalaient leur appétissant fumet pour rien.

La fête était fichue.

— En route, Keillor, ordonna O'Connell.

Mike n'obéit pas. Il n'avait pas d'ordre à recevoir de Bill O'Connell. Il y avait déjà longtemps qu'il n'avait plus d'ordre à recevoir de personne, et ça lui convenait très bien.

Maintenant, s'il y avait quoi que ce soit qui vienne gâcher l'un des plus beaux jours de sa vie, il voulait régler ça sur-le-champ.

— Pas sans que tu m'expliques ce qui se passe, dit-il en passant dans le salon. Il doit y avoir un malentendu quelque part. Ça ne doit pas être difficile de rétablir la vérité. Autant faire ça tout de suite.

Avec un grognement d'impatience, O'Connell s'installa dans l'un des fauteuils que Mike lui désignait, avant de prendre place lui-même à un bout du canapé. L'instant d'après, Sam prit place à l'autre bout du canapé et Harry dans le fauteuil le plus proche de celui de O'Connell.

O'Connell sourcilla.

— Tu préfères comme ça, Keillor ?

Quelle question stupide !

— Bien sûr, acquiesça Mike. Je n'ai pas de secret pour eux.

En hochant la tête, O'Connell sortit de sa poche un calepin. Il était le dernier à en avoir un. Les autres inspecteurs prenaient des notes sur des ordinateurs portables ou des iPads.

O'Connell tourna quelques pages avant de relever les yeux vers Mike.

— Tu étais où, la nuit dernière ?

Mike cessa de respirer. Harry et Sam échangèrent un regard.

— Je suis allé faire un tour, répondit Mike.

O'Connell serra les dents. Le regard de ses yeux gris devint soudain très dur. Il laissa le silence se prolonger. Mike savait qu'il aurait dû répondre n'importe quoi sauf ça. Après tout, il avait été flic. Mais il avait de plus en plus souvent honte de sa conduite. Sam et Harry, en bons pères de famille, avaient passé la nuit dernière chez eux avec femme et enfant, tandis que lui, il se saoulait à mort et se faisait draguer par une cinglée.

Il était trop vieux pour ces conneries. Il poussa un profond soupir et dit :

— OK, je suis sorti de chez moi vers 11 heures, j'ai pris ma voiture, je suis allé dans Logan Heights, j'ai bu quelques verres ici et là.

— T'as fini où ?

— Je ne sais plus…, commença Mike.

Tout à coup, il revit l'enseigne au néon à moitié cassée au-dessus d'une devanture crasseuse. On lisait seulement : AVERNE.

— Ça me revient. Un boui-boui qui s'appelle la *Caverne* ou la *Taverne*, quelque chose comme ça.

— La *Caverne*, confirma O'Connell sans avoir besoin de consulter le calepin ouvert sur ses genoux. Et ensuite ?

— J'ai picolé.

— Tu n'as pas fait que ça, tu as aussi emballé une fille.

En quoi ça regardait O'Connell ? On ne pouvait plus draguer librement dans ce pays ?

— Où veux-tu en venir ? demanda Mike.

— Tu ne te souviendrais pas de son nom, par hasard ? répliqua froidement O'Connell.

Son nom ? Si Mike avait été capable de rougir, il aurait rougi. Elle le lui avait peut-être dit, mais il ne l'avait pas enregistré. Bien trop bourré pour ça ! Il haussa les épaules.

— Une belle histoire d'amour ! dit O'Connell d'un ton de plus en plus glacial.

Mike grinça des dents.

— Mila Koravitch ? demanda O'Connell. Ce nom te dit-il quelque chose ?

Mila ? Mike ferma les yeux, repensa à l'appartement de la femme. Saleté, désordre, puanteur. Tout ce dont il se souvenait, c'était d'avoir été fin saoul. À part ça, rien.

— Non, dit Mike en rouvrant les yeux. Désolé. Je ne me souviens pas de son nom. Mais je ne comprends toujours pas en quoi ça te regarde.

— Tu as été violent avec elle, hein ?

Mike fut envahi par un sentiment de honte et de dégoût. Sam et Harry, immobiles comme des statues, le regardaient. Les événements de la nuit lui apparaissaient à travers un brouillard. Les vapeurs d'alcool. Il se souvenait des marques sur les poignets de la fille.

— Un petit peu. Rien de bien méchant.

— Quoi ?

O'Connell était en train de noter quelque chose dans son calepin, mais la réponse de Mike lui fit brusquement relever la tête.

— Je ne sais pas ce que tu entends par « rien de bien méchant », Keillor, mais certainement pas la même chose que moi.

Il fouilla dans une enveloppe et en sortit des photos qu'il jeta sur la table basse. Mike se pencha pour regarder. Au début, il ne vit que du rouge, du noir, puis peu à peu apparurent les contours d'un corps couvert de blessures. Le visage, malgré les plaies et les bosses, avait quelque chose de familier.

La femme avec laquelle il avait couché hier soir !

Lorsqu'il releva les yeux, O'Connell le considérait avec une hostilité non dissimulée.

— Fracture de la mâchoire, contusions multiples, fracture de l'humérus, trois côtes cassées, rate éclatée. C'est ça que tu appelles *rien de bien méchant*, Keillor ?

Mike se leva d'un bond.

— Ce n'est pas moi qui lui ai fait ça ! s'écria-t-il. J'en suis bien incapable. Tout ce que j'ai fait, c'est de l'immobiliser parce qu'elle me l'a demandé.

Et lui donner quelques coups de boutoir pas piqués des vers, pensa-t-il – mais ça aussi, c'est elle qui l'avait demandé.

O'Connell montra du doigt les photos.

— Selon toi, ça ressemble à une femme dont on a seulement tenu les poignets ? Elle a été battue à mort, elle a failli en crever.

Mike commença à avoir peur. C'était une autre forme de peur que celle qu'on éprouve en présence du danger. Si Bill O'Connell, qui le connaissait, le croyait capable de faire ça, que penseraient les autres inspecteurs de la brigade criminelle ? La police de San Diego était un grand bazar. Il y avait plein de flics qui ne le connaissaient pas et qui n'étaient pas prêts à croire sur parole celui qui viendrait leur dire que Mike Keillor était incapable de brutaliser une femme.

Contre un ennemi qui s'attaquerait à lui, oui, sans hésiter. Mais une femme ? Non, jamais.

Mike était en train de se faire à l'idée que ça n'allait pas s'arrêter là. Il allait devoir convaincre une bande de flics, des types plutôt sceptiques par nature, que ce n'était pas lui qui avait fait ça. Et puis, le procureur. Et peut-être même un jury.

— Donc, dit O'Connell, tu affirmes que tu n'as pas couché avec elle ? Réfléchis bien avant de répondre, parce qu'on a trouvé un préservatif dans la poubelle de la salle de bains. Usagé mais vide, ajouta dédaigneusement O'Connell. Tu n'as même pas réussi à jouir, pauvre malheureux ! Alors, qu'est-ce que les tests vont nous apprendre ? N'oublie pas que ton ADN est fiché.

Chaque officier de police se pliait à un prélèvement de salive et son ADN était dans son dossier.

— Ouais, d'accord, on a couché ensemble, admit Mike.

— Et ?

— Et je n'ai pas réussi à jouir. Elle… elle voulait que j'y aille fort, que ça ressemble à un viol. Je n'ai pas pu.

Dans le regard de O'Connell, l'hostilité céda la place à la pitié. C'était un type très convenable. Irlandais pur jus. Au commissariat, les collègues le charriaient, disant qu'il ne faisait sans doute l'amour qu'une fois par an, le jour de la Saint-Patrick. À l'époque, Mike l'avait trouvé bien à plaindre, mais maintenant il se demandait si ça ne valait pas mieux que de baiser tout ce qui bouge.

— La, euh, la *dame* en question prenait du crack, dit O'Connell. Nous en avons trouvé partout chez elle. Tu es un ancien officier de police. Un ancien Marine. Un Marine et du crack, ça ne fait pas bon ménage, Keillor. En voyant ça, tu aurais dû remballer ton truc en quatrième vitesse. Ou même le laisser dans ton froc.

Mike ferma les yeux. Bill avait raison. Il aurait dû.

— Donc, poursuivit O'Connell, quelle est ta version des faits ? Comment ça s'est passé, selon toi ?

Mike serra les mâchoires. Il n'avait pas envie de parler de ça. Il y eut un moment de silence. Mike pouvait entendre ses dents grincer.

O'Connell soupira bruyamment et se leva.

— Bien, si tu ne veux pas parler ici, Keillor, on va être obligés de t'emmener au central.

Sam et Harry se levèrent comme un seul homme. Mike desserra les mâchoires. Au prix de quelques efforts.

— Non, les gars, vous n'allez nulle part. Rasseyez-vous !

Mike aurait mieux aimé démêler cette embrouille en tête à tête avec O'Connell. Mais ses deux amis étaient là. Alors, autant qu'ils restent. Sam et Harry se rassirent. O'Connell attendit un instant avant de se rasseoir à son tour, histoire de marquer le coup. Il ressortit son calepin et attendit.

— OK, dit Mike. Hier soir, je n'arrivais pas à dormir. Alors, je suis sorti. Il devait être dans les 11 heures. Je n'avais pas envie d'un bar chic où l'on sirote du vermouth en draguant des banquières en goguette.

Il s'était senti minable et avait eu envie d'un endroit aussi minable que lui. Mais il ne pouvait pas le dire comme ça devant Sam et Harry, parce qu'ils se reprocheraient de ne pas avoir remarqué qu'il n'allait pas et de ne pas avoir fait en sorte qu'il se sente mieux.

Parfois, Mike aurait souhaité que ses deux meilleurs amis s'inquiètent un peu moins pour lui.

— Bref, reprit Mike, j'ai tourné un peu en ville et puis j'ai fini dans un bar de Logan Heights. J'ai bu, beaucoup.

Sam et Harry arboraient des visages fermés, indéchiffrables. Lorsque Harry était revenu d'Afghanistan en piteux état, il n'avait pas dessaoulé pendant des mois. Mike et Sam l'avaient laissé faire. Ils l'avaient surveillé comme le lait sur le feu, lui avaient confisqué ses armes, ne l'avaient pas laissé sortir seul en mer. Ils avaient même, pendant la période la plus noire, condamné les portes-fenêtres qui conduisaient à son balcon.

Mais ils lui avaient laissé ses bouteilles, parce que ce n'est pas si facile que ça de boire jusqu'à ce que mort s'ensuive.

Mike aussi avait des périodes d'ivrognerie, mais sans les bonnes excuses d'Harry. À l'époque, personne ne savait si Harry remarcherait un jour, ni même s'il pouvait espérer, dans un avenir plus ou moins lointain, ne plus souffrir le martyre.

Les excuses de Mike ? Aucune.

Il ne pouvait même pas se retrancher derrière une enfance tragique. Sam et Harry avaient eu des enfances tragiques. Pas lui. Lui, il avait pu s'épanouir dans le sein d'une famille unie – jusqu'au jour où une bande de crevures avaient tué sa mère, son père et ses deux frères lors d'un braquage foireux. À cette seconde-là, son enfance avait pris fin. C'était le 12 mars, vingt-cinq ans plus tôt. L'année de ses dix ans. Le 12 mars de cette année-là, il s'était retrouvé brusquement dans la peau d'un vieillard de dix ans, brisé par le chagrin.

Mais, jusque-là, il n'avait connu que le meilleur de la vie.

Et, s'il buvait, c'était pour oublier ce sinistre 12 mars – et la suite.

— Tu t'es saoulé ? demanda O'Connell.

— Ouais, répondit Mike.

O'Connell le regarda en faisant planer son crayon au-dessus de son calepin.

— Et ?

— Et puis j'ai emballé cette…

Cette quoi, au fait ?

— Cette nana.

En réalité, c'était plutôt elle qui l'avait emballé.

— Son nom ?

O'Connell avait les yeux baissés sur son carnet et Mike eut l'impression qu'il préférait s'abstenir de le regarder pendant qu'il racontait une aussi navrante aventure.

O'Connell finit par relever les yeux.

— Je te le répète : je ne sais pas comment elle s'appelait, dit Mike.

Les trois autres firent la grimace. Se faire une nana anonyme, ce n'était pas excusable. O'Connell regardait maintenant Mike dans les yeux, comme s'il cherchait à le sonder jusqu'au tréfonds.

— Je t'ai dit son nom, Mila Koravitch. Ça t'évoque quelque chose ?

Mike secoua la tête. Non. Ils n'avaient pas dû échanger plus de dix mots.

— Une prostituée ? demanda O'Connell d'un ton neutre.

Mike tiqua. Il avait l'impression que non. Mais comment être sûr ? Camée, vivant dans un réduit crasseux. Tout était possible.

— Écoute, je n'en sais rien. En tout cas, elle n'a pas demandé d'argent.

Si elle en avait demandé, il aurait refusé. Ça faisait partie de ses tabous. Michael Patrick Keillor avait des principes. Pas question de payer pour s'envoyer en l'air…

Il y eut un autre silence. Mike n'osait pas regarder Sam ni Harry.

— Donc, tu t'es mis à la secouer, reprit O'Connell d'une voix égale.

Mike regarda ses pieds.

— À *beaucoup* la secouer, insista O'Connell.

Cette fois, il contrôla moins bien les inflexions de sa voix. Mike releva les yeux. Ce souvenir lui donnait la nausée.

— Je l'ai immobilisée, dit-il. Je la tenais par les poignets. J'ai peut-être serré un peu fort. C'est elle qui m'a demandé de la tenir et d'y aller fort. Ça m'a dégoûté. Quand je l'ai lâchée, elle avait les poignets un peu rouges.

— Et ? demanda O'Connell avec rudesse.

— Pas de quoi appeler les urgences, fit Mike en haussant les épaules.

O'Connell se pencha en avant.

— Selon moi, après les violences que cette femme a subies, il y avait vraiment de quoi appeler les urgences. J'ai rarement vu quelque chose d'aussi barbare ! Elle est restée quatre heures sur le billard !

Mike tressaillit.

— Holà ! Je l'ai tenue par les poignets, point final ! Comme je te l'ai déjà dit, ils étaient un peu rouges et enflés lorsque je l'ai lâchée. Mais c'est tout. Rien qui relève du bloc opératoire !

— Laisse-moi te rafraîchir la mémoire, dit O'Connell en retournant à la première page de son calepin, comme s'il avait besoin de relire la liste des blessures alors qu'il la savait par cœur. La femme présentait des fractures à la mâchoire, aux côtes et au bras et, pour faire bon poids, un petit éclatement de la rate.

Rien que d'entendre ça, Mike avait envie de vomir. Il mit dans son ton toute la conviction dont il était capable :

— Non, ce n'est pas moi, je suis bien incapable de faire ça ! Je te répète ce qui s'est passé : j'ai emballé cette femme dans un bar, on est allés chez elle et on a eu une relation sexuelle… ou quelque chose de ressemblant. Elle voulait que je lui fasse mal, ça m'a coupé mes moyens. Je suis allé aux toilettes, j'ai retiré le préservatif, dans lequel il sera difficile de trouver du sperme pour le test ADN, et je l'ai jeté à la poubelle. Elle m'a insulté. Elle voulait me pousser à lui casser la gueule. Quand je suis parti, à part ses poignets rougis, elle n'avait pas le moindre bobo. C'est bien pour ça qu'elle était folle de rage et qu'elle criait à tue-tête. Si des gens témoignent qu'ils ont entendu du bruit, c'était ça. Même après avoir gerbé, je n'étais pas complètement dessaoulé. J'ai eu besoin d'air frais et d'exercice. J'ai laissé mon véhicule sur place et je suis rentré au pas de course.

— À quelle heure tu es arrivé chez toi ?

Mike commença par répondre qu'il n'en savait rien.

— Non, attends, se reprit-il un instant plus tard. Il devait être environ 5 heures parce que, quand je suis ressorti de la douche, le réveil indiquait 5 h 17. Je suis allé sur le balcon et j'ai regardé le jour se lever. Et puis, je suis allé au boulot.

O'Connell regarda Mike avec dureté.

— Je vais te dire ce que nous savons. Ça commence par un appel au 911 à 4 h 02. Des cris et des coups dans la chambre 321, au numéro 445 d'Alameda Street, chez une certaine Mila Koravitch. Lorsque les flics sont arrivés, elle était inconsciente. Les infirmiers l'ont conduite aux urgences et à cinq heures et quart elle était sur le billard. On a cherché des empreintes chez elle et on en a trouvé des belles sur la tête de lit en ferraille et sur les carreaux de faïence derrière les waters.

Mike se revit en train de s'agripper aux montants du lit, pour ne pas peser de tout son poids sur la femme, et puis de s'appuyer au mur derrière la cuvette des waters, pour vomir.

— On a regardé au fichier, poursuivit O'Connell en respirant bruyamment par le nez comme un taureau furieux. Certaines des empreintes correspondaient à des paumés bien connus de nos services. Mais ce qui nous a coupé la chique, c'est quand l'ordinateur nous a répondu que les plus fraîches, c'étaient les tiennes. On a eu du mal à le croire, mais il a bien fallu se rendre à l'évidence.

Mike avait été militaire et puis officier de police. Il allait de soi que ses empreintes étaient répertoriées.

— Alors, reprit O'Connell, on a montré ta photo dans tous les bars du coin et, à la *Caverne*, le barman t'a reconnu. Il a dit que tu étais là hier soir et que tu étais parti avec Mila Koravitch vers minuit et demi. À propos, cette Mila Koravitch n'est pas une inconnue, elle s'est fait pincer plusieurs fois pour possession de drogue et pour racolage. Ce matin, à 8 heures, lorsqu'elle s'est réveillée de l'anesthésie, elle t'a désigné comme étant l'homme qui l'a tabassée.

De nouveau, Sam et Harry se levèrent dans un même mouvement.

— C'est ridicule, gronda Sam. Tu as entendu ce que t'a dit Mike. Ce n'est pas lui qui l'a tabassée… Elle veut lui faire porter le chapeau…

Les quatre hommes échangèrent des regards. Harry et Sam étaient dressés sur leurs ergots, mais O'Connell n'était pas quelqu'un qu'on intimidait facilement. Il ignora Sam et Harry pour ne s'intéresser qu'à Mike.

À son regard, Mike devina que cela ne lui plaisait pas d'être obligé de soupçonner Mike. Et ça ne lui plaisait pas de le mettre sur la sellette. Mais c'était son devoir, et il ne manquait pas d'éléments.

O'Connell rangea son calepin dans la poche de sa veste.

— Il faut que je t'emmène, Keillor. Y a pas moyen d'y échapper.

Sam et Harry firent un pas vers lui.

— Les gars, leur dit-il, on peut faire ça gentiment ou méchamment, à vous de voir.

Mike se sentit fatigué, tout d'un coup. Fatigué et honteux. Il n'avait pas frappé cette femme. Il savait qu'il ne l'avait pas fait et O'Connell était un bon flic. O'Connell finirait par découvrir la vérité. Et, à la fin, Mike serait blanchi.

Mais, en attendant, il pourrait y avoir du vilain. Il faudrait payer une caution. RBK gagnait de l'argent mais ils étaient sur le point de faire d'importants investissements et on ne pouvait pas sortir une grosse somme maintenant sans risquer de tout faire capoter. Et puis, même si O'Connell faisait en sorte de le mettre à l'abri des journalistes, l'histoire finirait par se savoir. Michael Keillor, de RBK Security, était soupçonné d'avoir roué de coups une femme... Ce serait catastrophique pour la réputation de la firme.

Mike imaginait le désastre : RBK Security traîné dans la boue. Sam et Harry éclaboussés. Sans parler de l'argent gâché.

Dans cette histoire, il ne pouvait s'en prendre qu'à lui-même.

Mais il n'avait pas frappé cette femme. Il n'était pas coupable de ça. De tout le reste, oui. Coupable de ne pas être fichu de passer une nuit tout seul, à trente-cinq ans. Coupable de s'être saoulé, de s'être fait draguer par une inconnue et de l'avoir suivie tête baissée, alors que deux secondes de réflexion lui auraient suffi pour juger que cette camée, c'était de la mauvaise limonade.

Il était coupable de beaucoup de choses, mais pas de l'avoir laissée pour morte…

— Le procureur attend, dit O'Connell.

Oui, le procureur attendait et, puisqu'il était un ancien flic, ils allaient tous faire du zèle. Personne ne pouvait se permettre de faire une faveur à un ancien collègue. O'Connell avait pris un gros risque en venant ici pour le mettre en garde. Si jamais la presse l'apprenait, il serait lui-même dans de sales draps.

— Nous venons avec Mike, dit alors Sam.

Ce n'était pas une suggestion. O'Connell hésita. Il était costaud mais affronter Sam et Harry *ensemble*, ce ne serait pas une partie de plaisir.

« Oh non ! » pensa Mike. Il ne voulait pas les mêler à ça !

À ce moment-là, il aurait donné cher pour avoir des amis un peu moins loyaux. Il n'avait pas envie que Sam et Harry soient là pour le voir traité comme un criminel : un ancien flic qui avait massacré une pauvre toxico après avoir couché avec elle. Dieu merci, Meredith et Grace n'étaient pas assez grandes pour comprendre quoi que ce soit à cette sordide histoire. Et puis, il y avait…

Prêt à suivre O'Connell, Mike se figea, horrifié. Et puis il y avait Chloé ! Elle se tenait sur le seuil du salon, toute la tristesse du monde dans ses beaux yeux dorés. Livide, pétrifiée. Depuis combien de temps était-elle là ? Si elle avait entendu la conversation, ou même une partie seulement, elle savait désormais à quoi Mike Keillor passait ses nuits. Elle ne le connaissait pas. Dans ce qu'elle venait d'apprendre, tout était abject, et tout était vrai.

Mike n'avait pas tabassé cette femme, mais quant au reste…

Tel était Mike Keillor dans les yeux de Chloé. Un type qui buvait trop, qui s'envoyait n'importe qui, même des droguées, et qui cognait sur les filles, après les avoir sautées.

« Ce n'est pas moi, ça ! » avait-il envie de crier. Il avait été un bon soldat et un bon flic. Il travaillait dur. Il aimait Sam et Harry, leurs épouses et, par-dessus tout, leurs filles.

Il venait au secours des femmes battues, les planquait, les aidait financièrement. Il donnait même des paquets de fric pour les bonnes œuvres !

L'homme dont Chloé venait d'avoir la description, ce n'était pas lui.

Sauf que oui. Il n'avait pas battu cette femme. Mais, à part ça, tout le reste était vrai. Il était un poivrot et un obsédé sexuel. Ce n'était pas l'homme qu'il fallait à une femme comme il faut.

Et, pour s'en apercevoir, il avait attendu précisément le jour où une femme comme il faut venait de bouleverser sa vie.

Chloé Mason n'avait eu qu'à paraître pour tout mettre sens dessus dessous. Pendant les quelques heures passées avec elle, il avait éprouvé un sentiment nouveau. Il avait eu une étrange impression d'asphyxie et, en même temps, ç'avait été comme s'il respirait de l'air pur pour la première fois de sa vie.

Cette étrange impression avait un nom : *le bonheur*.

Et il avait tout foutu en l'air.

Ils sortirent à la queue leu leu, d'abord O'Connell puis Mike, Sam, et Harry qui fermait la marche.

Lorsqu'ils passèrent devant Chloé, elle ne regarda que lui. Mike ne put se résoudre à la regarder dans les yeux. Impossible. Le remords et le regret étaient comme des acides qui le dévoraient de l'intérieur. Il passa à côté d'elle en gardant les yeux fixés droit devant lui, le visage fermé à double tour.

Ellen et Nicole assistaient aussi à la lugubre procession. Mike avait hâte de sortir, pour ne plus sentir sur lui leurs regards tristes et aimants. Il savait à quel point elles tenaient à lui. Les deux femmes l'avaient toujours considéré comme un frère. Et voilà comment il les récompensait ! En ramenant jusque sous leur toit la saleté et l'infamie…

Il n'arrivait même pas à regarder ses deux amis. Dans le couloir, Sam et Harry l'encadrèrent en signe de soutien, mais ils regardaient droit devant eux. Dans l'ascenseur, nul ne dit mot.

Il n'y avait rien à dire.

8

— Ce n'est pas lui qui a fait ça, dit Ellen d'une voix ferme.

— Non, ça ne peut pas être lui, confirma Nicole tout aussi fermement.

Chloé les observa tour à tour. Elles étaient sincères. Rien dans leur voix ni dans leur attitude ne trahissait la moindre ambiguïté.

Aussitôt, elle se sentit mieux, libérée de cette impression de resserrement autour de la poitrine qui lui avait broyé le cœur et l'avait empêchée de respirer alors qu'elle écoutait l'interrogatoire de Mike.

Elle ne savait rien de lui. Mais que savait-elle des hommes en général ? Pratiquement rien. Et ce n'était pas parce qu'il lui avait fait connaître son premier orgasme que c'était forcément quelqu'un de bien !

Elle avait quand même de la peine à croire qu'il fût capable de brutaliser une femme. Lorsqu'il l'avait touchée, *elle*, ses grandes mains avaient été d'une douceur incroyable. D'accord, elle était en terre inconnue, son expérience des hommes et de l'amour était très limitée, mais elle n'arrivait pas à imaginer Mike en train de faire une chose pareille.

Elle ne savait rien de Mike, absolument rien, mais ce n'était pas le cas d'Ellen et de Nicole.

— Mike, faire du mal à une femme ? Jamais ! dit Ellen en berçant Gracie dans ses bras.

Nicole se passa la main sur le ventre.

— C'est l'homme le plus gentil du monde, dit-elle.

Chloé eut l'impression que ces paroles étaient prononcées à son intention et elle se demanda pourquoi. Cette affaire ne la concernait en rien.

— Je suis sûre que vous avez raison, dit-elle. Prenez-le pour ce que ça vaut, mais moi non plus, je ne pense pas que c'est lui qui a maltraité cette pauvre femme.

Elle repérait d'instinct les caractères violents. Elle avait le flair pour ça. C'est pourquoi elle s'était toujours défiée de son soi-disant père. Et elle avait compris pourquoi lorsque la détective privée avait découvert ce qui lui était arrivé à l'âge de cinq ans.

Elle avait compris que toute sa vie avait été marquée par l'hyperviolence du concubin de sa mère.

— Alors, ne vous fatiguez pas à essayer de me convaincre d'une chose que je sais déjà, ajouta-t-elle.

Ellen et Nicole échangèrent un regard.

— Passons plutôt dans le salon, dit Nicole avec un geste de la main. Après ça, je suppose que plus personne n'a faim.

L'estomac de Chloé était serré comme un poing.

Dans le salon, Ellen et Nicole, l'air de rien, coincèrent Chloé entre elles. Une fois assises sur le grand canapé, elles échangèrent un nouveau regard, au terme duquel il fut tacitement décidé que Nicole ouvrirait le débat.

— Chère Chloé, il faut que tu nous croies quand nous disons que Mike est innocent. Jamais il…

— Oh ! Mais je vous crois, dit Chloé en regardant tour à tour les deux femmes. Je vous crois. Même si mon opinion importe peu.

— Elle importe beaucoup, au contraire, dit doucement Ellen. Vraiment beaucoup.

— Mike ressent quelque chose pour toi, dit Nicole en posant sa main sur celle de Chloé. J'imagine qu'après ce que tu viens d'entendre, tu as de lui l'image d'un homme qui couche à droite et à gauche. Et tu ne te trompes pas, hélas ! Tout le monde cherche l'amour, mais il y a des gens qui ne le cherchent pas au bon endroit. Mike est de ceux-là. Mais il ne nous a jamais présenté une seule de ses conquêtes. D'après Sam et Harry, il n'a jamais eu de liaison durable, rien que des aventures d'un soir. Et je t'assure que nous ne l'avons jamais vu se comporter avec une femme comme il se comporte avec toi. Il te couve des yeux. Nous pensons que tu ne lui es pas indifférente et peut-être, conclut-elle en pressant la main de Chloé, peut-être qu'il ne t'est pas indifférent non plus.

Chloé revécut en pensée la scène qui s'était déroulée dans sa chambre, au *Del Coronado*. Les lèvres de Mike, son sexe contre son ventre. À ce souvenir, elle se troubla.

C'est le problème des peaux claires. Elle n'avait pas besoin de se regarder dans un miroir pour savoir qu'elle était rouge comme une pivoine. Elle ne vit aucune raison de mentir, alors que la vérité était écrite en lettres de feu sur ses joues.

— Non, reconnut-elle à mi-voix. Non, il ne m'est pas indifférent.

Ellen sourit.

— C'est ce que je pensais, dit-elle. C'est ce que nous pensions, renchérit-elle après un coup d'œil à Nicole. Et la raison pour laquelle nous nous permettons de fourrer notre nez dans tes affaires, chose qui doit naturellement t'agacer, c'est que nous voudrions que Mike soit heureux. Parce qu'il le mérite.

— Il nous a sauvé la vie, expliqua Nicole. À Ellen et à moi. Nous te raconterons toute l'histoire un de ces jours. Pour le moment, tout ce que tu as besoin de savoir c'est que, lorsque nos vies ont été en danger, Mike n'a pas hésité à se mouiller. Sam et Harry, ils étaient amoureux. Qu'ils risquent leur peau, ça allait de soi. Mais Mike l'a fait par amitié. Et aussi parce que, en dépit de son côté cavaleur, c'est un preux chevalier comme on n'en fait plus. Nous sommes très inquiètes. Les apparences sont contre lui. On ne voit même pas comment il pourrait s'en sortir.

— Le pire, c'est que ça lui arrive juste au moment où il vient de rencontrer une femme dont il commençait à tomber amoureux, et que maintenant il risque de la perdre, dit abruptement Ellen. Je t'en prie, ajouta-t-elle en pressant de nouveau la main de Chloé, dis-moi que cette triste histoire ne va pas tout gâcher. Dis-moi que tu vas lui donner une chance. Aujourd'hui, il avait l'air heureux comme jamais. Il ne te quittait pas des yeux. Il ne demande sans doute qu'à te prouver que lui aussi, il est capable d'amour. Ne le prive pas de cette chance.

Les deux femmes regardèrent intensément Chloé.

Chloé se leva brusquement et alla chercher son sac. Elle sortit son téléphone et garda le pouce appuyé sur une touche pour appeler la seule personne dont elle avait le numéro en appel abrégé. La seule personne en qui elle pouvait avoir confiance pour tirer cette affaire au clair.

Nicole et Ellen la suivaient des yeux. Elles avaient l'air anxieuses.

116

— OK, leur dit-elle. Vous voulez aider Mike ? Eh bien, moi aussi !

Elle sourit lorsque, à l'autre bout du fil, une voix féminine répondit.

— Amanda ? C'est Chloé. Oui, je suis à San Diego. Amanda, j'ai besoin de ton aide.

Elle regarda les deux femmes assises en face d'elle sur le canapé et, pour la première fois de sa vie, elle se sentit *en famille*.

— *Nous* avons besoin de ton aide, rectifia-t-elle.

— On recommence tout, dit O'Connell.

Mike grogna. Ça faisait combien de fois qu'on recommençait ?

La pièce puait la sueur et l'angoisse. Mike pensa que les cellules de prison devaient avoir cette odeur-là. Il risquait de le vérifier bientôt, car les choses se présentaient mal.

Mike ne pouvait pas en vouloir à O'Connell. À la seconde où Mila Koravitch s'était réveillée, elle l'avait identifié comme étant son agresseur. Elle couvrait l'enfant de salaud qui l'avait vraiment envoyée à l'hosto. Les flics croyaient qu'ils avaient un dossier en béton. Ce n'était pas le cas. Mais ils avaient assez d'indices pour le garder en prison jusqu'au procès.

Sam et Harry feraient tout pour empêcher ça. Ils paieraient la caution, même si RBK devrait emprunter pour cela, car compte tenu de leur trésorerie, le moment était mal choisi. Et ils devraient aussi emprunter pour lui payer un grand avocat. Il en était malade.

Il était innocent. Sam et Harry n'avaient qu'à le laisser moisir sur la paille humide des cachots jusqu'à ce que la police et la justice en fassent la preuve. Mike savait qu'ils ne feraient jamais ça, mais ils devraient.

De toute façon, il n'avait pas envie de rentrer à la maison, d'affronter le regard d'Ellen ou de Nicole et encore moins celui de Chloé. Il avait trop honte. Chloé ! L'espoir qu'il avait éprouvé depuis qu'il avait posé le regard sur elle, la chaleur dans ses yeux lorsqu'elle le regardait, ce baiser tendre qui promettait beaucoup plus – envolé, tout ça !

Mike ne supportait pas l'idée de l'avoir déçue et de lui avoir fait de la peine. Chloé se détournant de lui avec dégoût, non, il ne voulait pas voir ça.

Il méritait de pourrir en prison. Pas parce qu'il était coupable de ce dont on l'accusait, il était innocent et le savait bien, mais parce qu'il avait passé les vingt dernières années à baiser des femmes dont il se foutait pas mal.

— Donc, je suis sorti de chez moi vers 11 heures, reprit-il pour la énième fois. J'ai pris ma voiture. Après avoir tourné un peu, je me suis retrouvé dans Logan Heights. Je suis allé de bar en bar et j'ai fini par atterrir dans un endroit qui s'appelle la *Caverne*. J'y suis arrivé vers minuit. J'ai bu. Et puis, j'ai rencontré une femme. On a échangé quelques mots…

Les coups frappés à la porte les étonnèrent tous les deux. On n'interrompt pas un interrogatoire, c'est la règle. O'Connell serra les dents et Mike plaignit le type qui se trouvait de l'autre côté de la porte – sans doute un flic jeune et inexpérimenté.

À sa grande surprise, ce n'était pas un jeune flic. C'était un vieux de la vieille, que Mike avait connu du temps où il était dans les SWAT : l'inspecteur Jerry Klein, Et, derrière lui – chose à peine croyable ! –, se trouvaient Harry et Sam.

O'Connell se leva d'un bond. Il était furax. Il avait de bonnes raisons. De la part d'un vieux flic, c'était déjà impardonnable. Mais les deux civils ! Ils se croyaient où, ceux-là ? Ils confondaient visite à un ami et entrave à la justice ! Ils ne savaient pas que c'était un délit d'empêcher un officier de police d'accomplir son devoir.

O'Connell prit son souffle et ouvrit la bouche. Mais avant qu'il ne commence à l'engueuler, Klein posa un ordinateur portable sur la table.

— Excusez-moi, chef, mais ces deux messieurs ont cru bon de porter à ma connaissance des éléments importants. À mon avis, il faut que vous voyiez ça.

Klein se mit au garde-à-vous, regarda Mike d'une drôle de façon et, pour couronner le tout, lui fit un clin d'œil.

Qu'est-ce que ça voulait dire ?

Klein alluma l'ordinateur et puis s'écarta pour faire place à Harry. C'était un virtuose de l'informatique. Tout le monde se pencha pour le regarder œuvrer, mais il ne fit rien de plus prodigieux que d'ouvrir sa boîte mail.

— Ellen m'a fait savoir que Chloé avait appelé à la rescousse la détective privée qu'elle connaît à Boston, expliqua Harry, et cette fille n'a pas été longue à déterrer quelque chose de vraiment important.

Le mail avait des pièces jointes. Harry cliqua sur la première. Elle s'ouvrit et sur l'écran apparut l'image d'une rue, la nuit. La caméra avait un objectif grand angle qui permettait de voir dix mètres sans distorsion. Une femme apparut dans le cadre, tapota sur quelque chose qui se trouvait hors-champ. Ces images avaient été prises par la caméra d'un distributeur de billets. Après la femme, quatre personnes vinrent retirer de l'argent. En lettres blanches, dans le bas à droite, on pouvait lire la date et l'heure : *4 Jan, 03.02.* Jusqu'à 3 h 07, il ne se passa plus rien et puis une silhouette apparut sur la droite et traversa l'écran à toute vitesse.

Les doigts d'Harry dansèrent sur le clavier. Il fit reculer le film au ralenti et puis appuya sur une touche. Arrêt sur image. La silhouette s'immobilisa au milieu de l'écran. C'était Mike en train de courir. Le corps était flou mais la caméra l'avait saisi au moment où il tournait la tête. Le visage était facile à reconnaître.

— Cela a été enregistré à 3 h 07 dans Griffin Street, à quatre pâtés de maisons d'Alameda Street. Nous pouvons suivre Mike jusqu'au ferry, où il arrive à 3 h 48.

Ils regardèrent une série d'images prises par des caméras de surveillance situées le long du chemin suivi par Mike – quatorze au total. La détective de Boston connaissait son boulot. En un rien de temps, elle avait vérifié le contenu de pratiquement toutes les caméras de surveillance entre Alameda Street et l'embarcadère. Ça demandait du talent et du matos.

Sur l'écran, à présent, on voyait Mike qui sautillait sur le quai. Il était reconnaissable, malgré la buée qui sortait de sa bouche et estompait un peu sa figure. Il n'avait pas en mémoire tous les détails de sa course mais, en revanche, il se souvenait très bien d'avoir couru sur place en attendant le ferry. Lorsque Mike finit par embarquer, l'heure indiquée dans un coin de l'image était 4 h 10.

La dernière pièce jointe était un bout de film où l'on voyait Mike sur Coronado Shores. Il traçait une dernière ligne droite au pas de charge, entrait dans son immeuble et saluait le veilleur de nuit. Mike avait déclaré être rentré chez lui vers 5 heures. Les caméras de surveillance le confirmaient. Il aurait été à la rigueur possible d'agresser Mila Koravitch à 4 heures et d'être rentré à la maison à 5 heures, à condition de faire le trajet en voiture. Mais Mike était revenu en courant et il y avait des images pour le prouver.

Harry se tourna vers O'Connell et le regarda avec dureté.

— Si j'ai bien compris, l'appel au 911 a été passé à 4 h 02. L'embarcadère est à 18,9 km d'Alameda Street. Or, nous venons de le voir, à cette heure-là, Mike attendait le ferry. Donc, ça ne peut pas être lui qui a tabassé cette femme.

Tous les regards convergèrent sur O'Connell. Celui-ci envisagea le problème sous tous les angles pendant un moment. Puis, il posa délicatement son calepin sur la table à côté de l'ordinateur et se tourna vers Mike.

— Je suis bien content de ne pas avoir à te mettre les menottes, Keillor. Tu es libre.

Mike poussa un soupir de soulagement. Il était libre grâce à Chloé.

Sam et Harry congratulèrent Mike et O'Connell lui tapa dans le dos, soulagé lui aussi. C'était un honnête homme. Il n'avait fait que son devoir. Mike lui tendit la main.

— J'espère que tu trouveras le salaud qui a fait ça...

O'Connell serra la main de Mike.

— Nous avons entendu dire qu'elle avait un petit ami qui aimait lui taper dessus. Nous allons nous intéresser à lui. Et d'abord, réinterroger la fille. Quant à toi, fais gaffe où tu mets les pieds, d'accord ?

Pour ça, oui ! Mike venait de recevoir une leçon. On ne l'y reprendrait plus. Sauf que, pour Chloé, c'était sans doute trop tard.

Sam le tira par la manche.

— Viens, on s'en va. Avec tout ça, on n'a toujours pas fait la fête. Nos femmes nous attendent.

Nos femmes. Pour Sam et Harry, c'était la stricte vérité. Ils avaient des épouses formidables qui les attendaient. Dans un autre monde, Mike aussi aurait eu une femme à rejoindre – un monde dans lequel il n'aurait pas couché avec la première venue, n'aurait pas rencontré l'exquise Chloé Mason juste après avoir sauté une maso qui, déçue de ne pas s'être fait démolir par lui, avait appelé quelqu'un d'autre pour finir le boulot.

Dans ce monde-là, il aurait pu recommencer à zéro avec Chloé. Tandis que, dans ce monde-ci, c'était fini avant d'avoir commencé.

Il y était allé fort avec elle. Il avait aussitôt été séduit, attiré. Il avait éprouvé un sentiment proche du bonheur rien que de se trouver dans la même pièce qu'elle ! Et il… il lui avait fait la cour. À sa manière…

L'espace d'une seconde, il avait pu croire que ce qui était arrivé à Sam et à Harry était en train de lui arriver aussi. L'un comme l'autre, ils avaient eu le coup de foudre pour leur femme. À présent, ils étaient heureux, installés, éperdument amoureux… Et lui, comme un imbécile, il avait cru qu'il venait de trouver ce qu'il avait toujours cherché, quelque chose d'authentique et durable. Quelque chose de beau et de propre.

Quelque chose qu'il avait détruit alors qu'il venait à peine de le découvrir.

Ce que cela aurait pu être, il ne le saurait jamais. Maintenant, une moitié de lui-même avait besoin de Chloé comme il avait besoin d'air et d'eau. Et l'autre moitié avait envie de la repousser. Elle avait beaucoup souffert, elle méritait mieux qu'un type comme lui.

Dans l'ascenseur, Harry ne dit pas un mot. Sam ne s'en rendit même pas compte. Il était soulagé que

Mike soit tiré d'affaire. Il avait hâte de reprendre les festivités là où elles avaient été interrompues.

Cependant, lorsque la cabine s'ouvrit, Harry étendit le bras pour barrer le passage à Mike. Harry était costaud, mais pas autant que Mike. S'il l'avait voulu, Mike aurait pu forcer le passage. Mais Harry était comme son frère et il avait quelque chose à lui dire. Alors, il fit signe que c'était OK.

Harry s'adressa d'abord à Sam.

— Écoute, Sam, dit-il posément, j'ai deux mots à dire à Mike en privé. Tu veux bien nous attendre dans la voiture ?

Harry avait toujours l'air sombre, mais là, on aurait dit qu'il venait d'enterrer son meilleur ami et son chien dans la même journée. Sam s'éloigna sans poser de question. Harry se tourna vers Mike et posa une main sur son épaule.

— Je suis heureux que tu sois mis hors de cause.

Le visage d'Harry était impassible. Il disait des choses agréables à entendre, mais il les disait d'un peu trop près.

Inquiet, Mike approuva :

— Oui, moi aussi. Je n'aurais jamais pensé aux caméras de surveillance qui pouvaient se trouver le long de mon chemin. Et encore moins à celles des distributeurs de billets !

Il disait vrai. Et il était sincère en ajoutant :

— Je dois une fière chandelle à Chloé.

— Ça, tu peux le dire. C'est une chic fille. C'était la plus adorable gamine que tu puisses imaginer. Tendre, gentille, délicate. Chloé a vécu l'enfer, continua-t-il en fixant Mike d'un regard noir. J'ai remarqué qu'elle t'avait tapé dans l'œil, mais je sais comment tu te comportes avec les femmes. Je suis désolé d'avoir à te dire ça, mais il le faut. Baise qui tu veux, où tu veux, ce n'est pas mes oignons. Mais je ne veux pas que tu tournes autour de ma petite sœur. Elle mérite mieux qu'un homme comme toi. Tu vas me donner ta parole que tu ne la toucheras pas. Parce que, si tu la touches, je te casserai la gueule. Enfin, j'essaierai. Tu pourrais bien emporter le morceau, mais ça n'arrangerait pas tes affaires auprès de Chloé. Pas vrai ?

Mike hocha la tête. Sûr que contre Harry, il aurait le dessus, parce qu'il était le plus fort et aussi le plus vicieux. Dans une bagarre, il ne reculait devant aucun coup bas. Mais après ? Il aurait gagné une bataille, et perdu Chloé. Elle serait définitivement dégoûtée de lui, s'il abîmait son frère. De toute façon, il n'avait pas envie de se battre avec Harry. Il le comprenait. À sa place, il aurait fait pareil. Il aurait averti son pote de ne pas toucher à sa sœur. Quand on a une petite sœur, on cherche à la protéger de types comme Mike, qui sautent sur tout ce qui passe à leur portée.

Mike ne pouvait que s'incliner. Parce que Harry avait raison.

Il n'était pas l'homme qu'il fallait à Chloé. Voilà tout.

Harry se mit à pétrir l'épaule de Mike. Il avait des mains vigoureuses. Les épaules de Mike avaient beau être dures comme de l'acier, ça lui fit quand même un peu mal.

— Je t'aime beaucoup, Mike, tu le sais, dit Harry. Mais il y a quelque chose qui cloche chez toi. C'est pour ça qu'il n'est pas question que tu touches à Chloé. Suis-je clair ? ajouta-t-il en secouant Mike. Je ne peux pas te demander de ne pas t'approcher d'elle, parce qu'on n'arrête pas de se voir, mais je te demande de ne pas lui faire du gringue. Sois gentil avec elle, laisse-la tranquille.

Mike ne dit rien. Chaque muscle de son corps était tendu à craquer. Harry le secoua plus fort.

— Tu m'as entendu ? Réponds !

— Oui.

Mike avait craché ce oui comme un caillou qui lui obstruerait la gorge.

— Oui, quoi ?

Mike se força à se détendre et à avaler un peu d'air. Il avait mal partout.

— Oui, je ne toucherai pas à Chloé.

La poigne d'Harry se fit sentir plus fort encore sur l'épaule de Mike.

— J'ai ta parole ?

Harry savait ce qu'il demandait. Mike draguait peut-être à droite et à gauche, mais sa parole était sacrée.

Mike prit une profonde inspiration et ce fut comme s'il avalait du feu.

— Je ne toucherai plus jamais Chloé, tu as ma parole.

9

Petropavlovsk, péninsule du Kamtchatka, Fédération de Russie, six mois plus tard

Elles venaient des quatre coins du pays.

Deux filles avaient été récupérées dans un orphelinat de la banlieue de Moscou et une autre avait été dénichée près d'Iekaterinbourg. Mais le reste venait de petits orphelinats dans des villes loin de tout. Le genre d'endroit où, pour une somme modique, les recruteurs pouvaient prendre leur temps, choisir avec soin, revenir avec ce qu'il y avait de mieux.

Il était primordial que les filles soient seules au monde. Pas de père poivrot, pas de tante ruinée, pas de cousin au chômage qui les auraient placées à l'orphelinat en attendant des jours meilleurs. Le père pouvait toujours renoncer à la vodka, la tante se refaire, le cousin trouver un travail, et alors ils débarqueraient pour apprendre que la fille était partie.

Ils commenceraient à poser des questions.

Dans ce genre de business, les questions, on les évite, on fait en sorte qu'elles ne soient pas posées. Tout doit avoir l'air parfaitement innocent. Tout doit se passer sans bruit.

Ces filles étaient complètement seules. Personne n'irait demander de leurs nouvelles. Jamais.

Le monde entier était en récession, mais la Russie, tout au long de son histoire, que ce soit sous les tsars ou sous le régime soviétique, avait toujours été pauvre. Après la chute du communisme, elle l'était restée. La mère patrie avait toujours été un endroit où les jeunes filles pauvres passaient à la trappe.

Sauf que maintenant, avec la mondialisation, ces filles avaient leur utilité, elles étaient devenues une marchandise qui pouvait rapporter de l'argent.

C'est pourquoi les recruteurs faisaient la tournée des orphelinats situés dans des coins perdus et choisissaient les plus jolies gamines après s'être assurés qu'elles n'avaient pas de famille dans les parages.

Souvent, c'était difficile de savoir à quoi elles ressemblaient vraiment. Au départ, elles étaient toutes pareilles, à première vue : maigres, le visage émacié, les yeux éteints, les cheveux gras. Mais les recruteurs avaient l'œil pour repérer celles qu'on pouvait métamorphoser avec un peu de savon, une bonne alimentation et quelques marques d'affection. Les recruteurs connaissaient le métier et, en cas d'erreur, la fille disparaîtrait. Ni vu ni connu. Elle manquerait à qui ?

Les filles qui étaient en train de monter dans le bateau, escortées par des infirmières diplômées, avaient déjà meilleure allure qu'il y a quelques semaines, ce qui était à porter au crédit des recruteurs qui avaient su déceler la beauté potentielle sous la crasse et le désespoir. Elles avaient été gardées dans un entrepôt à quelques kilomètres au sud de Petropavlovsk, en attendant le moment d'embarquer.

Le temps passé dans cet entrepôt avait été le plus heureux de leurs jeunes et tristes vies.

L'endroit était chauffé parce que, même en juin, il fait froid dans la péninsule du Kamtchatka. Elles avaient été nourries et avaient pu prendre des bains. Elles avaient la télé et des DVD – des versions piratées de vieux films américains de série B, mais les filles avaient été tellement sevrées qu'elles étaient restées scotchées devant l'écran pendant des heures. On leur avait aussi donné des livres. Certaines ne savaient pas lire. Certaines déchiffraient laborieusement. Mais d'autres avaient dévoré un bouquin après l'autre, ne s'arrêtant même pas pour manger.

L'entrepôt autrefois à l'abandon avait été remis en état tout exprès pour héberger le contingent. On y avait installé un générateur, un réseau électrique rudimentaire, des toilettes et le chauffage. Un investissement qui serait vite amorti. Pour l'instant, on était en période d'essai. Mais, si tout se passait comme prévu, il y aurait d'autres expéditions à intervalles réguliers, pour lesquelles l'entrepôt servirait de lieu de transit.

C'est des filles bien propres, reposées, bien nourries que les autocars vinrent chercher pour leur faire franchir la première étape du voyage. Un périple destiné à devenir un lucratif commerce de viande fraîche – du moins, il était permis de l'espérer.

Il y avait huit millions d'orphelins rien qu'en Russie, sans compter la Biélorussie, l'Ukraine et les autres anciennes républiques soviétiques.

Lorsqu'il y eut le compte de filles, les autocars les conduisirent au bateau amarré à une jetée construite une semaine auparavant dans un port naturel, à quinze kilomètres de là. Personne n'avait rien remarqué, ou bien ceux qui avaient remarqué quelque chose s'en moquaient, C'était une contrée à l'abandon, une péninsule attachée au plus grand désert du monde, la Sibérie.

Le consortium qui s'occupait de la logistique de l'opération avait acheté les fournitures et les vivres à Petropavlovsk, une de ces villes où les gens s'occupent de leurs oignons. Les rues étaient pleines d'ivrognes et de miséreux, les forces de police peu regardantes, et faciles à corrompre. Malgré cela, les chefs pensaient qu'il valait mieux être discrets, c'est pourquoi le bateau accostait hors de la ville.

Pour la même raison, le chargement se faisait de nuit. Les risques d'être repéré par les satellites espions qui couvraient la région étaient moindres. Et pour ainsi dire inexistants, c'est en tout cas ce que les investisseurs, qui avaient leurs entrées dans les services secrets russes, avaient certifié. Les satellites espions étaient braqués sur des régions situées plus au sud, et cherchaient à détecter les repaires de terroristes. À Petropavlovsk, on n'embarquait pas d'explosifs, de drogue ou d'armes. Seulement des filles.

Elles étaient soumises. Elles montaient toutes seules à bord. Pas besoin de les pousser. Il suffisait de les canaliser comme un troupeau de moutons. Il y avait deux infirmières pour cinquante filles. Et quant aux membres d'équipage, tous savaient qu'une mort cruelle les attendait s'ils osaient toucher un seul cheveu d'une de ces filles.

Elles étaient une denrée précieuse et pouvaient compter sur un voyage sans histoire. Les chefs de l'organisation avaient fait les comptes. En échange d'un investissement dérisoire et sur la base d'une période de travail de quinze ans en moyenne, chaque fille rapporterait trente millions de dollars – trente-cinq ou quarante en cas d'usage intensif.

Une fois à bord, les filles s'installèrent docilement. Quatre couchettes par cabine. Il n'y avait pas beaucoup d'espace mais personne ne se plaignit. Les draps étaient propres et elles savaient qu'elles seraient bien nourries. Les nurses n'étaient pas tendres mais pas méchantes non plus. Les filles n'avaient jamais été aussi bien installées ni aussi bien traitées. Il s'agissait de leur faire traverser l'océan le plus confortablement possible, jusqu'à leur destination finale, l'Amérique, où tout s'achète et tout se vend.

San Diego, club Météore

— Un peu de champagne, monsieur ?

Une jeune femme lui tendait un plateau. Franklin Sands accepta une flûte. Avant d'y tremper ses lèvres, il la tint un instant dans la lumière pour admirer la fine dentelle de bulles. Le champagne pétillait, étincelait. Comme sa vie !

Il adorait tout ce qu'il avait sous les yeux : la vaste pièce regorgeait de beaux meubles, de produits de luxe. Les grands fauteuils qui sentaient bon le cuir neuf accueillaient des hommes qui respiraient le fric, de belles jeunes femmes prêtes à satisfaire leurs moindres désirs déambulaient de l'un à l'autre.

Celle qui lui offrait le champagne était presque trop belle – une brune dans une robe de chez Valentino qui laissait voir juste ce qu'il fallait de sa somptueuse poitrine. Ici, pas la peine de lorgner dans le décolleté des filles. Les hommes savaient qu'ils pouvaient les voir nues quand ils le voulaient. Il suffisait de payer.

Le plateau était en argent massif, les flûtes en cristal de Baccarat. Quant au champagne, un veuve-clicquot de derrière les fagots, Sands en avait fait rentrer huit caisses la semaine précédente.

Le sofa était signé Poltrona Frau et la table basse, Philippe Stark. La salle était immense, les meubles disposés de manière à la diviser en une multitude d'alcôves. La musique d'ambiance était choisie en fonction de l'âge des clients. Comme, ce soir, la plupart des hommes avaient la soixantaine, on passait de la musique classique en alternance avec des succès des années soixante-dix, quand ces messieurs étaient dans leur prime jeunesse.

Aujourd'hui, bon nombre d'entre eux avaient besoin de stimulants, que Sands se faisait une joie de leur procurer – contre rétribution, bien entendu.

— Monsieur ?

La belle brune, qui se faisait appeler Sibylla, se tourna vers le nouvel associé du patron, Anatoli Nikitine. Nikitine l'éconduisit d'un simple geste de la main. Sands se rembrunit. Peu d'hommes refusaient ce que Sibylla avait à offrir, et cette fille était un de ses meilleurs investissements. Belle, complaisante et douée pour ce boulot. Elle lui rapportait une brique et demie par an. Net d'impôts.

Comment pouvait-on rester indifférent à ses charmes ?

Mais le nouvel associé de Sands refusait tout ce que le Club Météore avait à offrir, alors que le Météore avait précisément été conçu pour procurer aux hommes tout ce qu'ils pouvaient désirer. Excepté la drogue. Pas de ça au Météore ! Seulement des drogues légales. Les produits pour faire planer et pour faire redescendre, Sands les achetait en pharmacie… Au Météore, vous pouviez vous adonner à tous les plaisirs possibles et imaginables sans que la police y trouve à redire.

Pour trafiquer de la drogue, il fallait être cinglé et avoir envie de mourir jeune. Le commerce des femmes, le commerce des plaisirs raffinés, c'était un autre business. Très lucratif. Pas violent. Du moins au niveau où Sands se situait. C'est-à-dire le top niveau, surtout depuis l'arrivée des investisseurs russes, que Nikitine représentait. En à peine une année, le club s'était considérablement développé. C'était désormais l'endroit idéal pour se détendre, bien manger et bien boire. Et même goûter, dans un fumoir, les meilleurs cigares cubains.

Ensuite, les hommes pouvaient se divertir dans les chambres avec les petites protégées de Sands, en majorité des Mexicaines, mais la sélection s'étoffait, le choix se diversifiait. On attendait justement un arrivage de beautés slaves. Afin qu'il y en ait pour tous les goûts. Des blondes et des brunes.

Bientôt, Franklin Sands pourvoirait aux plaisirs de ceux qui aimaient la viande… *très* fraîche. Ce serait un nouveau secteur d'activité. Si vous aimiez les filles très jeunes et que vous soyez prêts à y mettre le prix, le Météore vous garantirait le meilleur choix – et la discrétion !

Car à la différence de l'activité commerciale principale, ce créneau-là était illégal, évidemment. Mais aussi infiniment plus cher…

Les Russes avaient mis sur pied de nouvelles filières, plus dangereuses, mais plus lucratives. Du moment que des clients étaient prêts à payer, ils étaient prêts à tout leur fournir. Absolument tout…

La carte de membre, au Club Météore, coûtait 250 000 dollars par an. Il fallait déjà payer pour les extra. Il faudrait payer encore plus cher pour les nouveaux extra.

Même en période de crise économique, c'était un marché porteur. À condition d'être les meilleurs. Or, personne n'offrait mieux que le Météore, dans un cadre aussi élégant, avec de telles garanties d'hygiène et de discrétion.

Le nouvel associé de Sands ne semblait pourtant pas prêt à succomber aux nombreuses tentations du Club Météore. Sands trouvait curieux qu'on se prive d'un plaisir. Il comprenait toutes les faiblesses humaines. Il ne comprenait rien à l'abstinence.

Nikitine et lui travaillaient ensemble depuis près d'un an, depuis que Nikitine, que Sands soupçonnait d'avoir un passé militaire, l'avait contacté. Nikitine représentait un groupe d'hommes d'affaires russes désireux d'investir en Amérique et qui avaient de l'argent en quantité astronomique. Avec un tel afflux de capitaux, le Météore avait changé de dimensions, c'était désormais l'un des clubs les plus selects du pays.

Cependant, bien qu'ils aient souvent parlé affaires jusque tard dans la nuit, Sands n'avait jamais vu Nikitine prendre part aux réjouissances. Il ne buvait pas, mangeait à peine et n'avait jamais emmené une fille dans une chambre, comme Sands le lui avait souvent proposé. Ne serait-ce que pour tester la marchandise.

Rien ne permettait de penser que Nikitine était de l'autre bord. Non, lorsqu'il arrivait, il s'installait dans un coin sombre pour ne plus en bouger, et il observait. Au début, il ne lui avait fallu qu'une semaine pour tout comprendre. Il avait estimé les bénéfices du club à cent mille dollars par an et il avait proposé de les multiplier par cent.

Il avait un plan. Investissement massif. Nouvelle filière d'approvisionnement. Marchandise plus fraîche et meilleur marché. Et en quantité illimitée.

Comment refuser ?

Sands prit un toast au caviar, qu'il fit descendre avec une gorgée de champagne. Il poussa le plateau vers Nikitine, lequel ne le regarda même pas. Sands poussa un soupir. Quitte à faire de bonnes affaires, il aurait préféré que ce soit avec quelqu'un d'un peu plus sympa.

Une femme cria. Une gifle claqua. Un homme éleva la voix.

Des problèmes. Comme il arrivait parfois. Nikitine se crispa.

Sands fit signe à l'un des gardes du corps discrètement mêlés à la clientèle. Ce n'était pas le genre videurs de boîtes de nuit tout en muscles. Sands les avait choisis avec soin, à la fois pour leur connaissance des arts martiaux et leur discrétion. Et aussi pour leurs qualités décoratives. C'étaient des hommes séduisants et coquets. Il leur allouait à chacun de quoi s'offrir une garde-robe de play-boy mondain.

On ne s'avisait de leur vraie fonction que lorsqu'il y avait des embrouilles. Comme maintenant.

Esméralda.

Encore elle ! pensa Sands. Elle commençait à l'agacer. Une femme d'une grande beauté, plus belle même que Sibylla, mais, ces temps derniers, elle devenait vraiment indisciplinée. Après tout ce qu'il avait fait pour elle ! C'était la découverte dont il était le plus fier. Il l'avait recueillie à l'âge de dix ans alors qu'elle mendiait dans le quartier le plus pourri de Tijuana, de l'autre côté de la frontière. Une vraie sauvageonne. Elle s'appelait alors Rosa Perez. Il lui avait appris l'anglais, et à lire et à écrire, à s'habiller, à bouger avec grâce et à satisfaire les hommes de toutes les façons possibles.

Il lui avait fallu du talent pour deviner une future Vénus dans cette petite fille maigrichonne et crasseuse, prostrée au coin d'une rue. Après l'avoir métamorphosée, plutôt content de son œuvre, il l'avait rebaptisée Esméralda. Au total, elle avait été un excellent investissement. Mais, ces temps derniers, elle rapportait surtout des ennuis. C'était peut-être son passé de chatte sauvage qui remontait à la surface.

Au Club Météore, les châtiments corporels étaient bannis – enfin, ceux qui laissent des traces. S'il l'enfermait dans une des chambres du sous-sol et qu'il la fasse violer par tous les hommes de la maisonnée, peut-être que ça lui remettrait les idées en place ?

Les gardes du corps emmenèrent Esméralda. Quant au membre du club qui avait été insulté, il se vit offrir une bouteille du meilleur champagne et une semaine de baise gratuite.

Le client est roi.

Le moment était mal choisi pour des actes d'insubordination. Il fallait que les Russes aient l'impression d'une machine bien huilée, prospère et prête à passer à l'échelon supérieur.

Sans parler du fait que pour être tout à fait franc, Sands avait un peu peur de ses nouveaux associés. Tout cet argent, là-bas, à Moscou, et un négociateur qui n'avait aucune faiblesse. Sands avait parfois l'impression de traiter avec un extraterrestre.

Nikitine se tourna et, pendant une seconde, Sands eut *vraiment* l'impression d'être regardé par un extraterrestre. Les yeux étaient froids comme des agates et d'une fixité extraordinaire. Ce n'était pas les yeux du commun des mortels.

— Monsieur Sands, dit Nikitine de sa voix sourde, avec un fort accent russe, c'est la troisième fois que cette femme réagit mal. Vous avez un problème. Ou bien vous vous en chargez ou bien c'est moi qui m'en charge.

La température baissa brusquement dans la pièce et le champagne devint aigre dans l'estomac de Sands. Il n'y avait pas trente-six réponses possibles.

— Oui, oui, ne vous en faites pas, je vais m'en occuper.

Les yeux d'agate le fixèrent encore pendant un long moment. Finalement, Nikitine détourna le regard et Sands avala un peu d'air.

Pour la première fois, il aurait été prêt à l'avouer : Nikitine lui foutait vraiment la trouille.

L'Amerloque avait pâli. Anatoli Nikitine lui tourna le dos. Un geste de mépris, qui ne présageait rien de bon, mais que l'autre ne comprendrait sûrement pas. Les Américains étaient incapables de percevoir de telles nuances.

Nikitine, quant à lui, était un expert en la matière. Son père avait été colonel du KGB et lui-même avait passé dix ans dans le FSB qui lui avait succédé. Les menaces, la violence, il connaissait tout ça sur le bout des doigts.

Mais quoi ! Il avait grandi dans des conditions difficiles. Il savait comment va le monde. Tu étais fort ou faible. Maître ou esclave. Par exemple, dans cet endroit que l'Américain décrivait comme un club chic et distingué, mais qui n'était en réalité qu'un bordel. L'Américain n'accepterait sans doute pas le terme. Trop vulgaire ! Il préférait croire que ses clients appartenaient à une espèce de confrérie, celle des riches et des puissants, qui avaient trouvé une noble façon de satisfaire leurs appétits.

La vérité, c'est qu'avec leur argent ils s'achetaient des putes. Sauf qu'au lieu d'aller dans la rue, où c'est sale et public, ils venaient ici, où c'était propre et privé. Pour ceux qui voulaient encore plus de discrétion, il y avait une entrée séparée et une suite. Ils pouvaient faire un repas gastronomique et pratiquer exactement le genre de galipettes qu'ils voulaient pour 10 000 dollars. C'était donné !

Il y avait des avantages à être un oligarque. L'Amérique était pleine d'oligarques. C'est pourquoi Nikitine était ici.

C'était un bon business et qui promettait de devenir encore meilleur lorsqu'ils auraient commencé à importer de la marchandise de première fraîcheur.

Nikitine avait étudié les photos des cinquante filles qui traversaient en ce moment même le Pacifique. Il était sûr qu'elles plairaient. En tout cas, aux amateurs de très jeunes filles.

Anatoli Nikitine avait froncé les sourcils en entendant le claquement d'une gifle. Un tel bruit était incongru dans un endroit aussi calme. Puis il avait constaté que l'esclandre venait de cette très belle fille, Esméralda, qui était une récidiviste. Cette fois, elle accusait un client de l'avoir pincée. Les filles ici étaient dressées à ne pas se plaindre.

Esméralda avait peut-être été une marchandise de choix, mais elle était en train de devenir encombrante. Il fallait régler ça avant qu'elle ne déteigne sur les autres filles. Ici, il n'y avait pas de place pour l'insubordination, alors que les clients payaient des fortunes en échange de la plus parfaite obéissance. Dehors, l'insubordination pouvait régner, mais ici, il n'était pas question de la laisser seulement poindre.

L'Américain était en train de parler à l'un de ses pseudo-agents de sécurité. En réalité, ce que ces types-là savaient le mieux faire, c'était de porter le smoking sans avoir l'air de pingouins. Tandis que ses hommes à lui savaient régler les problèmes, vite fait, bien fait.

Il sortit son téléphone et composa un numéro. Nikitine laissait ses hommes à l'écart parce que l'Américain pensait qu'avec leurs gueules de tueurs et leurs fringues de voyous, ils détonnaient dans l'ambiance feutrée du club. Mais, en cas de problème, eux au moins savaient quoi faire.

Nikitine dit deux mots au chef de ses hommes, Ivan. Fiable et compétent. Il avait combattu en Tchétchénie. C'est dire s'il connaissait la musique.

L'Américain était encore en train de parler avec son agent de sécurité d'opérette ! Ivan apparut sans tambour ni trompette. Il portait des rangers, un jean noir, un débardeur noir et une veste de cuir qui dissimulait son holster garni d'un pistolet automatique.

— Esméralda, la fille en robe rouge. Trouve pourquoi elle est devenue ingérable et règle ça.

Ivan acquiesça d'un signe de tête. À la différence des gardes du corps de l'Américain, les hommes de Nikitine ne touchaient pas aux filles. Ils observaient la plus stricte discipline militaire. Lorsque tout marcherait comme sur des roulettes, ils pourraient se détendre. Nikitine leur offrirait une dizaine de filles pour qu'ils en fassent ce qu'ils voudraient. Ensuite, il ne resterait plus qu'à se débarrasser des corps.

À ce moment-là, si cette emmerdeuse d'Esméralda était toujours en vie, Nikitine la donnerait en pâture à ses hommes, elle aussi. Peu importe ce qu'elle rapportait au club. La discipline exigeait des sacrifices.

— J'ai entendu dire qu'elle avait eu des contacts avec quelqu'un de l'extérieur, dit Ivan à voix basse et en russe. Une bonne femme, dans un centre. Elle sème la zizanie.

Nikitine hocha la tête. Ses patrons allaient bientôt venir en Amérique pour superviser le débarquement de la marchandise et prendre des nouvelles de leur investissement. Tout devait être parfait. Le contraire était impensable.

— Nous n'avons pas besoin de ça, surtout maintenant. Tâche de savoir ce qui se trame et mets-y bon ordre. Au besoin, donne une leçon à la bonne femme.

Ivan salua d'un mouvement de tête et s'apprêta à aller exécuter les ordres. Nikitine pouvait compter sur ses hommes. Ils étaient bien payés et on leur avait promis un pourcentage sur les bénéfices lorsque l'affaire aurait atteint son rythme de croisière.

Nikitine rappela Ivan.

— Mon colonel ?

— Tu fais en sorte que la bonne femme n'ait plus envie de se fourrer dans nos pattes, d'accord ? Mais ne la tue pas, il ne faut pas risquer d'agacer la police américaine. Sinon, tu as carte blanche.

Ivan salua de nouveau et s'éloigna pour de bon.

Dans un coin de la pièce, Sands était en train de chapitrer Esméralda, qui l'écoutait, tête basse mais l'air buté.

C'était vraiment une beauté. Quel gâchis !

« Esméralda, ma pauvre petite chérie, pensa Nikitine, ta bonne copine va prendre une leçon dont elle se souviendra longtemps. Et puis, après, ce sera ton tour. »

10

« C'est ridicule à la fin ! se dit Chloé. Pose-lui carrément la question. Demande-lui une bonne fois :
Qu'est-ce que tu attends de moi, Mike ? »

Ça ne pouvait pas être aussi difficile que ça !

Elle finit de plier le tas de vêtements qu'on leur avait
donnés. La plupart des femmes qui se présentaient à
l'asile de la Bonne Espérance étaient démunies de
tout. Elles avaient besoin de vêtements, de nourriture,
d'argent. Et surtout de sécurité.

Ce besoin-là, Chloé le connaissait très bien. Elle ne
s'était jamais sentie en sûreté nulle part. Elle avait
passé sa vie avec une sirène d'alarme dans la tête, sans
savoir d'où venait le danger.

Maintenant, Chloé avait une vie parfaite. Elle s'épa-
nouissait librement dans le sein d'une famille aimante.
Harry était le meilleur frère dont une femme puisse
rêver. Ellen et Nicole étaient comme des sœurs et elle
avait maintenant deux adorables petites filles dans sa
vie, Gracie et Merry. La perspective de les voir grandir,
de tenir un rôle dans leurs vies la rendait folle de joie.

San Diego était une ville fabuleuse, belle et ensoleillée. Chloé avait acheté un appartement dans l'immeuble d'Harry, d'où elle pouvait contempler une magnifique plage de sable blanc, à ses pieds. En somme, elle passait sa vie en vacances. Sam lui apprenait à nager. Un ancien Navy Seal comme maître nageur, qu'est-ce que vous dites de ça ?

Elle faisait du bénévolat à la Bonne Espérance trois jours par semaine. Ce travail la passionnait tellement qu'elle envisageait de s'inscrire à l'université à la rentrée prochaine pour passer une licence de psychologie qui lui permettrait d'en faire son métier.

Tout était parfait, sauf une chose : Mike.

Elle repensait sans cesse à ce qui s'était passé le premier jour. Cela semblait si loin ! Et, en un sens, ça l'était. Sa vie avait changé du tout au tout, depuis lors. Le premier jour, elle avait cru qu'elle avait trouvé… quoi ? Le *grand amour* ? Un peu prématuré pour un premier jour ! Disons plutôt quelqu'un qui pourrait la faire sortir de la solitude.

Mike n'avait pas caché son désir. Et ce baiser au *Del Coronado* ! Et le plaisir qu'elle avait éprouvé…

Elle avait eu tort d'avouer que c'était son premier orgasme. Les femmes gardent cela pour elles, en général. Sinon, elles s'exposent et s'il y avait un domaine dans lequel Chloé était experte, c'était celui de la vulnérabilité.

Le souvenir de cet épisode à l'hôtel la troublait encore. C'était pathétique d'en être toujours à rougir parce qu'un homme l'avait embrassée, six mois plus tôt ! Un homme qui ne l'avait plus touchée depuis, sauf pour la retenir par le bras quand il avait l'impression qu'elle allait tomber.

Mais cela faisait déjà quelque temps qu'elle n'était plus tombée. Mike lui avait concocté un programme de musculation rien que pour elle. Un programme sur mesure. Il lui faisait soulever de la fonte, encore et encore, pour qu'elle devienne forte. Apparemment, Mike croyait pouvoir résoudre n'importe quel problème en soulevant de la fonte.

En l'occurrence, il ne se trompait pas.

Chloé avait connu toutes les formes possibles de rééducation. Mais cela n'avait servi qu'à la remettre sur pied, plus ou moins.

Le régime était très strict. Elle devait soulever de la fonte matin, midi et soir. Mike y tenait. Sa théorie était qu'elle devait entourer ses os d'une gangue de muscles et il la faisait travailler comme une folle.

Chloé avait vu des films dans lesquels un sergent instructeur hystérique hurlait sur des jeunes recrues terrorisées. Mike, c'était exactement le contraire. Il la cajolait. Du matin au soir. Infatigablement. Mais sans jamais la toucher.

Et ça marchait ! Lorsqu'elle manipulait des poids pour faire du muscle, elle faisait du muscle. Elle aurait pu casser des noix entre son biceps et son avant-bras.

Elle n'avait plus de problèmes pour marcher. Un mois plus tôt, on l'avait même vue *courir*. Pour autant qu'elle s'en souvienne, elle n'avait jamais couru. Elle aurait eu trop peur. Un jour, lors d'une promenade sur la plage, Gracie s'était un peu trop éloignée et Chloé s'était retrouvée en train de lui courir après. Lorsqu'elle s'en était rendu compte, elle avait éclaté de rire. Et Mike avait ri aussi, partageant sa joie.

C'était bien là le hic. Parce que Mike avait beau afficher une totale indifférence à ses charmes, il était toujours dans les parages. Il l'avait aidée à emménager. Il lui avait installé ses étagères. Tout ce qui décorait les murs, c'était lui qui l'avait accroché. Il la conduisait à la Bonne Espérance, venait la rechercher, lui sortait ses poubelles, se coltinait ses sacs de provisions.

Et, ce faisant, il ne l'avait jamais touchée. Pas une seule fois.

Il la rendait folle.

Ellen et Nicole auraient bien voulu l'aider, mais elles non plus ne savaient quoi penser. Mike avait renoncé d'un seul coup à ce qu'Ellen appelait pudiquement ses « bêtises » et Nicole, plus crûment, ses « histoires de cul à la chaîne ». À présent, il vivait comme un moine.

Toutes deux étaient persuadées qu'il était amoureux de Chloé et, du coup, elles ne comprenaient pas pourquoi il était si distant avec elle. Chez un homme comme Mike, surnommé « l'homme de toutes les femmes », un tel comportement était incompréhensible.

Il était presque toujours près d'elle, mais ne la touchait jamais. Il la rendait folle.

Comment aurait-elle pu se guérir de lui, alors qu'elle le voyait tous les jours ?

Une autre question se posait : pouvait-elle envisager de sortir avec quelqu'un d'autre ? Pour l'instant, elle n'était tentée ni par le directeur de la banque, ni par le syndic de l'immeuble, ni par le chirurgien-orthopédiste, ni par le journaliste de l'*Union-Tribune* – chacun d'entre eux l'ayant invitée au moins une fois à dîner.

Ce serait sûrement chouette d'avoir envie de sortir avec quelqu'un. Mais ça ne risquait pas d'arriver alors qu'elle avait sous les yeux en permanence l'homme le plus beau, le plus fort et le plus sexy qu'elle puisse imaginer !

Et, en outre, capable de regarder d'éventuels rivaux d'un œil terriblement menaçant. C'était arrivé avec le journaliste, qui s'était dépêché de battre en retraite.

Par tempérament, Chloé n'aimait pas les affrontements, mais le mieux était peut-être de lui parler entre quat'z-yeux et de lui demander carrément de ne plus s'approcher d'elle, parce qu'il lui brisait le cœur. Il n'avait que de l'amitié pour elle alors qu'elle en était éperdument amoureuse. C'était invivable !

La porte qui donnait sur la cour intérieure s'ouvrit et Chloé se réjouit d'avoir de la compagnie. Elle allait pouvoir penser à autre chose qu'à Mike. C'était peut-être la directrice de l'asile, Marion. Gentille, grisonnante, raisonnante. Ou alors Esméralda, sa préférée parmi les femmes qui venaient assister aux séances de thérapie de groupe. Esméralda était extraordinairement belle et avait un cœur d'or. Et elle n'en pouvait plus de son boulot de prostituée.

Mais ce n'était ni l'une ni l'autre. Deux hommes déboulèrent dans le local. Un tandem très impressionnant.

Le cœur de Chloé instantanément se mit à battre la chamade, un réflexe contre lequel elle ne pouvait rien. Tous les hommes grands et forts n'étaient pas nécessairement dangereux. Il fallait qu'elle arrête de paniquer chaque fois qu'elle croisait un type plus volumineux que la moyenne.

Elle connaissait l'origine de sa phobie des gros balèzes, elle avait vu une photo de l'homme qui l'avait envoyée, elle, dix ans à l'hôpital. Rodney Lewis approchait deux mètres et pesait cent trente kilos... Mais elle avait beau savoir, rien n'y faisait.

Elle essuya ses mains moites sur sa jupe et s'appliqua à paraître calme. Il fallait qu'elle se maîtrise. Cependant, à mesure que les deux hommes se rapprochaient, elle trouvait de plus en plus de bonnes raisons d'avoir peur. Ils étaient tous les deux blonds, athlétiques. Habillés ni bien ni mal. Ce qu'ils avaient de terrifiant, c'étaient leurs yeux. Bleu clair et aussi froids que ceux des poupées de porcelaine. Leur attitude n'avait rien de menaçant, à part qu'ils avaient l'air en pleine forme physique.

« Cache ta peur », se dit-elle en les regardant venir vers elle. Elle n'allait pas rester toute sa vie l'esclave de son enfance.

Ces deux types n'avaient rien à faire ici. Elle le leur dirait courtoisement. Après quoi, il ne leur resterait plus qu'à s'en aller. Cela se passait comme ça entre gens civilisés.

— Mademoiselle Chloé Mason ? demanda le plus grand des deux.

Il avait une voix gutturale et un accent étranger. Il n'y avait qu'un étranger pour appeler « mademoiselle » une femme de vingt-huit ans.

— Oui, c'est bien moi, répondit-elle.

Le cœur de Chloé battait à tout rompre. Son corps envoyait des signaux d'alarme que son cerveau essayait d'ignorer.

— Permettez-moi de vous dire, enchaîna-t-elle aussitôt, que les hommes ne sont pas autorisés dans cette enceinte. En passant par cette porte-ci, vous vous retrouverez directement sur le parking.

Les seuls hommes qui avaient le droit d'entrer dans l'asile étaient Harry, Sam et Mike, car RBK Security le sponsorisait généreusement. Sans compter qu'ils venaient personnellement en aide aux femmes qui se trouvaient en danger.

— Nous ne resterons pas longtemps, rassurez-vous, dit l'autre homme.

Il était légèrement plus petit, plus large, mais avec les mêmes yeux de poisson mort. Lui aussi avait un accent étranger.

— Nous nous en irons dès que nous aurons clarifié deux ou trois choses, reprit-il. Nous avons à vous parler et vous feriez bien d'écouter.

Ils se rapprochèrent. Elle recula d'un pas. Ils continuèrent d'avancer. Le comportement agressif classique. C'est alors que Chloé comprit que son corps avait eu raison depuis le début. Elle était en fâcheuse posture.

C'était l'aile administrative du bâtiment et on était en dehors des heures de bureau. Il n'y avait personne dans les alentours. S'ils connaissaient la disposition des lieux, ils savaient qu'elle était seule.

— D'écouter attentivement, fit le grand, en écho.

Son visage était d'une impassibilité effrayante.

Chloé respirait leur odeur – un mélange écœurant de sueur et d'eau de Cologne bon marché.

Leur look n'était pas net. Leur comportement n'était pas net. Leur odeur n'était pas nette.

Chloé essaya de s'esquiver, fit un bond en arrière, mais le grand type la rattrapa par le bras, lui fit sentir sa poigne de fer et l'attira vers lui. Elle fut immédiatement paralysée, prise d'une peur si intense qu'elle ne pouvait plus respirer. Son vieux cauchemar devenait réalité.

Soudain, la lame d'un couteau surgit près de son nez, la pointe juste sous son œil. Une lame longue, aiguisée, terrifiante.

— Il faut que vous soyez très attentive à ce que nous allons vous dire. Êtes-vous très attentive, mademoiselle Mason ?

Chloé ne pouvait ni respirer ni parler. Le grand type la secoua et approcha son visage si près qu'elle put voir qu'il avait les yeux injectés de sang et que son rasoir avait oublié quelques poils de barbe. Il baissa la voix, ce qui le rendit encore plus terrible.

— J'ai dit : êtes-vous très attentive, mademoiselle Mason ?

Il la secoua de nouveau, vivement, au point de lui faire mal. Il lui serrait si fort le bras qu'il coupait la circulation du sang.

La gorge trop serrée pour parler, elle hocha la tête.

L'autre homme s'était placé derrière elle. Soudain, de façon complètement inattendue, il lui prit les seins et les pétrit brutalement.

— Mignons, dit-il.

Il échangea avec son acolyte un bref regard de prédateur.

— Si nous faisions ce qu'il faut pour qu'elle ne s'endorme pas pendant que nous lui parlons ?

Le grand type lui serra plus fort le bras et la souleva. Elle se hissa sur la pointe des pieds pour avoir moins mal. Ce bras avait été cassé deux fois. L'autre type lui lâcha les seins et, d'un grand revers du bras, il fit tomber les vêtements qu'elle avait mis tant de soin à plier.

Dès que la table fut débarrassée, le grand type y jeta Chloé. Tout l'air qu'elle avait dans les poumons fut expulsé d'un coup.

Ils échangèrent quelques phrases dans une langue qu'elle ne comprit pas. Les répliques étaient sèches et brèves. Finalement, le grand type fit un geste qui semblait vouloir dire : « Fais comme tu veux, je m'en fous ! »

Le plus petit dégrafa sa ceinture et ouvrit sa braguette avec des gestes fébriles. Il exhiba un sexe énorme, planté au milieu d'une touffe de poils blond foncé.

Saisie d'épouvante, Chloé chercha vainement à lui donner des coups de pied.

Il glissa une de ses grosses pattes sous sa jupe et s'installa entre ses cuisses. Tout allait si vite ! Chaque geste de défense qu'elle esquissait était paré par l'un ou l'autre des deux hommes. Ils étaient beaucoup trop forts pour elle, que pouvait-elle faire ? Elle essaya de donner un coup de genou entre les cuisses de son violeur. En ricanant, il échangea un regard de connivence avec son partenaire.

Chloé ne pouvait toujours pas respirer. D'étranges plaintes s'échappaient de sa gorge, qui exprimaient la peur autant que la douleur.

Ils avaient l'air de s'amuser. Tous les efforts qu'elle faisait pour se défendre les réjouissaient visiblement. Prise de rage, elle trouva enfin la force d'aspirer une grande goulée d'air et, malgré sa panique, elle cria aussi fort qu'elle put, le son se répercutant d'un coin à l'autre de la pièce.

Les deux hommes furent surpris. Celui qui était entre ses jambes relâcha son étreinte. Elle en profita pour lui donner un coup de pied dans l'entrejambe. Quelle joie de sentir les testicules s'écraser sous la semelle de sa chaussure ! Il se plia en deux et elle se mit à hurler de plus belle.

Elle vendait chèrement sa peau.

Le grand type cria quelque chose, leva son poing, puis tourna la tête, alerté par des craquements. Du bois vola en éclats et un nouveau venu se rua sur celui qui essayait de violer Chloé. Ils tombèrent sur le sol avec un bruit sourd et elle ne les vit plus.

Elle parvint à se redresser, voulut assurer son équilibre. Soudain, elle reçut un coup terrible, qui l'envoya dinguer à travers la pièce. Elle rebondit contre un pilier et s'affaissa sur le sol. Avant de perdre connaissance, elle vit un homme, le visage en sang, qui bondissait en poussant un terriblement rugissement sur le grand type qui l'avait frappée. Elle eut juste le temps de reconnaître Mike.

Mike n'avait rien à faire là, derrière la porte de la Bonne Espérance.

L'asile était interdit aux hommes, le règlement était formel, et il comprenait très bien pourquoi. Toutes celles qui venaient là, y compris Chloé, surtout Chloé, avaient été brutalisées par des hommes. La plupart en resteraient marquées à vie. Même Chloé, quoique désormais elle pût de nouveau vivre normalement. Enfin, à peu près !

Mike aurait dû être en train de l'attendre sur le parking, comme d'habitude. Alors, qu'est-ce qu'il faisait là ? Pourquoi venir parler à Chloé justement ici, justement maintenant, alors qu'il la raccompagnerait chez elle tout à l'heure, ou qu'il dînerait avec elle ce soir chez Harry ? Ou qu'il la retrouverait demain matin à la première heure dans la salle de gym de l'immeuble ? Ou qu'il avait prévu de déjeuner demain midi avec elle et Marisa pour discuter du sort d'une malheureuse que RBK aidait à disparaître ?

Il était là tout simplement parce qu'il n'en pouvait plus. La situation le rendait fou. Il risquait de craquer d'une seconde à l'autre.

Il ne mangeait plus. Ça ne passait pas. Au travail, il avait des oublis, des absences, ce qui était inconcevable. Lui qui était toujours attentif au moindre détail. Mais la situation avec Chloé endommageait son disque dur.

Ce matin, il avait prévu de préparer le contrat d'un nouveau client – une banque –, mais, au lieu de ça, il était resté deux heures à regarder une photo de Chloé prise une quinzaine de jours plus tôt, à l'occasion d'un pique-nique en famille. Il n'avait même pas vu le temps passer. Il avait juste contemplé cette satanée photo et il s'était retrouvé avec les yeux humides. Pas de larmes, ce n'était pas le genre de la maison ! Mais les yeux humides, ça oui. C'est là qu'il avait décidé d'aller la voir. Sur-le-champ.

Il avait fait une promesse à Harry et les efforts qu'il faisait pour tenir parole étaient en train de le rendre fou. C'était soit Harry, soit son propre cœur. Il venait de passer six mois atroces. Dommage pour Harry mais, à la fin, l'amour l'emportait sur l'amitié.

Pour commencer, il allait demander à Chloé de dîner avec lui au *Del Coronado*, comme ils avaient prévu de le faire avant que O'Connell débarque et mette tout sens dessus dessous. Ils allaient sortir ensemble, comme deux personnes normales. Si Harry n'était pas content, tant pis pour lui.

Et ensuite, peut-être que Mike pourrait de nouveau manger et dormir comme tout le monde. Peut-être que le bourdonnement dans sa tête cesserait. Peut-être qu'il n'aurait plus cette brûlure dans la poitrine.

D'abord, Chloé. Ensuite, il parlerait à Harry. Il lui dirait… quoi au juste ? Il lui demanderait la permission de fréquenter sa sœur. Pas seulement de la voir de près, de l'accompagner au supermarché et d'être son prof de gym personnel, mais de sortir avec elle. Parce que six longs mois de chasteté lui avaient sans doute permis de remonter dans l'estime d'Harry.

Il avouerait tout à Chloé, qu'il l'aimait et qu'il ne concevait plus la vie sans elle, même si ça l'étonnait toujours autant.

Six mois plus tôt, si quelqu'un lui avait demandé combien de temps il pouvait se passer de femme, il lui aurait répondu en riant : « Bah, une douzaine d'heures. » Et voilà que depuis six mois, il avait vécu comme un moine.

Les autres femmes ? Impossible. Il était retourné deux ou trois fois dans les bars de célibataires qu'il connaissait et ça n'avait pas marché. Pire que de l'indifférence, il avait ressenti une véritable répulsion.

C'était pathétique. Il préférait tenir compagnie à Chloé les soirs où elle gardait Merry et Gracie, et regarder pour la millième fois *La Petite Sirène*, que de s'envoyer en l'air avec une belle fille.

Pire que pathétique. Pitoyable.

Et en plus, chaque fois qu'il la voyait, son cœur ratait un battement. Un peu comme une crise cardiaque, en moins grave. Harry avait raison, quelque chose ne tournait vraiment pas rond chez lui. Il en était conscient.

Mike se débrouillait plutôt bien dans quelques domaines de l'existence. Il avait été un bon Marine, il avait commandé le groupe d'élite de la police locale, il avait réussi dans les affaires. Mais, pour le reste, il était nul.

La réussite dans ses relations avec les femmes, n'y avait-il pas droit ? C'était seulement maintenant, alors que ses sentiments pour Chloé menaçaient de le faire imploser, qu'il se rendait compte qu'au fond, il n'avait jamais rien partagé avec les femmes.

Il avait toujours préféré les aventures, les coups tirés vite fait.

Chloé était la beauté personnifiée. Une vraie déesse. Harry n'aurait pas dû lui faire jurer de ne plus la toucher mais, en un sens, il avait quand même vu juste. Mike n'était pas quelqu'un pour elle.

C'est pourquoi il s'en était tenu avec elle aux choses qu'il faisait le mieux. Bricoler, faire le taxi ou le coach…

Il aurait pu continuer comme ça, se contentant de la suivre comme son ombre, sauf que, ces derniers temps, ce n'était plus vivable. Il était nerveux, fébrile. En proie à toutes sortes d'émotions. Incapable de se concentrer sur son travail. Incapable de manger. Incapable de dormir.

Il avait besoin de lui parler. C'est pourquoi il se trouvait là, s'apprêtant à frapper à la porte du local, quand il entendit un cri qui lui glaça le sang.

Chloé… Elle hurlait…

Il réagit d'instinct.

Enfonça la porte, pour commencer. Embrassa la scène d'un coup d'œil. Il vit deux hommes et Chloé sur la table, en train de se débattre. Un des types entre ses cuisses, la queue à l'air, et un autre qui regardait. Il fonça tête baissée et plongea sur celui qui était en train d'essayer de violer Chloé.

Le type était costaud mais pas autant que Mike, et Mike était tellement enragé qu'il ne sentait pas les coups. Ils roulèrent sur le sol, brisant tables et chaises dans leur élan. Tout combat avait ses règles, mais pas celui-ci. Mike comprit tout de suite que c'était un combat à mort.

Son adversaire connaissait des prises, il était entraîné. Plus tard, après réflexion, Mike devait identifier des techniques propres au sambo, un art martial qui s'apparente à la lutte et que pratiquent notamment les forces spéciales russes.

L'homme l'immobilisait avec une jambe. Mike vit Chloé se redresser et rabattre sa jupe. Elle se remettait sur pied, quand l'autre type, plus grand et tout aussi costaud que le premier, lui balança son poing dans la figure. Elle s'envola, traversa la pièce, rebondit contre un mur, tomba sur le sol, les yeux grands ouverts et la bouche ouverte. Immobile dans une position pas naturelle, comme une poupée brisée.

L'idée qu'elle était peut-être morte galvanisa Mike. L'homme qui le bloquait d'une prise de jambe l'empêchait de porter secours à Chloé. Il fallait en finir ! Et vite…

Il plia le bras et envoya son coude, de toutes ses forces, dans la trachée-artère du type. Quelque chose craqua, un jet de sang fusa, et aussitôt il se retrouva libre. Une odeur d'excréments se répandit dans la pièce lorsque les sphincters du type se relâchèrent dans la mort.

Mike s'était déjà jeté sur l'autre homme, qui se dirigeait vers Chloé, comptant sans doute l'emmener pendant que son complice se battait avec Mike.

« N'y compte pas, fils de pute », pensa Mike. C'était à peine une pensée. Plutôt un rugissement intérieur.

Le type vit venir Mike et se détourna de Chloé, mais trop tard. Mike le frappa au plexus, avec une violence telle qu'il se plia en deux, le souffle coupé. Puis un uppercut le redressa, décoché en pleine face, qui lui broya le nez, fit exploser la lèvre supérieure et cassa quelques dents. Le costaud blond tomba lourdement, des bulles s'échappant de la bouillie sanglante qui lui tenait lieu de visage.

Mike ne le regarda même pas. Il l'enjamba et s'agenouilla pour ramasser Chloé. Il était tellement terrifié qu'il ne sentait plus ses propres mains lorsqu'il la toucha.

— Chloé ! Parle-moi.

Elle était toute molle dans ses bras. Il la serra contre sa poitrine et la berça. Il y avait un son lugubre dans l'air et il lui fallut une seconde ou deux pour s'apercevoir que cela provenait de sa gorge.

Soudain, un bruit, à l'autre bout de la pièce, l'alerta. De nouveaux ennemis ? Si c'était le cas, tant mieux. Il avait des envies de meurtre.

Au lieu de cela, dans l'encadrement de la porte, il découvrit un petit groupe de femmes écarquillant des yeux horrifiés. L'une, la main devant sa bouche, laissa échapper un chapelet de sanglots. Il devait avoir l'air d'un fou, car elles avaient toutes eu un mouvement de recul lorsqu'il avait relevé la tête.

— Chloé, murmura l'une des femmes. Est-ce qu'elle… elle est morte ?

Il n'y avait pas beaucoup d'espoir dans sa voix. Il n'y avait jamais eu beaucoup d'espoir dans leurs vies non plus. Toutes, elles aimaient Chloé, mais elles étaient tellement résignées au malheur…

Non. Mike refusait même de l'envisager. Il la colla contre lui, comme s'il pouvait lui infuser un peu de son énergie vitale.

— Appelez le 911, les urgences médicales, cria-t-il. Et aussi les flics.

Mais l'angoisse rendait ses paroles presque inintelligibles. Les femmes pétrifiées ne bougèrent pas.

— Le 911, vite ! hurla-t-il.

Cette fois-ci, le groupe figé se dispersa. Mike tenait toujours Chloé contre son cœur. Elle s'anima.

— Mike, murmura-t-elle.

Elle était vivante !

Mike essuya ses yeux qui, pour une raison ou pour une autre, étaient mouillés.

— Chloé, les secours arrivent, ne bouge pas.

Mais au contraire, elle se redressa un peu pour pouvoir le regarder.

— Ne fais pas cette tête, dit-elle en lui caressant la joue. Je suis tombée dans les vapes, mais ça va mieux.

Elle se frotta le bras gauche, celui que la brute avait serré. Il était un peu enflé.

— J'espère qu'il n'est pas cassé une troisième fois, ajouta-t-elle. Que… que s'est-il passé ? Deux hommes, il y avait deux hommes…

Elle se crispa dans ses bras.

— Oh ! Mike, ils sont entrés et…

— Ne t'inquiète pas, dit Mike en l'interrompant, ils ne te feront plus jamais de mal.

Un mouvement de la tête et elle les vit. L'un, manifestement mort, et l'autre tassé au pied du mur, le visage en marmelade, haletant, des bulles de sang plein le nez et la bouche.

Mike blottit son visage dans les cheveux de Chloé.

— Oh, mon Dieu ! J'ai cru que tu étais… j'ai cru que tu étais…

Il ne pouvait se résoudre à prononcer le mot. Il n'osait même pas le penser. Il se souvenait seulement de sa détresse lorsqu'il avait cru qu'elle avait – comment dire ? – quitté ce monde.

Livide, les pupilles dilatées, tremblante, elle était en train de subir le contrecoup de l'agression. Il la serra doucement contre lui et l'embrassa sur le front, un simple frôlement parce qu'elle avait l'air aussi fragile que du verre.

— Non, murmura-t-elle en essuyant une larme sur la joue de Mike. Je suis toujours vivante. Grâce à toi.

Un frisson la secoua des pieds à la tête.

— Qu'est-ce qu'ils voulaient ? reprit-elle. À part, euh… à part me violer.

Mike n'avait pas songé à les prendre vivants pour les faire parler. Si l'un des deux respirait encore, un tout petit peu, c'était seulement parce qu'il avait de la chance, si l'on peut dire. Et si ça n'était pas une banale agression ? Et si Chloé n'avait pas été choisie au hasard ? Et si elle était toujours en danger ?

Mike ne pouvait pas l'envisager. Il était incapable de réfléchir à une telle hypothèse. Il frissonna de peur.

Ça ne lui ressemblait pas.

Il était toujours resté calme au milieu du combat, même de la mitraille. Maître de lui et affichant un sang-froid à toute épreuve. Et pourtant, il avait foncé dans la pièce sans réfléchir, mû par la rage, un voile rouge devant les yeux. Et peut-être que son emportement avait aggravé le danger pour Chloé.

Il délaissa un instant celle-ci pour se pencher sur le type qui gisait près d'eux, à demi étouffé par son propre sang. Il le saisit par le col et le décolla du mur.

— Hé, fumier ? Qu'est-ce que tu es venu foutre ici ? C'est quoi, ta mission ?

Même aveuglé par sa rage meurtrière, il avait compris avoir affaire à des hommes entraînés. Des soldats, devinait-il. Ce n'étaient pas des voyous qui auraient repéré une belle femme dans la rue et l'auraient suivie. Non, ces deux-là étaient des professionnels en service commandé.

Le type poussa un râle, crachant des dents et du sang. Mike le secoua, sans ménagement. L'autre piqua du nez, faisant semblant de s'évanouir. Mike le ranima d'un revers de main sur sa bouche fracassée.

— Qu'est-ce que tu es venu faire ici ? cria-t-il, tout près de son visage en bouillie.

L'homme entrouvrit les paupières. Son regard, d'un bleu très pâle, était étonnamment vif. Il remua les lèvres mais, de sa bouche, ne sortirent que des bulles de salive rougies de sang.

— Parle ! hurla Mike.

Dans le lointain, des sirènes se firent entendre, qui se rapprochaient rapidement. Tant mieux parce que Chloé allait enfin recevoir les soins dont elle avait besoin. Tant pis parce que les flics allaient empêcher

Mike de faire cracher au survivant autre chose que de la salive et du sang.

Le ululement des sirènes alla crescendo, puis cessa brusquement. Quelques secondes plus tard, un bruit de cavalcade emplit le couloir de l'asile.

— Par ici ! hurla Mike.

Deux infirmiers entrèrent précipitamment dans la pièce, suivis de deux flics en uniforme.

Le groupe de femmes s'écarta pour les laisser passer, puis se reforma aussitôt après.

L'un des infirmiers s'approcha. À contrecœur, Mike lui abandonna Chloé.

— Elle a perdu connaissance pendant une minute ou deux, expliqua-t-il.

L'infirmier dirigea le faisceau d'une lampe électrique dans les yeux de Chloé. Mike s'angoissa. Avait-elle subi un grave traumatisme ? Elle avait reçu un coup de poing violent. Chloé toussa à la demande de l'infirmier. Puis, elle se tourna vers Mike. Elle était blanche comme un linge.

— Mike ?

— Tout va bien, mentit-il.

Elle le regarda et se mit à frissonner. Qu'avait-elle vu ? Il devait avoir l'air terrible, mais il n'y pouvait rien.

— Ta bouche, dit-elle.

Il l'essuya avec le dos de la main. Vit sa main pleine de sang.

— Ce n'est pas grave, dit-il.

L'infirmier qui était en train de s'occuper de Chloé lui demanda combien de doigts elle voyait, en lui montrant son index et son majeur, comme s'il faisait le V de la victoire.

Chloé aperçut les femmes agglutinées dans l'encadrement de la porte et essaya de leur sourire pour les rassurer. Puis, elle s'intéressa de nouveau à l'infirmier.

— En Angleterre, si vous tourniez votre main dans l'autre sens, ça voudrait dire « Dans ton cul ! ».

Des ricanements se firent entendre du côté de la porte.

— Pour répondre à votre question, vous êtes en train de me montrer deux doigts.

Sa voix était faible, mais elle s'efforçait vaillamment de désamorcer la situation. Elle savait que les femmes près de la porte avaient subi des violences, elle faisait la brave pour les rassurer.

À ce moment, Mike ressentit une telle bouffée d'amour qu'il serait tombé à genoux devant elle s'il ne l'était déjà !

L'autre infirmier s'était penché sur le corps inerte du violeur.

— Celui-là, il a son compte, annonça-t-il en se relevant.

Il s'accroupit à côté de l'autre, qui râlait et crachait toujours des bulles de sang.

— Ces deux ordures étaient en train de la frapper et il y en avait un qui s'apprêtait à la violer, expliqua Mike d'une voix âpre et sourde.

Le violeur avait la braguette ouverte, sa queue pendait hors de son pantalon maculé de sang, comme un morceau de chair morte. À l'idée de ce qu'il avait fait à Chloé, de ce qu'il s'apprêtait à lui faire, Mike bouillait à nouveau de rage. Il aurait voulu ressusciter le salaud pour pouvoir le tuer une seconde fois.

Le premier infirmier se redressa.

— Comment vous sentez-vous, madame ? Pas d'étourdissement ? Pas de nausée ?

— Non, répondit Chloé d'une voix raffermie.

Elle se redressa et fit une grimace. Mike la soutint. Elle montra son bras gauche enflé.

— Tout va bien, à part ça. Je ne sais pas s'il est cassé. Ce n'est peut-être qu'une contusion.

— Nous ferons une radio à l'hôpital, dit l'infirmier. Voulez-vous une civière ?

— Non, répondit Chloé après un petit temps de réflexion. Je préfère marcher.

Mike fut sur le point de protester en prenant l'infirmier à témoin, mais Chloé lui fit signe de se taire.

— Je vais très bien, je t'assure. J'ai envie de sortir d'ici par mes propres moyens. C'est important.

Elle lui indiqua d'un coup d'œil les femmes près de la porte, en espérant qu'il comprendrait.

Il comprit. Pour ça, oui !

Mais la laisser sortir par ses propres moyens sous prétexte qu'elle trouvait important de se montrer forte devant quelques pauvres femmes, ce n'était pas du tout ce qu'il souhaitait, lui.

Pourtant, sous le regard attentif de Chloé, qui semblait si sûre qu'il comprendrait, il ne put que s'incliner.

— D'accord, finit-il par lâcher, alors qu'il pensait tout le contraire.

Chloé cria aux femmes sur le pas de la porte :

— Ne vous en faites pas, tout va bien. Je vous verrai toutes demain après-midi.

Mike surprit une étincelle dans les yeux du blessé que les deux policiers étaient en train d'emmener. Il fit face au type ensanglanté.

— Vous l'avez drôlement arrangé, commenta le plus jeune des agents, l'air impressionné.

L'homme souffrait sans aucun doute atrocement, et cependant son expression ne changea pas lorsque Mike se planta devant lui, sans que les flics fassent mine de le retenir ou même de l'écarter.

Un soldat, songea à nouveau Mike. Un soldat bien entraîné. Qui savait s'accommoder de la douleur et rester impassible.

Mike le scruta, son visage à quelques centimètres du sien. Soudain, l'homme se mit à rire. Il émit un halètement qui faisait un drôle de bruit chuintant. Mais c'était un rire, personne ne s'y trompa, même si cela paraissait insensé.

— Quoi ? demanda Mike.

Quelle raison ce type avait-il encore de se marrer ?

Un gargouillis sortit de sa bouche déformée, puis quelques mots, déformés eux aussi, mais dont Mike finit par saisir le sens. Il en eut instantanément des sueurs froides. Car le type avait dit :

— Nous reviendrons.

11

— Est-ce que ça fait mal ? demanda le médecin urgentiste.

Il achevait d'enrouler un bandage autour de l'avant-bras de Chloé. Ce n'était qu'une foulure, Dieu merci, car les médecins l'avaient mise en garde depuis long-temps contre les risques d'une troisième fracture.

— Non, répondit-elle.

C'était un mensonge. Bien sûr que ça faisait mal, mais elle n'osait pas le dire, car Mike avait l'air telle-ment féroce, debout à côté d'elle, tendu comme un arc, qu'elle avait peur qu'il s'en prenne au médecin.

Mike lui avait sauvé la vie. Dans l'ambulance, elle avait essayé de le remercier, mais il n'avait rien voulu entendre. Pendant tout le trajet, il lui avait fait un rem-part de son corps, comme si elle était encore en dan-ger. Le médecin, en le voyant dans cet état, n'avait même pas tenté d'argumenter pour lui interdire l'entrée de la salle de soins. Trop risqué. Mike était visiblement d'une humeur massacrante, au sens propre.

Il était tellement vigilant que Chloé pouvait se repo-ser sur lui. Devant les pensionnaires de la Bonne

Espérance, elle s'était sentie obligée de jouer les fortes femmes. Elle avait voulu cacher sa peur et sa souffrance. Les femmes de l'asile attendaient d'elle du réconfort et elle n'avait pas voulu les décevoir, ni les inquiéter. N'empêche qu'elles l'étaient : deux brutes avaient fait irruption dans leur refuge, violé leur sanctuaire...

Chloé, à peine dans l'ambulance, avait encaissé le contrecoup de ce choc et s'était carrément effondrée contre Mike. Lequel était un roc. Cela faisait du bien de se laisser aller contre un roc.

— Je devrais peut-être vous garder en observation jusqu'à demain, murmura le médecin d'un air songeur, tout en rédigeant une ordonnance pour des antalgiques.

— Non ! s'écria Chloé, d'un ton si véhément que le médecin fronça les sourcils et la regarda par-dessus ses lunettes.

Il y avait de l'affolement dans la voix de Chloé.

— Je n'y tiens pas, dit-elle en essayant de contrôler sa voix pour qu'elle ne tremble pas. Je n'en ai pas besoin. Je me sens bien. Pas de problème. Je préfère rentrer chez moi. S'il vous plaît...

L'idée de passer une nuit dans un hôpital, à présent, la terrifiait. Elle ferait une crise d'angoisse, comme elle n'en avait pas connu depuis quinze ans.

Elle adressa un regard suppliant au cercle de sa nouvelle famille. Ils étaient tous là, au coude à coude pour la soutenir. Le personnel de l'hôpital n'avait pas cherché à les empêcher d'entrer à leur tour dans la salle de soins. Harry, Ellen, Sam, Nicole. S'il y avait une chose que Chloé avait apprise, depuis six mois, c'est qu'elle pouvait toujours compter sur eux.

— Chérie, tenta Harry, ce serait peut-être plus prudent, si le médecin juge qu'une nuit...

— Non, l'interrompit Chloé, la gorge trop serrée pour en dire plus.

— Non, répéta Mike en la prenant par les épaules. Elle a peur des hôpitaux. Et, de toute façon, le médecin a dit que ce serait une simple précaution, pas vrai, toubib ?

Il pivota pour braquer son regard sur le médecin. Lequel parut interloqué.

— Ah, oui ! Il n'y a pas de symptômes de commotion cérébrale mais il vaudrait mieux qu'elle ne reste pas seule.

— Oh, mais bien sûr ! s'écria Ellen. Chloé n'aura qu'à s'installer…

— Chez moi ! dit Mike.

Après avoir lâché sa petite bombe, il les observa tous avec un air de défi.

— Chloé va venir chez moi, insista-t-il.

Le silence qui suivit fut pesant.

— Minute ! commença Harry.

Le médecin s'éclaircit la voix, prêt à s'esquiver.

— Excusez-moi mais, euh…, je crois que j'ai d'autres patients à voir…

Il s'éclipsa dare-dare, les laissant s'expliquer entre eux.

— Écoutez-moi, reprit Mike en regardant tour à tour Harry et Chloé. Ces deux types sont venus pour Chloé. Ils n'ont pas débarqué là par hasard. Et le survivant, si amoché qu'il ait été, a promis qu'ils reviendraient.

Chloé blêmit. Jusque-là, elle s'était crue victime d'une attaque improvisée. C'était horrible mais, hélas ! ces choses-là arrivent dans un monde violent et instable. Mais si ces deux brutes en avaient eu après *elle*, qu'est-ce que cela signifiait ? Il n'y avait pas le moindre début d'explication. C'était même impossible à concevoir.

— Pourquoi moi ? s'exclama-t-elle, la gorge sèche.

Chloé essayait d'être courageuse, mais en vérité, elle était terrifiée. Ces deux hommes qui, sans Mike, l'auraient violée et battue, que lui voulaient-ils, à elle spécialement ? Elle parvint à le formuler à voix haute, quoique tremblante :

— Qu'est-ce qu'ils me voulaient ?

— Je l'ignore, dit Mike d'une voix sourde. Et, tant que nous n'en saurons pas plus, tu habiteras chez moi.

Il resserra son bras autour des épaules de Chloé, se tourna vers Harry.

— Ces types étaient d'anciens militaires, j'en jurerais. Une chance qu'ils n'aient pas été armés. Je n'étais pas armé non plus, mais ça n'arrivera plus. La prochaine fois, j'aurai ce qu'il faut, tu peux y compter.

Chloé fut secouée par un frisson. *La prochaine fois…*

Des soldats, avait dit Mike.

— Ils avaient un accent étranger, dit Chloé en se concentrant sur ses souvenirs.

Les regards des trois hommes convergèrent sur elle.

— Quel genre d'accent, sœurette ? demanda Harry.

Chloé plissa les yeux.

— Ils ont parlé dans une langue étrangère, aussi, au moment où…

Elle frissonna à ce rappel. Ils l'avaient renversé sur la table, et avaient échangé quelques mots…

Soudain, cela lui revint : une de ses meilleures amies au Sacré-Cœur, où les élèves venaient des quatre coins du monde, s'appelait Nadia, ses parents avaient quitté Moscou après la fin de l'URSS.

— Russe, dit-elle avec assurance en se tournant vers Mike. Ils ont parlé russe.

Mike hocha la tête.

— C'est plausible, dit-il, se rappelant la façon de se battre du type sur lequel il avait bondi en premier. Il faudra demander confirmation à O'Connell. Donc, ce sont des Russes qui en veulent à Chloé, pour une raison inconnue. On finira par avoir une explication mais, en attendant, elle est en danger.

— Je vais veiller sur elle, dit Harry, dont le visage était pâle et crispé. Chloé est ma sœur. Je me sens responsable.

Ellen regarda son mari. Elle n'osait imaginer ce qu'il ressentirait s'il devait perdre Chloé une seconde fois.

— Regarde-toi, dit Mike. Tu as une femme et un enfant. Quant à toi, Sam, tu vas être à nouveau père dans quelques jours…

En effet, Sam tenait par les épaules une Nicole enceinte jusqu'aux yeux.

— Vous deux, poursuivit Mike, vous avez beaucoup de responsabilités. Entre vos femmes, vos enfants et Chloé, vous ne saurez plus où donner de la tête. Tandis que moi, je pourrai me permettre de ne penser qu'à Chloé. Pour le moment, je ne vois rien de plus important que de veiller sur sa sécurité et elle aura toute mon attention jusqu'à ce que nous ayons compris ce qui se passe et que nous soyons sûrs qu'il n'y a plus de danger.

Harry les regarda tour à tour.

— Il a raison, Harry, dit Ellen. Je te connais, tu crois toujours pouvoir te débrouiller tout seul, mais je suis d'accord avec Mike.

Harry interrogea alors Chloé. C'était à elle de choisir. Elle leva les yeux vers Mike. Il attendait comme les autres, sans chercher à l'influencer.

Il n'y avait qu'une seule réponse possible.

— Je vais aller chez Mike, dit-elle d'une voix sereine.

Reprenant ses mots, elle ajouta :

— Jusqu'à ce que nous soyons sûrs qu'il n'y a plus de danger.

Nikitine était assis dans un somptueux fauteuil, dans la somptueuse pièce que Sands mettait à sa disposition. C'était écœurant, tout ce luxe ! Ça ramollissait les hommes. Il avait passé des années sous une tente ouverte à tous les vents, près de Grozny, tandis qu'il faisait la chasse à des rebelles tchétchènes qui étaient mieux logés que lui.

Il regarda le téléphone satellite sur la table basse, programmé pour vibrer, pas pour sonner. Ivan aurait dû appeler à 16 heures pile. Ivan était ponctuel. Il était parti rudoyer une bonne femme. Avec Lev en renfort ! Ce n'était pourtant pas dur ! Une mission impossible à rater pour quelqu'un comme Ivan.

Pourquoi ne faisait-il pas son rapport ?

À 18 heures, Nikitine prit son téléphone satellite et composa le numéro d'Ivan. Que quelqu'un se soit emparé du téléphone d'Ivan, c'était tout à fait exclu, mais il l'avait peut-être perdu. Nikitine écouta les sonneries s'égrener dans le vide. Puis, il appuya avec son pouce sur le bouton rouge.

Fallait-il en conclure qu'Ivan avait des ennuis ?

Ce serait une très mauvaise nouvelle. Les patrons de Nikitine tenaient à ce que tout se passe en douceur. Ils investissaient déjà beaucoup d'argent et ils étaient prêts à en investir davantage, mais ils ne pardonnaient pas l'échec.

Deux de ses hommes de main manquaient à l'appel. Ses chefs seraient tentés de le prendre pour un incompétent. Nikitine devait se rendre à l'évidence : il avait voulu régler un minuscule problème d'insubordination avant que ça ne dégénère.

Et ça avait dégénéré.

Que s'était-il passé ? Il n'en savait rien. La seule chose dont il était sûr, c'était que son téléphone n'était pas repérable. Même si la police avait repéré son appel, elle ne pourrait pas en retracer l'origine. De même, ses hommes n'avaient rien sur eux qui permette de remonter jusqu'à lui. Ivan ne parlerait pas. Lev non plus. Quoi qu'il arrive, ils n'ouvriraient pas la bouche.

Peut-être que les emmerdements pouvaient encore être évités, pensa-t-il. Sinon, des têtes risquaient de tomber, à commencer par la sienne.

— On reprend tout depuis le début, Chloé, vous voulez bien ? fit Bill O'Connell.

Auprès d'elle, Mike se crispa. Elle posa une main sur son bras. Perçut sa tension extrême.

— Tout va bien, Mike, dit-elle d'une voix apaisante.

Chloé avait été choyée, on lui avait offert du thé et du cake, elle avait été embrassée par Gracie et Merry, à qui on avait expliqué que tante Chloé avait mal à la tête. Ellen et Nicole s'étaient mises en quatre.

En revanche, personne n'avait songé à réconforter Mike, qui s'était battu et avait tué un homme pour elle.

— Écoute, Bill, elle est choquée, elle a eu la peur de sa vie, elle est épuisée, dit Mike à O'Connell en détachant chaque mot. Elle t'a déjà raconté ça cent fois.

— Je comprends. Mais nous avons besoin qu'elle se souvienne de tout, parce que le type qu'on a embarqué est muet comme une tombe. J'ai l'impression qu'il se considère comme une espèce de prisonnier politique. Notre seul espoir, pour le moment, c'est Chloé.

Mike se rembrunit.

— Tu as fait ce que je t'ai dit ?

O'Connell devait avoir une patience d'ange, parce qu'il ne leva pas les yeux au ciel et ne se vexa pas non plus.

— Oui, le macchabée à la morgue est enregistré sous un nom bidon et celui qui est hospitalisé n'a même pas de dossier d'admission. Nous avons également fait le ménage dans les caméras de surveillance de l'asile et autour. Celui qui a organisé ça ne sait pas ce qui est arrivé à ses hommes. Il ne saura même jamais s'ils sont allés jusqu'à l'asile ou s'ils ont disparu avant.

— Et leur bagnole ?

O'Connell soupira.

— Une voiture de location. Payée avec une carte de crédit au nom de Joseph Merck. Lequel n'a jamais existé. Nous cherchons à en savoir plus sur cette carte de crédit. Maintenant, puis-je continuer à parler à Chloé ?

Mike hocha sèchement la tête.

O'Connell rouvrit son éternel calepin et regarda Chloé avec gentillesse.

— Donc, Chloé, revoyons tout ça une dernière fois. Ensuite, je promets de vous laisser tranquille.

Chloé s'efforça de lui sourire. Elle avait appris à le connaître, depuis le jour où Mike avait été accusé d'avoir brutalisé une femme.

À présent, c'était presque un ami de la famille ; un dur, mais gentil sous ses airs cyniques. Au total, un très chic type. D'ailleurs, il avait accepté, par amitié, de l'interroger chez Harry, et pas au commissariat. C'était tout de même moins stressant…

— Vous n'en savez toujours pas plus sur ces deux hommes ? demanda-t-elle.

— Hélas, non, répondit O'Connell. Ils n'avaient rien sur eux, ni portefeuille, ni aucune pièce d'identité. Les étiquettes des vêtements du mort ont été décousues. D'après le médecin légiste, ses plombages n'ont pas été faits par un dentiste de chez nous. Ses empreintes digitales ne sont pas dans le fichier AFIS. Nous attendons les résultats pour le fichier IAEG.

— Le fichier international des empreintes digitales, expliqua Mike.

— Mais la Russie n'a pas adhéré à l'IAEG, ajouta O'Connell avec un soupir. S'il est Russe, il ne sera pas non plus dans ce fichier-là. L'autre type avait un téléphone qui a été appelé, mais impossible de remonter à la source de l'appel. Donc, on n'a rien, c'est pour ça qu'on s'accroche à vous, Chloé... Primo, comment ont-ils su où vous trouver ?

— Je ne sais pas, dit Chloé, qui commençait à avoir la nausée et des étourdissements.

Mike lui prit les mains avec une seule des siennes. C'était un contact rassurant. Elle avait vraiment envie d'aider O'Connell, mais elle était ébranlée par tout ce qu'elle avait subi.

— J'étais dans le vestiaire, où peu de gens sont autorisés à se rendre, expliqua-t-elle. La porte par laquelle ils sont entrés sert rarement. La plupart des gens passent par celle qui donne sur la terrasse qui surplombe le parking. Celle qu'ils ont utilisée donne sur une petite cour intérieure. Il faut vraiment connaître les lieux pour passer par là.

O'Connell nota quelque chose puis releva les yeux.

— Est-ce que les plans sont disponibles quelque part ?

Chloé ouvrit des yeux ronds. Elle n'en avait pas la moindre idée.

— Je peux vérifier ça, dit Mike. J'ai un ami qui travaille au cadastre. Je vais lui envoyer un texto.

— OK, dit O'Connell. Donc, poursuivit-il en se retournant vers Chloé, qu'est-ce que vous faisiez dans le vestiaire ?

— Je pliais des vêtements.

— C'est quelque chose que vous faites réguliè-rement ?

— Les dons de vêtements ont lieu en différents points de la ville et le ramassage se fait le mercredi vers midi. Alors, oui, le mercredi après-midi, on peut être sûr de me trouver dans le vestiaire en train de trier et de plier des vêtements.

— Qui est au courant de ça ?

Chloé haussa les épaules.

— À la Bonne Espérance, presque tout le monde. Ce n'est pas un secret.

— Donc, ces deux hommes sont entrés, et ensuite, quoi ?

— Rien. J'ai juste eu peur, avoua Chloé. La manière dont ils marchaient, leurs yeux…

Elle frissonna. Mike attrapa la couverture qu'Ellen gardait à portée de main pour le cas où Gracie aurait froid et la lui mit sur les épaules. En même temps, il en profita pour l'embrasser sur la tempe.

Personne ne réagit, alentour. Les deux couples étaient là. Que Mike cajole et embrasse Chloé semblait devenu normal !

— Je te répète qu'ils se comportaient comme des soldats, dit Mike à O'Connell. Sans doute des soldats russes.

O'Connell hocha la tête avec une moue d'approbation.

— Qu'est-ce qu'ils vous ont dit, Chloé ?

Elle se massa le front comme si ça pouvait faire émerger une réponse.

— Eh bien, justement, pas grand-chose. Leur rengaine, c'était que je devais faire très attention à ce qu'ils allaient dire. Je ne sais pas combien de fois ils l'ont répété. Et puis, ils ont sorti un grand couteau à la lame toute noire, comme s'il n'y avait rien de tel qu'un couteau pour inciter les gens à être attentifs. Ils ont mis la pointe tout près de mon œil.

Mike tourna la tête vers O'Connell.

— Enferme ce type à double tour et jette la clé, dit-il en ponctuant sa phrase d'un raclement de gorge qui ressemblait à un grognement d'ours.

— Ne t'en fais pas, je ne le laisserai pas s'échapper, affirma O'Connell. Et, toi, je ne te laisserai pas t'approcher de lui. Au fait, son couteau, c'est un Kizlyar. Un truc de commando…

— Un couteau tactique russe, commenta Mike. En dotation dans leurs forces spéciales. Bon Dieu !

Le couteau de combat des Forces spéciales russes ? Chloé rangea ce terrifiant détail avec les autres dans un recoin de sa mémoire. O'Connell nota quelque chose dans son calepin, reprit :

— Donc, Chloé, vous deviez faire attention. À quoi ?

— Ils ne l'ont jamais dit. Ils, euh ! ils se sont laissé distraire.

Le mot *viol* flotta dans l'air. Mike se mit à respirer bruyamment, comme s'il était en train de soulever une barre de plusieurs quintaux.

— Pour quelle raison deux membres des forces spéciales russes vous prendraient-ils pour cible ? s'obstina O'Connell.

Bonne question ! Chloé n'avait pratiquement pensé qu'à cela depuis qu'elle avait repris connaissance dans les bras de Mike.

— J'ai beau chercher, je ne vois pas.

— Des ennemis ?

— Non. Il m'arrive d'aider RBK dans certains projets.

Chloé interrogea du regard Mike, Harry et Sam, ne sachant pas si elle pouvait se permettre d'en dire davantage.

— Pas de souci, intervint Mike, Bill est au courant de ce que nous faisons.

— C'est peut-être la vengeance d'un type dont vous avez aidé la femme ? dit O'Connell.

Chloé réfléchit sérieusement.

— Théoriquement, c'est possible. Mais la dernière femme qui s'est présentée à RBK, c'était il y a plusieurs semaines. Le genre d'homme dont nous parlons a du mal à contrôler ses pulsions. Il débarque dans les cinq minutes. Il ne prémédite pas froidement sa vengeance pendant des semaines.

O'Connell acquiesça d'un hochement de tête.

— Et à l'asile de la Bonne Espérance ? Ces femmes sont là pour échapper à des situations explosives. Elles fuient devant des gens violents. Vous vous êtes forcément fait des ennemis.

Chloé soupira.

— Je ne suis qu'une bénévole. Je n'ai aucune responsabilité. Je ne représente pas l'asile et mon nom n'apparaît pas dans l'organigramme. Je me contente de donner un coup de main trois fois par semaine. Récemment, j'ai mis sur pied une thérapie de groupe. Un très petit groupe. Des femmes de l'extérieur. Elles viennent quand ça leur chante, on parle. Apparemment, ça leur fait du bien. Mais les femmes qui sont à demeure à la Bonne Espérance, par définition, elles ont pris la décision de quitter leur conjoint. Je n'ai jamais influencé personne, jamais poussé aucune femme à quitter son homme, si c'est ce que vous pensez.

— Et les Russes dans tout ça ? dit O'Connell. Vous avez eu affaire à des Russes ? Pour quelle raison des Russes vous en voudraient-ils ? Vous avez protégé une Russe récemment ?

— Non, répondit Chloé en écartant les mains. Je ne vois vraiment pas de rapport avec des Russes.

Elle frissonna malgré la couverture sur ses épaules. Cette agression l'avait replongée dans des cauchemars qu'elle croyait loin derrière elle. Mike la regarda en plissant les yeux. Il avait perçu quelque chose. Pour Chloé, c'était rassurant et en même temps effrayant qu'il la comprenne aussi bien, comme si elle n'avait pas de secrets pour lui. Rassurant parce que ça voulait dire qu'elle n'était plus invisible. Effrayant parce qu'elle se retrouvait obligée de tenir sa partie dans un jeu dont elle ignorait les règles.

Chloé haussa les épaules.

— Bill, je suis désolée de ne pas pouvoir vous aider davantage.

O'Connell referma son calepin, poussa un soupir et se leva.

— Cette fois, c'est tout, dit-il. Nous allons interroger ce type dès qu'il pourra parler. Mais je n'ai pas beaucoup d'espoir. Si c'est la mafia russe, ces types-là sont des durs. Il ne parlera jamais parce que, quoi qu'on lui fasse, ce sera toujours moins terrifiant que le traitement que lui réservent ses chefs s'il parle. D'ici là, ajouta-t-il en s'adressant à Mike, veille sur Chloé.

— Tu peux y compter, répondit Mike.

— Et vous, Chloé, ouvrez l'œil. Et si quelque chose vous revient, un détail quelconque, appelez-moi. On ne sait même pas au juste ce qu'ils voulaient, vous intimider ou vous enlever, ou pire… Alors il faut s'attendre à tout et rester prudente. Ne vous laissez pas approcher par n'importe qui.

Pour la première fois, Chloé se rendit compte que, si elle n'était pas seule face au danger, elle entraînait tout le monde dans ses problèmes, non seulement Harry et Sam mais aussi Ellen et Nicole. Et, pire, Gracie et Merry.

Elle aimait les deux petites filles de tout son cœur. Si quelque chose devait leur arriver à cause d'elle...

— On vous raccompagne, Bill, dit Ellen en faisant signe à Nicole.

Nicole s'extirpa de son fauteuil avec l'aide de son mari, rejoignit Ellen et elles raccompagnèrent O'Connell, laissant les hommes entre eux.

— C'est moi qui m'occupe de Chloé, dit Mike d'un ton sans réplique. J'espère que c'est clair pour tout le monde. Et je serai de garde vingt-quatre heures sur vingt-quatre et sept jours sur sept.

Chloé était profondément touchée par la sollicitude de Mike, mais elle objecta gentiment :

— Tu as ton travail, Mike. Tu ne peux pas mettre toute ta vie entre parenthèses pour...

— Oh, si, je peux ! trancha-t-il. Et c'est exactement ce que je vais faire. Si tu es obligée de sortir et que je ne peux pas t'escorter, je te confierai à Barney. Il est très bon. Tous ceux qui se sont attaqués à lui sont tombés sur un os.

Sam et Harry approuvèrent le choix de Barney. Puis, ils se lancèrent dans une discussion à propos de tours de garde, d'inspection de véhicules, de mesures de sécurité exceptionnelles... Chloé rentra en elle-même. Elle était fatiguée. Son bras lui faisait mal et elle était couverte de bleus. Rien qui justifie une hospitalisation, mais la douleur se réveillait.

Au milieu d'une phrase, Mike se leva soudain, fila dans la cuisine d'Harry et en revint avec un verre d'eau et des pilules.

— Tiens, prends ça !

Et il reprit la conversation là où il l'avait laissée. Chloé avala les pilules et un quart d'heure plus tard, elle n'avait plus mal. Elle était engourdie et se sentait formidablement bien. Les voix de ces messieurs semblaient lointaines.

Lorsqu'elle rouvrit les yeux, une heure avait passé.

— Nous sommes tous d'accord, disait Mike. Harry va expliquer la situation à Barney. Bill nous tiendra au courant des progrès de son enquête, s'il y en a. Chloé, tu viens ?

Mike l'aida à se lever, la prit par les épaules et la serra contre lui. Il s'était proclamé protecteur exclusif de Chloé et il n'avait pas envie de céder sa place. Quiconque la lui contesterait trouverait à qui parler, c'était clair.

Harry et Sam étaient là, pleins de bonne volonté, mais Mike avait raison. Ils avaient d'autres responsabilités, des devoirs envers leurs femmes et leurs enfants. Chloé avait besoin d'un protecteur, c'était l'évidence même. Et Mike était le mieux placé pour veiller sur elle. Mais il y avait quelque chose d'autre. Il l'avait défendue au péril de sa vie. Et pour elle, il avait tué un homme…

Au sens le plus primitif du terme, elle était à lui.

Il y avait autre chose encore, un secret qu'elle préférait garder pour elle seule : elle était amoureuse de Mike.

Elle pressa doucement sa main et regarda son frère, puis Sam. Ils ne trouvèrent rien à redire, même pas Harry, quand elle déclara avec force :

— C'est Mike qui va s'occuper de moi.

12

Club Météore

L'homme poussa un grognement de pourceau, lui enfonça ses ongles dans les flancs et s'abattit sur elle de tout son poids. Esméralda n'osa pas le repousser. Il avait payé. Elle essaya de respirer, mais il lui écrasait les côtes.

« Sainte Marie, mère de Dieu, faites qu'il ne s'endorme pas ! » pria silencieusement Esméralda.

Au bout de quelques minutes, alors qu'elle commençait à voir trente-six chandelles, l'homme roula sur le côté et resta allongé sur le dos, un avant-bras en travers du front pour protéger ses yeux de la lumière.

À cet instant, elle devint invisible. Comme on dit, c'est pour ça qu'on paie les putes – pour qu'elles foutent le camp juste après.

Elle se glissa discrètement hors du lit, respirant avec peine. Il l'avait imprégnée de son odeur, un ignoble mélange de sueur rance et d'Armani for Men. Du sperme lui dégoulinait sur les cuisses. Le sexe sans capote, c'était plus cher et, avec les nouveaux managers russes, c'était la seule chose qui comptait vraiment.

Les filles les moins jeunes étaient abandonnées à des hommes aux penchants sadiques. Les Russes disaient clairement qu'il n'y avait pas de limites à ce qu'on pouvait leur faire, tant qu'on était prêt à y mettre le prix. Il y avait des salles insonorisées au sous-sol, exprès pour ça.

Rien que le mois dernier, deux filles avaient disparu.

Esméralda regarda l'homme qui venait de lui faire mal et elle essaya de contenir sa rage.

Il avait prétendu s'appeler John. En réalité, il s'appelait Larry Cameron et il dirigeait un prospère commerce de voitures d'occasion, à Chula Vista. Elle le savait car il apparaissait tous les jours dans des pubs sur les chaînes du câble.

Esméralda s'en fichait. En fait, elle se fichait de presque tout. De plus en plus souvent, tandis que les hommes lui grimpaient dessus et s'agitaient en ahanant, elle parvenait à s'abstraire de ce qui était en train de se passer. Elle déconnectait son esprit. Cette fois, elle avait été ramenée à la réalité lorsque le soi-disant John lui avait fait mal en lui pinçant les hanches et en lui mordant les seins.

Naguère, Franklin Sands lui en aurait touché deux mots. Entre gentlemen, cela va sans dire. Il lui aurait demandé poliment de ne pas abîmer la marchandise. Mais, depuis l'arrivée de Russes, le vent avait tourné. Les clients étaient libres de se montrer violents et ils ne s'en privaient pas. Les filles portaient des ecchymoses qu'on dissimulait sous des couches de fond de teint de plus en plus épaisses. Dans certains cas, il avait même fallu faire venir le médecin. Les clients donnaient libre cours à leurs mauvais instincts. Hé quoi ! Ils payaient, non ?

Esméralda était gluante de sueur et elle puait. Chaque chambre possédait sa salle de bains, mais elle ne pouvait pas se résoudre à se doucher pendant que l'homme était assoupi sur le lit. Les filles avaient leur propre chambre dans un bâtiment séparé. Elle avait envie d'y retourner et de prendre une douche, la plus chaude possible, tout en sachant que ce n'était pas ça qui réussirait à la purifier.

Elle ramassa ses vêtements. La culotte et le soutien-gorge étaient déchirés. John était de ces hommes qui ne se contrôlent plus dès qu'ils sont seuls dans une chambre avec une femme. La lingerie avait pourtant été jolie, pensa-t-elle. Une parure lavande avec de la belle dentelle. Maintenant, elle était en charpie.

Esméralda laissa tomber la petite culotte. Elle saisit le soutien-gorge par les deux bouts et tira. La soie était une matière délicate mais résistante. Elle tourna le soutien-gorge dans tous les sens, tira encore plusieurs fois de toutes ses forces pour en tester la solidité.

Satisfaite, elle s'approcha du lit et regarda l'homme assoupi. Il était si gros et si lourd qu'il s'enfonçait à moitié dans le matelas. Son pénis reposait mollement sur sa cuisse. Il brillait à cause de la vaseline dont Esméralda s'était discrètement enduite, parce qu'elle était sèche. Même avec la vaseline, ça lui avait fait mal.

Il respirait avec des grands bruits de soufflet. Comme si ça ne suffisait pas, il se mit à ronfler abominablement.

Esméralda empoigna solidement le soutien-gorge, posa un genou sur le matelas et s'approcha de l'homme dont la gorge était là, offerte…

Soudain, il rouvrit les yeux – des yeux clairs, injectés de sang.

— Qu'est-ce… qu'est-ce que tu fais ? bredouilla-t-il en la découvrant penchée sur lui.

« Je te tue », pensa Esméralda, toute frémissante de rage. L'homme essaya de se redresser mais il glissa. Il avait bu trop de whisky et trop baisé. Il était incapable de se tenir droit. Mais ses yeux n'étaient déjà plus aussi troubles. Il se dégrisait doucement. Sous peu, il serait tout à fait lucide.

Esméralda regardait fixement son cou. Elle voyait où il faudrait appliquer le soutien-gorge, juste au-dessus de la pomme d'Adam. Ensuite, il n'y aurait plus qu'à serrer et à attendre.

Serrer très fort, longtemps, car il se débattrait de toute l'énergie de sa grosse carcasse. Elle le regarderait devenir rouge puis bleu, tandis que ses yeux lui sortiraient de la tête et qu'il agiterait désespérément ses grosses pattes velues.

À l'orphelinat, bien des années plus tôt, elle avait vu quelqu'un mourir comme ça et elle ne risquait pas de l'oublier. Elle avait serré, serré, et n'avait pas lâché la corde tant que l'homme ne s'était pas immobilisé, avec sa langue toute noire qui pendait jusqu'au-dessous de son menton.

— Ne t'approche pas de moi, salope ! hurla le vendeur de voitures en essayant maladroitement de descendre du lit.

Esméralda haïssait chaque milligramme de ce gros tas de barbaque. Elle se doutait que sa haine se voyait sur son visage. Sa haine crevait les yeux du type…

« Sois prudente, Esméralda. Ne te laisse pas emporter par la colère. Fais attention, tu es prête à craquer. »

La voix dans sa tête était douce et raisonnable. C'était celle de Chloé. Sa bouée de sauvetage. Une femme qui la comprenait et ne la jugeait pas. Chloé, élégante, cultivée et riche, et qui la traitait néanmoins comme une égale, comme une amie…

Esméralda se recomposa un visage, redevint la putain docile qu'elle était censée être. Et, lorsqu'elle parla, ce fut avec une voix rauque, enjôleuse et sexy, alors qu'elle aurait voulu crier.

— Ah, John… John…

Elle lui posa le soutien-gorge en travers de la poitrine et le fit descendre le long de son torse, comme si elle n'avait jamais eu d'autres intentions que de le caresser avec. En passant, elle lui griffa les mamelons, ce qui le fit sursauter de plaisir.

Esméralda avait bien fait d'écouter la voix de Chloé. Elle n'aurait jamais eu assez de force pour étrangler ce mastodonte-là. Il se serait libéré facilement et aurait appelé la sécurité ; pas les mannequins de Franklin, la *vraie* sécurité, celle des cannibales russes, et elle aurait pu dire adieu à la vie.

Au Météore, il se chuchotait que les filles récalcitrantes étaient livrées aux amateurs de plaisirs très, très corsés, et qu'on ne les revoyait jamais.

— John, c'était merveilleux tout à l'heure, murmura-t-elle.

Elle écarta les cuisses pour qu'il se rince l'œil et ajouta :

— Tellement merveilleux que j'en veux encore. Un petit rab…

Elle enroula le soutien-gorge autour du pénis mou et commença un mouvement de va-et-vient. La soie crissa sur la peau moite.

— Pourquoi tu l'as pas dit plus tôt ? s'exclama-t-il tandis que son sexe durcissait de nouveau. Vas-y, petite pute ! Maintenant que tu m'as bien ravigoté, au boulot !

Cinq minutes plus tard, Esméralda n'eut plus qu'à s'essuyer la bouche, se rhabiller et s'en aller en refermant silencieusement la porte derrière elle.

Une nouvelle session était prévue dans une heure et elle n'en pouvait déjà plus. Ses jambes flageolaient, elle respirait laborieusement. Elle avait mal partout, comme si elle avait été piétinée par une horde d'éléphants.

Elle détestait son corps, elle se détestait elle-même. Et, plus encore, elle détestait les clients, tous autant qu'ils étaient.

Non, elle était incapable d'en faire un de plus aujourd'hui. Tout à l'heure, elle avait eu des envies de meurtre. Elle avait été à deux doigts d'essayer. Maintenant, elle allait s'enfermer dans sa chambre et se faire porter pâle. Elle dirait qu'elle avait un mal de tête carabiné, qu'elle n'était plus en état de faire une passe, que si le client la secouait trop elle risquait d'avoir le mal de mer et de lui vomir dessus.

Ça avait déjà marché une fois.

Et, demain, elle retournerait voir Chloé.

Dans le couloir, Esméralda croisa Natacha, sa meilleure copine au Météore. C'est par Natacha qu'Esméralda avait connu Chloé. Natacha s'était présentée à l'asile de la Bonne Espérance dans un moment de détresse. Elle venait d'être enfermée quatre jours dans une pièce du sous-sol, sans rien à manger ni à boire, punie pour avoir mordu un client. Elle avait été relâchée parce que Sands avait plaidé sa cause auprès des Russes. Tout le monde était persuadé que, sans ça, les Russes l'auraient laissée enfermée jusqu'à ce que mort s'ensuive. Natacha le pensait aussi.

Chloé ne donnait jamais de conseil, n'émettait jamais de jugement. Natacha disait qu'elle se sentait toujours mieux, après l'avoir vue. Alors, Esméralda s'était rendue elle aussi à la Bonne Espérance. Une fois par mois pour commencer. Comme une confiserie délicieuse mais mauvaise pour les dents, mieux valait ne pas en abuser. Et puis deux fois par mois. Et maintenant, une fois par semaine.

Esméralda pensait à s'enfuir pour aller vivre à la Bonne Espérance pour toujours. Mais les Russes la retrouveraient et ils la ramèneraient de force au Météore.

Esméralda se rembrunit car Natacha n'avait pas l'air dans son assiette.

— Tu as entendu la nouvelle ? demanda tout bas celle-ci, en jetant à droite et à gauche des regards inquiets.

Plus que jamais depuis l'arrivée des Russes, les filles avaient pris l'habitude de se méfier des oreilles indiscrètes.

Esméralda secoua la tête. Qu'avait-il bien pu se passer ? Il en fallait beaucoup pour émouvoir une fille comme Natacha.

— C'est Chloé, dit Natacha. Les Russes ont attaqué Chloé. Parce qu'elle nous a parlé.

Le cœur d'Esméralda cessa de battre. Chloé, punie pour sa bonté ?

Chloé qui était son ange gardien…

De nouveau, Esméralda fut prise de rage.

Et, cette fois, il n'y eut aucune voix dans sa tête pour lui recommander d'être sage.

— Tu t'inquiètes pour Chloé, dit Ellen alors qu'Harry faisait les cent pas dans la chambre.

Ses yeux étaient remplis d'une tendre sollicitude. Son mari, sous ses dehors de macho, avait le cœur sensible.

— Moi aussi, je m'inquiète, reprit-elle. Mais vous finirez bien par comprendre ce qui se trame et avec vous, avec Mike surtout, il ne lui arrivera rien. Il est fou d'elle, hein ? Ça se voit comme le nez au milieu de la figure. Et personne n'est meilleur que lui en cas de danger.

Harry se passa la main dans les cheveux, hocha la tête et ne dit rien. Sa petite sœur en danger… Il en était malade.

— Chloé est une bénédiction pour tout le monde, reprit Ellen. Tout le monde l'adore, mais Mike ! Mike l'aime, c'est tout… Je ne comprends pas pourquoi il a joué les indifférents pendant tout ce temps, alors qu'il est fou d'elle depuis le début. Même un aveugle s'en rendrait compte. Et pourtant, il se contente de la suivre partout, sans tenter sa chance. Tu te rends compte ? Mike Keillor l'homme de toutes les femmes, le mec qui saute sur tout ce qui bouge ! À trottiner derrière Chloé comme un brave toutou, on ne le reconnaît plus ! Il ne cherche pas à la séduire et, en même temps, il ne la quitte pas d'une semelle. Qu'est-ce qui lui arrive, à ton avis ? Chloé non plus n'y comprend rien, du reste. Ça la rend folle. Cette triste histoire aura au moins eu ça de bon qu'elle a forcé Mike à se dévoiler. Alors que, depuis six mois…

Soudain, une idée traversa l'esprit d'Ellen.

— Harry ? s'écria-t-elle en se redressant dans le lit. Harry Bolt ? Tu ne serais pas au courant de quelque chose, par hasard ? Si c'est le cas, tu as intérêt à le dire ! Ça nous rend cinglées, cette histoire.

Ellen connaissait par cœur la physionomie de son mari. Son expression, elle la déchiffra tout de suite : moitié coupable, moitié penaud. Il y avait du louche.

— Harry ? insista-t-elle.

En soupirant, il s'assit sur le bord du lit et lui prit la main.

— Tu te souviens du jour où Chloé a fait sa réapparition ?

— Oh, oui !

Harry se massa la nuque, hésita, puis continua :

— Je ne peux pas te décrire l'impression qu'elle m'a faite lorsqu'elle est entrée dans le bureau. Elle avançait à petits pas, lentement, prudemment, pas comme maintenant…

— Elle est forte comme un Turc à présent. Grâce à Mike.

Harry se mordit la lèvre, mal à l'aise. C'était normalement le plus calme des hommes mais, là, il se laissait submerger par ses émotions.

— Bref, dit-il après s'être éclairci la voix, tout ce que j'ai vu ce jour-là, c'est une femme extrêmement fragile, qui doutait d'elle-même et qui avait peur des autres. On aurait dit qu'elle allait s'envoler au moindre courant d'air. Et quand elle a raconté sa vie… oh, mon Dieu ! Dix ans d'hosto. Un père qui n'était pas son père et qui a essayé de la violer. Déjà !… Et je n'oublie pas ce qu'il y avait eu auparavant, que je connais parce que j'étais moi-même aux premières loges : un enfer à la maison, entre une camée et un colosse tous les jours bourré ou défoncé qui faisait régner la terreur, jusqu'à ce qu'il décide de tous nous massacrer… Alors, quand j'ai vu Mike lui faire du rentre-dedans, ça m'a foutu les boules. Chloé si fragile, vulnérable, qui n'avait jamais eu cinq minutes de paix dans sa vie. Et Mike, le bourreau des cœurs ! Et puis, il y a eu cette histoire de fille tabassée, O'Connell qui soupçonnait Mike… Comprends-moi bien, je n'ai jamais cru une seule seconde qu'il était coupable d'avoir brutalisé cette fille. Je sais qu'il en était incapable. Mais il avait quand même couché avec elle. Une camée qu'il venait juste de rencontrer ! Parce qu'il est comme ça ! Toute cette histoire était tellement sordide ! J'ai voulu protéger Chloé. J'ai eu peur qu'il ne lui brise le cœur. Alors…

Il s'interrompit et serra les dents.

— Alors ? insista doucement Ellen.

Après un moment de silence, Harry finit par répondre, avec réticence :

— Alors, quand Chloé s'est mise en quatre pour innocenter Mike, j'ai deviné qu'elle n'était pas loin de tomber amoureuse de lui – que c'était peut-être même déjà fait. Auquel cas, il allait lui briser le cœur. Il ne sait faire que ça avec les femmes ! Je n'en supportais pas l'idée. Alors, je lui ai fait promettre de ne plus la toucher.

Ellen battit des paupières.

— Dans ces termes-là ? *Ne touche plus jamais à Chloé ?*

Harry baissa la tête.

— Oui, je crois. J'étais furieux. Je crois même que je l'ai menacé de lui casser la gueule, s'il lui faisait du gringue.

Ellen éclata de rire, tout à coup. Harry releva brusquement la tête.

— Quoi ?

— Oh, mon cher mari, tu es un amour, murmura Ellen en lui faisant signe de s'approcher.

Il obéit en soupirant.

— Tu ne m'en veux pas ? demanda-t-il, étonné.

— Mais, mon chéri, répondit Ellen en ayant l'air de s'amuser beaucoup, comment pourrais-je t'en vouloir alors que tu as réussi à réunir deux des personnes que j'aime le plus au monde. Quelle formidable marieuse tu ferais !

— Moi ? fit Harry, interloqué.

— Oui, toi ! répondit Ellen avec un sourire malicieux. Ç'aurait été un désastre s'ils étaient tombés dans les bras l'un de l'autre le premier jour. Chloé était tellement indécise, fragile. Incapable de se défendre. Tu avais mille fois raison là-dessus. Et Mike, avec son habitude de se jeter sur les femmes puis de les jeter comme des Kleenex après s'en être servi. Elles lui courent toutes après, il faut dire, il n'a jamais eu à faire le moindre effort pour les avoir. C'était très malin de ta part de le forcer à attendre. Quand avais-tu prévu de lever l'interdiction ?

Pris au dépourvu, Harry balbutia :

— Euh, jamais. Enfin… je n'ai pas prévu ça…

Ellen, encore une fois, eut un petit rire.

— Jamais ? répéta-t-elle. Alors là, on n'était pas sorti de l'auberge, parce que, comme tu as pu t'en rendre compte, Mike t'a pris au mot. Il a dû s'en rendre malade ! Et nous qui nous demandions ce qu'il lui arrivait !

— Nicole et toi, vous auriez pu vous contenter de vous mêler de vos oignons, fit observer Harry.

— Figure-toi que nous n'y avons même pas songé ! rétorqua Ellen. Donc, je suppose que Chloé ne va pas tarder à être ma belle-sœur dans tous les sens du terme.

Harry sursauta.

— Tu n'as pas l'impression d'aller un peu vite en besogne ?

— Non, pas du tout, Mike est fou d'elle et elle est folle de lui. Il y a six mois, ils auraient eu une aventure qui aurait sûrement fait des étincelles, mais aurait pu aussi bien finir en catastrophe au bout d'une semaine. Aujourd'hui, ils sont mieux armés pour réussir une belle histoire d'amour. D'accord, il y a les Russes. Mais, à part ça, ils sont sur la bonne voie. Tu as fait du bon boulot, Bolt. Du très bon boulot.

— Ce n'était pas mon intention, dit Harry. Mon intention était de les séparer, de tenir Mike à l'écart de la vie de ma sœur. Mais si tu me dis de me réjouir d'avoir échoué…

Tout en regardant son mari droit dans les yeux, Ellen secoua ses épaules pour faire glisser les bretelles de sa chemise de nuit. Comme celle-ci restait accrochée à la pointe de ses seins, elle se leva, se trémoussa de nouveau. Cette fois, la chemise tomba au sol et elle apparut nue. D'une voix exagérément sexy, elle dit :

— Je crois que tu mérites une récompense.

Elle s'approcha, se pencha et lui caressa le bas du ventre. Un petit coup de poignet et Harry ravala son souffle.

— Alors, comme ça, dit-il d'une voix assourdie, je mérite une récompense ? Parce que j'ai été très malin. Tu parles ! Parce que j'ai tout combiné de main de maître.

Il la ramena sur le lit et s'étendit sur elle. Elle sentit son sexe frotter contre sa toison. Une vague de chaleur se répandit dans tout son corps lorsqu'elle se cambra, pour l'attirer au point exact où il était délicieux de le sentir grossir et durcir. Elle adorait ce contact électrisant. Elle ne se lassait pas de l'enlacement de leurs deux corps qui se connaissaient si bien.

Elle lui mordilla le cou, sachant que ça allait le faire frissonner.

— Tu mérites une autre récompense, lui murmura-t-elle à l'oreille. Une récompense super extra spéciale.

— Ah oui ? Meilleur que ça ? demanda-t-il en glissant dans sa fente humide. Je suis curieux de voir ce que c'est.

— Ne sois pas trop pressé parce que ça va demander un peu de temps.

Elle lui prit la main et la faufila entre eux pour la placer sur son ventre.

— Tu auras ton cadeau aux alentours de la Saint-Valentin, ajouta-t-elle. Disons dans huit mois.

La grande carcasse d'Harry tressaillit aussi violemment que s'il avait pris la foudre. Il se souleva sur les avant-bras et la regarda dans les yeux, oubliant de bouger.

— Ellen, dit-il d'une voix si émouvante qu'elle faillit pleurer. Un autre enfant ? Oh, mon Dieu, un autre enfant !

Elle savait ce que cela signifiait pour lui. La même chose que pour elle. Ils n'avaient pas de famille, ni l'un ni l'autre. Ils avaient longtemps été seuls au monde. Ils s'étaient trouvés. Ils avaient eu Gracie, qui faisait leur joie. Et puis, Chloé, qui était soudain revenue du royaume des morts. Et maintenant, un autre enfant.

Tout ce bonheur, c'était presque trop.

Harry s'abattit sur sa femme comme si tout à coup ses bras n'avaient plus la force de le soutenir. Ses épaules tremblèrent. Était-il en train de sangloter ? Elle le serra et l'embrassa avec passion, l'enlaça de toutes ses forces, de ses bras et de ses jambes. Alors, il entra en elle et ils se mirent à tanguer doucement.

13

Mike fit rouler la valise de Chloé et la rangea contre le mur. Ils s'étaient arrêtés chez elle le temps qu'elle prenne quelques affaires. Elle pourrait y retourner aussi souvent qu'elle voudrait s'il lui manquait quelque chose, du moment qu'il l'accompagnait. Ou alors Barney. Et pour pas plus de dix minutes.

Sinon, elle resterait chez lui jusqu'à ce que la menace soit écartée.

L'appartement de Mike était en effet aussi inviolable qu'un coffre-fort de banque. Il y avait une caméra de surveillance dans le couloir et la porte était blindée.

Mike possédait un véritable arsenal : des Glock 19 et 23, un Colt .45, un Browning Hi-Power, un Sig-Sauer P226, un Heckler & Koch USP Compact Tactical .40, une carabine Colt AR-15A, deux fusils M4, les mêmes que ceux dont il s'était servi dans les Marines, un fusil Mossberg 590 bon pour la chasse à l'ours, un Remington 700, un Barrett M92, un Barrett M95 et son chouchou, un Barrett MRDA, avec lequel il aurait pu dégommer un truand en cavale sur la lune. Toutes ses armes étaient bien entretenues, propres, graissées, prêtes à l'emploi. Ajoutez 50 000 cartouches, deux lunettes, des casques, des jumelles de vision nocturne, deux gilets pare-balles sur mesure pour pouvoir y loger son poitrail extra-large, du câble, des grappins, des grenades flash-bang, cinq seringues hypodermiques pleines d'un anesthésiant pour bêtes fauves et capables d'endormir un homme en quelques secondes. Et puis encore des pains de C4 parfaitement illégaux ainsi qu'un bon kilomètre de cordon détonant. Et des couteaux. Mike adorait les couteaux. Il avait un SOG Aegis en titane, un poignard Zaccara, un couteau tactique Garrison, un Gerber Fast et un Balisong.

En cas d'invasion de morts-vivants, Mike était prêt à les recevoir.

Chloé, immobile sur le seuil, était intimidée. Pendant les six derniers mois, elle n'était venue chez lui que deux fois, et restée quelques minutes seulement à chaque fois. Il n'était pas souvent chez lui et ça se voyait.

Il habitait là depuis cinq ans et son appartement était aussi impersonnel que s'il venait d'emménager. Un genre d'immense garçonnière avec un endroit pour dormir, un endroit pour manger et un autre pour regarder la télé. En six mois, Chloé avait transformé son propre appartement en un petit paradis, un cocon gai, coloré et qui sentait bon.

L'appartement de Mike n'inspirait rien d'autre qu'un sentiment de sécurité. Ce n'était pas rien, mais pour le charme, il fallait frapper à une autre porte... Chloé regardait autour d'elle comme si c'était la première fois qu'elle venait, pour éviter de le regarder lui.

Mike ne savait quoi lui offrir. Il avait de la bière et des chips, des alcools en quantité, y compris toutes les marques de whisky et de bourbon disponibles chez son fournisseur. Des frites, des pizzas et des steaks, tous surgelés. Mais ni lait ni thé. Et, maintenant qu'il y pensait, ni légumes ni fruits, ni même du pain ou de la confiture.

Qu'y avait-il pour Chloé ici ? Rien.

Ils se regardèrent puis détournèrent les yeux.

Ce n'était pas comme ça que Mike avait prévu les choses. Souvent, réveillé la nuit, encombré par une érection dont il ne savait que faire, il avait imaginé toutes sortes de scénarios.

Pour commencer, il fallait persuader Harry de lever l'interdit. Mais il ne voyait pas comment. Alors, dans ses rêveries, ça arrivait comme par magie. Hop, plus d'interdit !

Ensuite, il la charmait. Mais Mike n'était pas charmeur pour deux sous ! Dans ces conditions, ses rêveries prenaient des raccourcis qui lui faisaient zapper les épineuses négociations avec Harry et le menaient directement au moment où Chloé se retrouvait nue dans son lit. Mieux valait commencer par là…

À présent, il se retrouvait au véritable début de l'histoire, et les mots lui manquaient.

— Je, euh… je t'offrirais bien du thé, sauf que je n'en ai pas.

Cela fit sourire Chloé. Ah, il aimait la voir sourire ! Elle rayonnait, même quand ce n'était qu'un petit sourire de rien du tout, comme maintenant.

Elle fouilla dans l'une des poches extérieures de sa valise et en sortit quelques sachets de Darjeeling.

— Je devais m'en douter, car j'ai eu soin de prendre ça chez moi.

Elle était peut-être un peu perdue mais elle était surtout très belle. Éprouvée, avec un bandage au bras, son maquillage en piteux état, elle surpassait encore toutes les femmes que Mike avait pu voir, y compris Nicole, ce qui n'était pas peu dire.

Il était là à la regarder, espérant que son érection ne se remarquait pas trop à travers son pantalon !

Il avait l'intention de se comporter en parfait gentleman. Harry avait peut-être tacitement levé l'interdit, il n'en restait pas moins que Chloé, qui venait d'échapper de peu à un viol, devait être traitée avec ménagement.

Chaque fois qu'il y repensait, une bouffée de rage meurtrière l'envahissait. Il était habitué à la violence. La violence était le terreau sur lequel il s'était épanoui. Il était devenu, à cause des circonstances, à la seconde où sa famille avait été massacrée, un expert en matière de violence, parlant le seul langage que les criminels comprenaient, celui de la violence. Et il le parlait couramment...

Mais la violence ne se justifiait que si elle avait un but, celui de protéger les gens comme Chloé. La protéger des monstres capables d'attraper une gamine par un bras et de la fracasser contre un mur ! La préserver des salauds comme son père adoptif ou ces deux enfoirés de Ruskoffs qui avaient essayé de la violer !

Comment pouvait-on faire ça ? Comment pouvait-on lui faire ça à *elle* ? À cet ange, qu'on n'avait qu'à regarder trois secondes pour se sentir mieux.

Gracie et Merry, avec l'infaillible instinct des enfants, se tournaient vers elle comme les plantes vers le soleil. Tout le monde l'aimait. Y compris lui. Surtout lui...

« Bon, maintenant, tu arrêtes de délirer ! se dit-il. Tu vas te dépêcher de la mettre dans ton pieu ! »

Mais, au lieu d'une des fadaises qu'il avait l'habitude de débiter, tout ce qu'il réussit à dire, ce fut :

— Je te fais une tasse de thé...

Elle avait l'air de plus en plus perdue.

— Oui, s'il te plaît.

Il ne bougea pas. Elle non plus.

Le cerveau de Mike ne fonctionnait plus normalement.

Au fil des années, Mike avait perfectionné ses techniques de drague. Il connaissait par cœur des tas de répliques. C'était une mécanique de précision et, au bout d'une demi-heure, il était au lit avec la nana. Chez lui ou de préférence chez elle, comme ça, il pouvait s'en aller aussitôt après.

Mais là, il n'y avait aucun scénario écrit d'avance, parce que, eh bien, parce que c'était *Chloé*.

Mike savait qu'il aurait dû prendre la direction de la cuisine parce qu'elle voulait… Qu'est-ce qu'elle voulait au juste ? Il ne se rappelait pas. De toute façon, il n'avait pas envie de quitter la pièce.

— Tu vas t'installer dans ma chambre, bredouilla-t-il. Je vais débarrasser les placards. Tu verras, il y a beaucoup de place…

Il se faisait l'effet d'un balourd. Avec des semelles de plomb.

— Je dormirai sur le canapé. Ne t'en fais pas, j'ai connu pire.

Chloé fit un pas vers lui et le regarda dans les yeux.

— C'est vraiment ce que tu veux, Mike ? demanda-t-elle d'une voix à peine audible. Dormir sur le canapé ?

La réponse était *non !*

Mais il était incapable de parler, alors il écarta les mains.

Chloé se rapprocha encore. La voir d'aussi près, sentir l'odeur de sa peau… c'était trop d'un coup. Il ferma les yeux.

Elle posa une main sur son épaule. Une main très douce.

— Mike, tu veux vraiment coucher sur le canapé ?

Mike rouvrit les yeux et contempla le visage de Chloé tout près du sien. Elle ne minaudait pas. Elle voulait simplement savoir. Comme si la question se posait !

Chloé, pâle et meurtrie, lui demandait s'il avait envie d'elle et il eut l'impression qu'elle se préparait mentalement à un refus.

— Non, dit-il d'une voix éraillée, je n'ai aucune envie de coucher sur ce foutu canapé.

Il avança la main, montra le pansement de Chloé et laissa retomber son bras.

— Mais tu es blessée…

Il risquait de lui faire mal. Il n'était pas toujours doux dans l'amour. Pour l'heure, il était follement excité. Son sexe lourd et dur comme une massue. Mais rien qu'à l'idée de causer la moindre douleur à Chloé, fût-ce par maladresse, il avait des remontées de fiel dans la gorge.

— Je ne peux pas faire ça, Chloé, murmura-t-il, je ne peux vraiment pas.

Elle recula brusquement, le visage tout d'un coup lisse, parfait et sans vie. En un clin d'œil, elle fut loin de lui, hors de portée, étrangère.

— Pas de problème, dit-elle d'un ton conciliant. J'ai besoin d'une douche. Ensuite, j'irai me coucher. En fin de compte, je n'ai pas envie de thé. Je vais…, je vais dans la chambre…

Sa voix se mit à chevroter. Elle se détourna très vite, mais pas assez vite pour empêcher Mike de voir qu'elle souffrait. Aussitôt, il se fit des reproches.

« Tu ne veux pas lui faire de mal ? Et qu'est-ce que tu fais d'autre en ce moment, crétin ? »

Cette femme avait été agressée plusieurs fois. Trop de fois… Personne ne devrait jamais avoir à endurer ça ! Et, chaque fois, elle avait été abandonnée ensuite à sa solitude. Y compris maintenant.

Il l'envoyait se coucher sans même l'embrasser. Et tout ça pourquoi ? Par crainte de lui faire mal ? Certainement pas ! Cette excuse était bidon ! Il n'était peut-être pas doux dans l'amour, il craignait d'être maladroit, mais il ne se transformait quand même pas en fou furieux !

La vérité, c'est qu'il avait peur. Parce que la situation était inédite. Ici, tout était nouveau. Il ne reconnaissait rien, excepté son érection. Et encore ! Même ça, c'était différent. C'était pour Chloé qu'il bandait !

Il avait les nerfs à vif, il était à cran, survolté, mais il avait peur et, en amour, au contraire de la guerre, le vrai courage, c'est de fuir. Peu importe que Chloé en souffre, pourvu que ce vieux Mike protège ses fesses, pas vrai ?

Encore plus fort que les deux salauds qui l'avaient agressée, Mike était capable, lui, de lui briser le cœur. Au moment où elle avait le plus besoin de lui…

Chloé s'en allait vers la chambre pour y lécher ses plaies toute seule dans son coin, comme elle l'avait toujours fait, et il hésitait encore, paralysé à l'instant crucial.

Chloé allait disparaître dans la chambre, refermer la porte derrière elle. Dans une seconde, il serait trop tard. Il y aurait un abîme entre eux.

— Chloé ? Attends !

Elle s'arrêta, tête baissée.

Alors Mike dit quelque chose qu'il n'avait jamais dit à personne, des mots qu'il n'aurait jamais cru prononcer un jour.

— Chloé, j'ai besoin de toi.

Elle se retourna. Son visage était livide, douloureux, désespéré. Elle aurait eu le droit de lui faire des reproches, de lui demander pourquoi il était aussi insensible avec elle, alors qu'il était la providence des femmes martyres...

Il ne lui avait jamais exprimé ce qu'il éprouvait pour elle. Pas une seule fois en six mois. Il ne l'avait pas quittée d'une semelle, pour ainsi dire, et toutes les attentions qu'il lui avait prodiguées ne lui avaient rien coûté, puisque c'était autant d'occasions d'être près d'elle, ce qui suffisait à lui mettre le cœur en joie.

Mais jamais il ne lui avait parlé de ses sentiments. Pas un seul mot. Pas étonnant alors qu'elle n'attende rien de lui, pas même maintenant, alors qu'elle en avait tant besoin.

Elle le regardait, bouche bée, les yeux écarquillés.

— Qu'est-ce que tu as dit ?

La main qu'il tendit vers elle tremblait. Une main de tireur d'élite ! Cette main-là ne tremblait jamais. Et pourtant, là, elle tremblait.

Il s'approcha de Chloé et lui prit la main, celle qui n'était pas blessée. Il la porta lentement à ses lèvres. La peau était glacée. À cause du choc, évidemment.

Mike souffrait de la voir comme ça, ressemblant à l'ancienne Chloé, qui s'était présentée un beau matin de janvier chez RBK d'un pas chancelant, en lançant de tous côtés des regards effarés.

Cette Chloé-là avait complètement disparu grâce à la famille qu'elle s'était trouvée, grâce à l'amour de deux petites filles en adoration devant elle. Et grâce à Mike, toujours là, qui l'aidait à faire du muscle, à défaut d'autre chose.

En six mois, elle s'était métamorphosée, et puis, de nouveau, le malheur s'était abattu sur elle, elle venait de subir des horreurs. Et il avait soudain devant lui la Chloé d'avant, avec ses blessures, ses doutes, son masque de tristesse. Cela lui étreignait le cœur de chagrin.

— Tu as besoin de moi comment ? Qu'est-ce que tu veux dire ? demanda-t-elle enfin.

Mike lui tenait toujours la main, pour la réchauffer. Il lui caressa la joue. Elle eut un mouvement de recul. Les doigts de Mike descendirent le long de sa joue et s'attardèrent dans son cou. Que cette peau était douce ! Douce et glacée !

— J'ai besoin de toi de toutes les façons possibles, Chloé. Je ne saurai jamais te l'expliquer. Mais s'il y a une chose dont je suis sûr, c'est que je pourrai te le montrer.

Il se pencha légèrement, la souleva dans ses bras et l'emporta dans la chambre.

Chloé avait été portée quand elle était petite et aussi pendant ses années d'hosto. Depuis, plus rien. Dans les romans d'amour qu'elle avait lus, elle avait toujours adoré la scène où le héros porte l'héroïne dans ses bras, pour une raison ou pour une autre. Cela devait faire partie de l'éternel féminin – un trait de caractère qui résistait aux notions modernes d'égalité des sexes.

Elle n'aurait jamais cru que ça lui arriverait un jour et pourtant c'était en train de se produire. Un bel homme l'emportait. Dans une chambre. La sienne…

Mike ne regardait que Chloé, qu'il portait sans le moindre effort. Elle avait passé son bras autour de son cou, c'était un régal de sentir les muscles. De la force virile à l'état pur !

Le cœur de Chloé se mit à battre plus fort lorsqu'elle découvrit, à la lumière dorée qui entrait par les baies vitrées, la pièce où trônait, parmi les rares meubles, un grand lit. Elle aperçut aussi une commode et un unique fauteuil.

Sans s'arrêter, Mike prit la direction d'une porte entrouverte qu'il poussa du pied. Il se pencha pour allumer la lumière avec le coude. Chloé plissa les yeux, éblouie par le flot de lumière blanche. Mike la posa sur le sol et exhala un gros soupir.

— Dis donc ! Tu t'es sacrément remplumée ! J'ai failli ne pas réussir à te porter jusqu'ici.

Il la taquinait ! Mais il est vrai qu'elle avait pris quelques kilos, dont beaucoup de muscle et pas un gramme de mauvaise graisse. Grâce à lui…

— Fais gaffe à toi, Keillor, dit-elle, ou je te colle une rouste.

Ils échangèrent un sourire, oubliant tout l'espace d'une seconde. Mais bientôt, les mauvais souvenirs lui revinrent en mémoire et elle s'assombrit de nouveau.

— Je ne peux pas te garantir qu'il ne t'arrivera plus jamais malheur, dit Mike. Personne ne le peut. Je ne peux pas te garantir que tu ne te prendras pas un pot de fleurs sur la tête en te promenant dans la rue. Je ne peux pas te jurer qu'un chauffard ne va pas emboutir ta voiture. Mais il y a une chose que je peux te garantir. Ces deux types ne te feront plus jamais de mal, ni eux ni leurs complices. Ils peuvent toujours venir. Tant que je vivrai, personne ne touchera un seul cheveu de ta tête. J'espère qu'avec ça, tu es un peu rassurée.

Mike avait la mine grave, et ses paroles soulageaient Chloé d'un poids énorme. Non seulement elle était certaine d'être en sûreté auprès de lui, mais, à en juger par la lueur dans son regard, quelque chose de bon, qu'elle souhaitait ardemment, risquait d'arriver bientôt.

La salle de bains comportait une grande baignoire et une cabine de douche.

— J'imagine que tu as envie de faire un brin de toilette, dit Mike. À moins que tu ne préfères manger quelque chose avant.

Sans hésitation, Chloé choisit la toilette.

— C'est ce que je pensais, dit Mike. Bain ou douche ?

Le plus souvent, elle prenait des bains. Mais, à cet instant, elle voulait de l'eau qui glisse sur son corps et la lave du souvenir de ces deux hommes.

— Douche, répondit-elle.

Après l'avoir guidée dans la cabine, Mike glissa une main derrière elle, en haut de son dos, et attendit qu'elle lui donne l'autorisation qu'il attendait. Ce qu'elle fit d'un battement de paupières.

Il fit lentement descendre la fermeture à glissière de sa robe, qui s'ouvrit en deux. L'air frais caressa le dos nu de Chloé. Elle repéra le moment exact où il s'aperçut qu'elle n'avait pas de soutien-gorge.

Ses petits seins haut perchés n'en avaient pas vraiment besoin. Les doigts de Mike hésitèrent, puis parcoururent le dos de Chloé sans rencontrer aucun obstacle. Il posa sa main sur la peau nue, dans le creux des reins. Chloé en ressentit la chaleur dans tout son corps. Elle se trouvait bien, savourait chaque sensation. Le bruit de la respiration de Mike, la chaleur et le poids de sa main, l'impression de force qui émanait de lui, son sex-appeal.

Il s'était abstenu de la toucher pendant ces six derniers mois, alors toutes ces sensations étaient nouvelles. Elles étaient déconcertantes. Excitantes.

Ils étaient face à face, leurs poitrines se frôlaient. Sans quitter Chloé des yeux, Mike ouvrit le robinet. Le bruit d'averse rompit le silence. Il mit la main sous le jet.

— Chaude ?

— Mais pas bouillante.

Il lui ôta sa robe en faisant attention au bras blessé. Chloé apparut en slip et en sandales. Mike fit un demi-pas en arrière et la contempla. Partout où ses yeux se posaient, la peau de Chloé s'embrasait.

— Tu es belle, murmura-t-il en relevant les yeux.

Il la regardait comme si elle était la plus belle femme du monde !

— Merci, répondit-elle, à voix aussi basse que lui, comme s'ils échangeaient des confidences.

Il s'approcha de nouveau et, soudain, mit un genou à terre, tel un chevalier devant la dame de ses pensées.

Chloé baissa les yeux sur ses cheveux châtains coupés court, semés ici et là de mèches plus claires, grisonnant même sur les tempes.

Elle posa une main sur son crâne, fit glisser ses doigts dans ses cheveux, réveillant une odeur de shampoing mentholé. Mike l'encouragea d'un ronronnement de chat, bougeant la tête sous sa paume. Elle écarta les doigts, les replia. Les courtes mèches lui chatouillaient la paume.

Mike poussa un soupir d'aise.

— J'adore ça, dit-il d'une voix rauque.

Il resta agenouillé pour lui ôter sa petite culotte. Chloé s'appuya à ses épaules pour garder l'équilibre tandis qu'elle levait un pied puis l'autre. Le contact de ses épaules, oh ! là, là ! quel bonheur !

Mike la déchaussa. Au lieu de se relever, il lui embrassa le ventre. Ses lèvres étaient chaudes et il avait un début de barbe qui picotait. Il la lécha autour du nombril et le picotement se transforma en une formidable sensation de chaleur. Il donna un petit coup de dents qui la fit frissonner. Elle brûlait intérieurement. Il la mordilla encore, déclenchant une succession de petites décharges électriques. Lorsqu'il lécha les traces de morsures, le ventre de Chloé se creusa, elle sentit son sexe se contracter autour d'un membre imaginaire.

200

Mike souffla contre son ventre, releva la tête pour la regarder, avec une expression attentive et presque douloureuse.

Il se redressa par à-coups, avec précaution, et Chloé comprit pourquoi en baissant les yeux. Il portait un pantalon d'été et la fine étoffe était tendue à craquer sur son sexe en érection.

— On dirait que je te fais de l'effet ! s'exclama-t-elle, se mordant aussitôt la lèvre pour avoir laissé échapper une telle effronterie.

— Tu n'as pas idée à quel point.

— Alors, pourquoi… ?

Elle s'interrompit. Elle n'avait pas l'habitude d'exprimer ses désirs. C'était embarrassant mais elle avait tellement besoin de savoir. De trouver une explication à l'attitude de Mike durant ces six mois où elle avait été très malheureuse.

— Pourquoi es-tu resté loin de moi ? reprit-elle. Enfin, tu étais toujours là, mais…

Les mots restaient coincés au fond de sa gorge mais il fallait qu'ils sortent. Elle le regarda droit dans les yeux et se lança :

— Tu m'as embrassée ce jour-là, au *Del Coronado*. Tu t'en souviens, n'est-ce pas ?

Mike serra les mâchoires, parut avoir autant de mal qu'elle à trouver ses mots.

— Oh, je m'en souviens, oui ! Et je m'en souviendrai jusqu'à mon dernier jour.

Il avait l'air tellement sincère. Et pourtant…

— Alors, pourquoi, Mike ? Ça m'a fait si mal.

Ce baiser magique. Une atmosphère d'enchantement. Envolé, tout ça ! Comme un mirage ! Après que son innocence eut été prouvée, grâce à elle et surtout à Amanda, Chloé s'était attendue à tout autre chose, de la part de Mike, que ce regard fuyant, ce visage impassible. Il lui avait brisé le cœur, la remerciant froidement avant de ficher le camp, la laissant là, sidérée, telle une âme en peine. Elle en aurait chialé, si les autres ne l'avaient regardée, les femmes avec de la pitié plein les yeux, Harry avec l'air embarrassé.

— Merci pour ce que tu as fait pour Mike, avait-il dit, un brin solennel.

Ensuite, ils avaient fini le repas, sans Mike. Chloé avait mangé du bout des lèvres et s'était retirée tôt dans sa chambre, pour y pleurer jusqu'à l'épuisement.

Mike avait fait sa réapparition le lendemain, annonçant qu'il avait appelé le syndic et trouvé un appartement pour Chloé au même étage qu'Harry. Après quoi il s'était occupé de tous les détails pratiques de son installation et il ne s'était pas passé un jour sans qu'elle le revoie. Mais il ne l'avait plus jamais touchée. Et il n'avait même jamais fait allusion à ce qui s'était passé au *Del Coronado*.

— Pourquoi ? murmura-t-elle.

Il hocha la tête.

— Ça n'a pas d'importance pour le moment, dit-il, ce qui est important, c'est que les choses ont changé. Ce n'est plus comme avant.

Il l'embrassa sur le front.

— Maintenant, reprit-il, il est temps de te récurer, d'accord ?

Il plaça le bras blessé de Chloé sur son épaule, pour éviter de mouiller le pansement, imbiba une éponge de savon liquide et la promena sur le corps de Chloé, sans négliger le moindre centimètre carré. Chloé s'était déjà fait laver, des tas de fois même, à l'hôpital. Mais jamais comme ça.

Le passage de l'éponge était suivi de près par le passage de l'eau et ensuite c'était la bouche de Mike. Il lavait, rinçait, embrassait. Le cou, les épaules et puis, plus bas, autour des petits seins pointés. Ils palpitaient au rythme de sa respiration accélérée.

Se rendait-il compte de l'effet qu'il lui faisait ?

Elle croisa son regard, le découvrit brûlant.

Oh oui ! Il s'en rendait compte.

Il la renversa un peu en arrière sur son bras gauche et lui lava le ventre. Chloé ne se sentait plus d'aplomb, mais il y avait Mike pour la soutenir, elle n'avait rien à craindre.

Mike couvrait de baisers ses seins, l'un après l'autre, et tout à coup – oh mon Dieu ! – il avala le mamelon et se mit à le téter goulûment, déclenchant une onde qui par un chemin mystérieux se répercuta jusque dans son ventre. Elle se mit à haleter. Elle serait tombée, si Mike ne l'avait soutenue.

Elle s'agrippa à sa tête tandis qu'il continuait à suçoter les pointes délicates. Elles s'étiraient entre ses lèvres, durcissaient au contact de ses dents. Et lui respirait bruyamment, au comble du désir. Il reprit haleine, les joues rouges.

Soudain, il ouvrit des yeux ronds.

— Quoi ? demanda Chloé.

Mike eut un petit rire gêné.

— Je n'arrive pas à le croire ! s'exclama-t-il. J'ai toujours un préservatif dans ma poche ou à portée de main, toujours. Mais pas aujourd'hui, je n'en ai nulle part. Évidemment ! Ça fait six mois que je n'en ai pas eu besoin. Qu'est-ce qu'on va faire ?

C'était si inattendu que Chloé éclata de rire.

— Je ne vais pas ressortir dans cet état, dit-il. Le drugstore est à deux kilomètres ! Et tu me vois aller frapper à la porte de Sam ou d'Harry pour leur demander si par hasard ils n'auraient pas une capote pour me dépanner ?

Chloé lui donna un coup de poing sur l'épaule et puis elle le griffa, avec assez de conviction pour qu'il sente la piqûre de son ongle.

— Tu ne saurais pas te retirer à temps ? suggéra-t-elle d'une voix sourde.

Mike eut un petit sursaut. Deux ongles lui labouraient l'épaule.

— J'ai peur que non, avoua-t-il dans un souffle. Une fois en toi, je voudrai y rester le plus longtemps possible.

Les ongles descendirent sur son torse. Ça ne lui déplaisait pas et même ça l'excitait. Sa respiration s'accéléra et ses lèvres virèrent au pourpre.

— Même si on ne peut pas faire l'amour, Chloé, tu ne vas pas me laisser dans cet état, hein ?

Baissant les yeux, elle vit, sous la toile du pantalon, le sexe en érection qui vibrait.

— Ce serait de la torture, ajouta-t-il. Il y a des lois contre ça.

En riant, elle se pencha et lui griffa le ventre. Il se mit à trembler. Elle l'avait complètement à sa merci. Un jouet. Elle n'était qu'une faible femme et lui une force de la nature, mais c'était quand même elle qui avait le pouvoir.

— Fais-moi l'amour, maintenant, dit-elle.

Le visage de Mike se crispa. Il ôta précipitamment sa chemise, non sans arracher quelques boutons, puis se débarrassa fébrilement du reste de ses vêtements, sous son regard qui l'invitait à ne pas tergiverser.

Il entra dans la cabine de douche, juste sous le pommeau. L'eau dévala le long de sa poitrine, fit mousser les poils de sa toison et cascada sur son sexe dressé.

Il plaqua Chloé contre la paroi, sentit sous sa main les battements de son cœur. Il fit descendre sa paume jusqu'au ventre, provoquant au passage de délicieux picotements, puis plus bas. Sa main s'immobilisa entre les cuisses disjointes, la paume retournée enveloppant le mont de Vénus. Un doigt glissa entre les chairs tendres gonflées.

Il n'avait pas besoin de demander si elle était prête. Il le sentait contre sa main. Il introduisit un doigt en elle, le fit tourner. Les jambes de Chloé se mirent à flageoler.

— Mike ! s'exclama-t-elle.

Sa voix était faible, un murmure un peu rauque, essoufflé.

— Mike, allons sur le lit, je vais choir…

— Je te tiens, n'aie pas peur, dit-il d'un ton léger, enfonçant son doigt un peu plus loin en elle.

C'était sa paume qui la soutenait, et le doigt, bientôt rejoint par un deuxième, allait et venait lentement, de plus en plus profondément.

Elle se mit à trembler des pieds à la tête, en se laissant aller sur sa main large et puissante. Il avait un gros sexe et elle était étroite. Il fallait qu'elle soit prête et il continua de la caresser jusqu'à ce qu'elle soit suffisamment humide et dilatée. Elle dodelinait de la tête en gémissant. Alors, il retira son doigt.

Chloé en eut le souffle coupé, lorsqu'elle sentit le membre de Mike buter contre sa fente. Il s'y frotta, la tête cognant les replis, cherchant à se frayer le passage. Elle l'aida, s'ouvrit. Alors, il entra en elle, d'une poussée lente et régulière, et elle n'eut pas mal, bien au contraire. La sensation d'être emplie fut même extraordinaire. Sans exagération, c'était le moment qu'elle avait attendu toute sa vie.

Il la prit par les fesses et la souleva pour qu'elle enroule ses jambes autour de sa taille. Ils se mirent à onduler en cadence. Chloé sentait tout avec une acuité délicieuse. Les puissants abdominaux de Mike contre son ventre, les poils de sa poitrine contre ses seins, sa toison pubienne contre le renflement de sa motte. Et surtout, les mouvements de son sexe en elle, amples et vigoureux comme ceux d'un piston.

Ils gardaient les yeux ouverts et se regardaient. Chloé n'avait jamais vu quelqu'un d'aussi près. Chaque fois qu'elle se contractait autour de lui, elle en constatait instantanément l'effet sur son visage.

Il cessa brusquement de bouger.

— Si je continue, je ne vais pas pouvoir me retenir, dit-il d'une voix cassée.

Elle rit et tressauta. Le sexe de Mike se dilata en elle.

— Si on reste ici plus longtemps, on va se noyer.

— Match nul, murmura-t-il.

— Pas tout à fait, répondit-elle avec espièglerie.

Elle croisa les chevilles dans le dos de Mike, lui passa un bras autour du cou et imprima le rythme du va-et-vient.

Il renversa la tête en arrière, poussa une plainte et se remit à bouger à petits coups rapides. Le plaisir montait, pulsait dans leurs deux corps soudés. Chloé se mit à pousser des plaintes sourdes, entrecoupées de cris aigus, tandis que sa tête ballait dans tous les sens. Mike se figea après un dernier coup de boutoir et jouit, serrant les dents pour ne pas crier, tandis qu'il répandait en elle un jet dru et brûlant. À chaque giclée, Chloé se contractait autour de lui, provoquant un nouveau spasme de plaisir.

Mike était en train de jouir en elle, elle n'était plus qu'un corps emporté par une tornade de sensations exquises.

Ils s'immobilisèrent, pantelants comme après une longue course. Mike dénoua ses mains et elle reprit pied, en équilibre précaire sur ses jambes.

— Je crois que maintenant, nous allons avoir besoin de ce lit, dit-il.

14

Club Météore

La prostituée hurla, se débattit. Elle toussa, hurla de nouveau. Et se débattit encore. En pure perte.

L'imbécile ! Qu'est-ce qu'elle espérait ? Elle était attachée à la planche avec des courroies de caout-chouc et elle avait les poignets et les chevilles entravés par des liens en plastique de la police américaine. Incassables.

Mais le désir de vivre était plus fort que la raison, Nikitine le savait mieux que personne. Il avait prati-qué ça des centaines de fois. Et même quand le type ligoté sur la planche savait que ça aggravait son cas, il se débattait.

Dimitri continua de verser de l'eau sur les trois épaisseurs de tissu qui couvraient le visage de la femme.

Nikitine attendit en tirant goulûment sur sa Marl-boro. Les cigarettes américaines étaient excellentes. Fallait-il qu'ils soient bêtes, ces Amerloques, pour imprimer sur les paquets toutes ces mises en garde ! Évidemment que les cigarettes tuaient. Qu'est-ce qui ne tuait pas ? La vie elle-même était une maladie mortelle.

Lorsque la femme essayait de respirer, elle aspirait le tissu détrempé et elle se retrouvait avec de l'eau plein le nez et la bouche. Et bientôt plein les poumons. Pour le corps, c'était une menace mortelle, de suffocation et de noyade, et il réagissait en conséquence. La femme se tordit de douleur. En silence, étant donné qu'elle n'avait plus assez de souffle pour faire du bruit.

Nikitine détestait quand le patient faisait du bruit.

Il souffla la fumée et continua de compter mentalement. *Treize, quatorze, quinze.* Il hocha la tête. Aussitôt, Dimitri arrêta de verser de l'eau et ôta le tissu.

La femme était nue. Elle se démenait comme une folle. Elle était jeune et en pleine forme. Ses muscles saillaient sous la peau mate.

Elle ne risquait pas de rompre ses liens, mais pouvait se blesser toute seule. Une déchirure musculaire, une luxation. Nikitine avait vu des hommes se fracturer des os en essayant d'échapper à l'asphyxie. Il y avait une épaisse couche d'ouate entre les liens de plastique et la peau. Pas question qu'elle se brise les poignets.

Si Nikitine avait choisi le supplice de l'eau, c'était pour éviter de laisser des marques. Cette fille était un produit de luxe. Nikitine savait combien elle rapportait au club. Portant des traces de torture, elle serait beaucoup moins bandante, forcément. Les patrons n'allaient pas tarder à arriver et ils chercheraient à en savoir plus, s'ils constataient à son sujet une brutale baisse de profit.

Nikitine souffla la fumée de sa cigarette, se leva du tabouret d'où il dirigeait les opérations et s'approcha de la femme. Une courroie lui barrait le front. Faute de pouvoir détourner la tête, elle ferma les yeux.

— Regarde-moi.

Nikitine n'éprouva pas le besoin de prendre un ton menaçant. Il voulait en finir le plus vite possible. Il avait besoin d'informations et, aussitôt qu'il les aurait, il ficherait le camp.

Elle ne rouvrit pas les yeux.

— Recommence, dit tout bas Nikitine.

Dimitri replaça le tissu sur le visage de la femme et versa de l'eau dessus, avec une lenteur calculée.

Elle retint son souffle le plus longtemps possible, mais les mouvements respiratoires sont incontrôlables. Le corps dispose de plusieurs façons de se détruire. On peut se frapper la tête contre un mur jusqu'à ce qu'elle éclate. On peut se déchirer une artère. On peut même avaler sa langue. Mais on ne peut pas retenir son souffle jusqu'à ce que mort s'ensuive. Le corps ne le permet pas.

Au bout d'une bonne minute, le tissu se plaqua contre sa bouche, elle respira de l'eau et se tordit autant que ses liens le lui permettaient.

Nikitine attendit une seconde, deux. Il leva le doigt. Dimitri s'arrêta immédiatement, ôta le tissu.

— Regarde-moi, redemanda Nikitine sur le même ton. Tu sais, on peut recommencer jusqu'à demain.

Elle ouvrit les yeux.

— C'est mieux ! Tu vois, quand tu veux !

Elle le regardait avec dans ses grands yeux sombres une expression farouche. De la haine à l'état pur… Manifestement, Sands était trop gentil avec ses femelles. Avait-elle idée de ce que Nikitine pouvait lui infliger ?… Sans doute pas.

Il n'en ferait rien, cependant, parce qu'elle était une bonne gagneuse, une des meilleures, mais il était tenté.

— *Hijo de puta* ! bafouilla-t-elle en régurgitant de l'eau qui lui coula dans les yeux, parce qu'elle était ligotée tête en bas sur la planche inclinée.

Nikitine connaissait son histoire, il savait qu'elle avait grandi dans les rues de Tijuana. Elle s'en était sortie. Elle avait de l'éducation. Pour autant qu'il puisse en juger, elle parlait un anglais correct et sans accent. La petite morveuse extraite d'un caniveau de Tijuana s'était transformée en une vraie putain américaine.

Mais, comme on dit, la caque sentira toujours le hareng. Dans une situation stressante, elle révélait ses origines.

Nikitine tira son tabouret, s'assit à côté d'elle et se pencha si près qu'il lui boucha la vue. Bien ! Qu'elle ne voie plus que lui, c'était exactement ce qu'il voulait. Il était son Dieu, un Dieu en colère, et elle avait intérêt à faire des sacrifices pour l'apaiser.

Elle cessa de tirer sur ses liens et s'immobilisa, haletante. Nikitine la considéra lentement de la tête aux pieds.

Elle était nue, son corps magnifique exposé sans défense. La nudité forcée vous prive de votre dignité, en plus de vous rendre affreusement vulnérable, mais est-ce qu'une pute est censée avoir beaucoup de dignité ?

Elle était vraiment très belle, des pieds à la tête. Pourtant, Nikitine était insensible à ses charmes. Il était insensible aux femmes en général. Mais il comprenait facilement que des hommes soient prêts à payer cher pour jouir de ce corps. Rares étaient ceux qui avaient l'équivalent à la maison.

Intelligemment, Sands tenait à ce que ses filles mangent bien, dorment bien, fassent du sport dans la salle de gym au sous-sol. Il veillait aussi à ce qu'elles ne se droguent pas. Il était très strict sur cette question. Celles, peu nombreuses, qui avaient enfreint la règle avaient été sévèrement punies.

La marchandise était entretenue de façon à servir longtemps. Une fois, Nikitine avait vu une prostituée dans les rues d'Odessa, à qui on aurait donné quarante ans, alors que selon ses papiers elle n'en avait que seize. L'âge, dans la rue, se mesure comme celui des chiens – une année compte pour sept. Au club, par contre, on prenait soin de la marchandise pour qu'elle se périme moins vite.

Après l'avoir regardée de haut en bas, il la regarda de bas en haut, la détaillant avec la même froide lenteur. Le message était clair. Tu es à moi, toute à moi.

Il rapprocha un peu plus son tabouret et se pencha jusqu'à ce que leurs nez se frôlent.

— Deux de mes hommes ont disparu, dit-il d'une voix sifflante.

La femme battit des paupières. Elle ne s'était pas attendue à ça. Un pli apparut entre ses sourcils.

— Vous pensez que j'y suis pour quelque chose ?

— Oui.

— Moi ?...

Elle trouva la force de sourire d'un air narquois. Si elle s'était exprimée à haute voix, ça n'aurait pas été plus clair. « Tu m'as bien regardée ! Qu'est-ce que tu veux qu'une faible femme fasse à deux de tes hommes, des anciens des forces spéciales ? »

Pour la première fois, Nikitine envisagea la possibilité qu'elle ne sache rien. Si c'était le cas, il était dans de beaux draps ! Il n'était venu à San Diego qu'avec trois hommes. Qu'y avait-il de dangereux à investir dans un bordel ? La mission était économique, pas militaire, et Nikitine avait choisi ses hommes en fonction de ça.

Il n'avait pas emmené toute l'équipe. La plupart étaient occupés à protéger des transports de diamants en Sierra Leone. C'était d'autant plus bête que l'investissement ici pouvait rapporter beaucoup plus que des diamants déterrés à deux mille kilomètres de toute civilisation et qu'il fallait ensuite escorter à travers des pays en guerre.

Il avait sous-estimé la difficulté. En principe, il n'y avait même pas besoin de se méfier de la police, qui n'y verrait que du feu. Et puis, selon Sands, plusieurs membres du conseil municipal et deux procureurs étaient membres du club. Ils seraient protégés.

Pourtant, il y avait des ennemis quelque part, c'était forcé, sinon ses deux hommes – deux excellents soldats – ne seraient pas portés manquants !

Ils étaient allés secouer les puces à une Américaine qui avait eu le tort de les agacer, en semant la zizanie. Nikitine avait même envisagé de n'envoyer qu'un homme, pour quelque chose d'aussi facile, puis finalement il en avait envoyé deux. Ivan cognait plus fort, mais Lev parlait mieux l'anglais.

Où était le problème ? Causer cinq minutes avec une petite conne qui leur mettait des bâtons dans les roues, la persuader d'arrêter, rappeler pour dire que c'était fait…

Ils n'avaient jamais rappelé. Ils s'étaient volatilisés. Et maintenant, leurs téléphones étaient coupés.

Cette pute ne savait peut-être pas le fin mot, mais elle savait forcément quelque chose. Elle se rendait régulièrement à l'asile de la Bonne Espérance. Elle n'était pas la seule dans ce cas. Sands commençait à se rendre compte que le virus de l'insubordination se propageait dans son cheptel de femmes. Il aurait dû sévir beaucoup plus tôt...

— Où sont mes hommes ? redemanda Nikitine.

Il parlait à voix basse, d'un ton égal. Pas la peine de crier pour se faire comprendre. Tout était clair. Elle était ficelée comme un saucisson et il pouvait lui faire tout ce qu'il voulait. Il avait le droit de vie ou de mort sur elle.

Elle essaya de secouer la tête mais la courroie l'en empêchait. Elle poussa un soupir.

Tout ça ne menait nulle part. Nikitine regarda Dimitri, et leva un index, ce qui voulait dire : « Prépare-toi pour un nouveau round. »

Dimitri changea son grand pichet pour un plus petit, afin de mieux contrôler le filet d'eau.

— Mes hommes sont allés à l'asile où il y a cette bonne femme qui t'a endoctrinée. Ils allaient lui dire deux mots, lui expliquer gentiment qu'elle faisait une grave erreur en s'occupant des putains du Météore et qu'elle avait intérêt à arrêter.

Esméralda était pantelante et ses grands yeux noirs brillaient de haine. Nikitine n'en avait cure. Il avait été haï par des types vraiment dangereux et ça ne lui avait fait ni chaud ni froid. Alors, la haine d'une pute...

— Vous lui avez fait du mal ! hurla-t-elle en crachant des gouttelettes d'eau.

Nikitine s'écarta pour éviter d'être aspergé et prit une mine dégoûtée.

— Ce qui se passe, continua-t-il comme si elle n'avait rien dit, c'est que mes hommes ne sont jamais revenus. Je n'ai pas la moindre idée de ce qui leur est arrivé. J'ai besoin que tu me dises où ils sont.

Certes, Esméralda ignorait peut-être ce qui était arrivé à Ivan et à Lev. Mais Nikitine n'avait pas le choix. Il était seul ici, en territoire étranger. Il y avait

214

bien Dimitri, mais il n'avait pour lui que ses muscles. Et son anglais laissait à désirer. À part se battre, on ne pouvait rien lui demander.

Du coup, Nikitine en était réduit à torturer des putes !

Il pianota sur sa cuisse – le seul signe d'impatience qu'il se permettait.

Il n'avait personne vers qui se tourner, ici, en Amérique.

En revanche, au pays, il avait des gens sur qui il pouvait compter. Par exemple, le Pirate, le meilleur hacker de Russie. Nikitine ne savait pas où il habitait, ni même son nom. Mais ça n'avait pas d'importance. Il savait comment le contacter. Le Pirate était un génie et on pouvait lui poser n'importe quelle question, il fournissait toujours une réponse.

Sauf cette fois-ci. Le Pirate s'était introduit dans les ordinateurs de tous les hôpitaux, postes de police, et même des morgues de Californie, parce que deux hommes ne peuvent pas disparaître sans laisser de traces. Et pourtant, le Pirate n'avait rien trouvé ! Nada, peau de balle !

Nikitine n'avait pas intérêt à ce que la nouvelle soit connue à Moscou. Il y avait beaucoup d'argent en jeu et ses chefs voulaient que tout se passe sans anicroche. Perdre deux hommes, c'était une sacrée anicroche !

Cette pute savait sûrement quelque chose. Dimitri lui plaqua l'étoffe sur la figure. Esméralda se mit à gémir. Dimitri versa l'eau. Nikitine regardait d'un œil indifférent. En cherchant de l'air, Esméralda aspira le tissu, hoqueta, suffoqua. Nikitine attendit le bon moment, juste avant qu'elle se noie. Il fit un signe et Dimitri retira le tissu.

Esméralda pleurait, elle toussait, s'étranglait. Pour hurler, il lui aurait fallu du souffle. Elle émit un gargouillis au lieu d'un cri. Elle était terrifiée.

Et toujours pas disposée à parler.

Dimitri s'apprêta à lui remettre le tissu sur le visage mais Nikitine leva la main. Dimitri s'immobilisa. Il était discipliné.

Nikitine rapprocha son tabouret de quelques centimètres.

— Dis-moi ce que tu sais sur cette femme qui incite les filles à la révolte. Elle s'appelle Chloé. Chloé comment ?

Esméralda souffla entre deux halètements :

— Mason, je crois.

Nikitine allait faire signe à Dimitri de remettre ça. Elle se dépêcha d'enchaîner, la voix sifflante :

— Les noms de famille, à la Bonne Espérance, c'est interdit. Un jour, j'ai vu une enveloppe qui dépassait de son sac. Dessus il y avait écrit : « À l'attention de Chloé Mason. » C'est tout ce que je sais.

— Elle est bénévole ?

Esméralda voulut hocher la tête, mais la courroie en travers de son front l'en empêcha.

— Elles le sont toutes, bredouilla-t-elle.

Nikitine ne comprenait pas. Volontaire pour travailler avec des putes ? Gratis ? Qu'est-ce qu'elle avait à y gagner ? Mais cela faisait longtemps qu'il s'était résigné à la bêtise humaine. Le pire, c'étaient les hommes qui se laissaient détruire par l'amour. Ou par ce qu'ils appelaient ainsi. Nikitine ne comprenait pas ça non plus.

— Quoi d'autre ? demanda-t-il, car il avait l'intuition qu'elle ne disait pas tout. Qu'est-ce que tu sais d'autre sur cette femme ?

La gorge de la prostituée s'agita, un spasme souleva sa poitrine. Les mots ne voulaient pas sortir.

— Encore un coup, dit Nikitine à Dimitri.

— Non ! cria Esméralda.

Elle reniflait et crachait de l'eau à chaque inspiration.

— Il y a autre chose que je sais.

Nikitine ne dit rien. Il attendait. Elle pouvait voir le tissu dans la main de Dimitri. Il n'y avait rien à ajouter.

— Il y a… un homme. Il vient la chercher chaque fois qu'elle est à la Bonne Espérance. Il est comme son ombre.

Elle toussa, une terrible quinte qui dura plusieurs minutes.

Nikitine, impassible, se contenta de demander :

— Qui est-ce ?

— Je ne sais pas, répondit Esméralda d'une voix hachée. Mais il est costaud. Comme un haltérophile.

— Qu'est-ce qu'il a comme voiture ?

Elle plissa le front.

— Une grosse voiture de gringo avec des gros pneus, dit-elle.

— Un 4 × 4 ?

Elle acquiesça d'un battement de paupières.

— Quel modèle ?

— Je ne sais pas.

Nikitine résista à la tentation de la gifler. À quoi bon ? Elle ne savait pas. Les putes n'avaient pas de voiture. En avaient-elles besoin ?

— Tu sais où elle habite ?

— Non.

Nikitine n'était pas facile à blouser. Elle disait non avec les lèvres mais ses yeux la trahirent. Nikitine la regarda fixement, recula et fit signe à Dimitri. Dimitri rabattit vivement le tissu et versa de l'eau, à l'instant où Esméralda, qui n'avait rien vu venir, prenait une profonde inspiration. La pression de l'étoffe imbibée sur son visage en fut accentuée. L'eau remplit ses poumons. Elle suffoqua, tressautant dans ses liens et se débattant follement, le corps secoué de hoquets.

Une prise de sang aurait décelé un taux de gaz carbonique phénoménal. Nikitine compta jusqu'à quinze et fit signe à Dimitri de soulever le tissu. Esméralda avait les yeux d'une folle. Elle avait cru mourir. Nikitine la prit par le menton.

— Écoute-moi !

Elle haletait et tremblait de tout son corps. Il attendit d'accrocher son regard et demanda en détachant les mots :

— Où est-ce qu'elle habite, ta Chloé ?

Il jeta un coup d'œil à Dimitri, qui était prêt à remettre ça. Esméralda se rétracta, ses yeux se révulsèrent. Son corps était en train de lui souffler qu'elle ne survivrait pas à une séance de plus. En fait, elle survivrait, mais elle n'était plus capable de s'en convaincre. Dans sa tête, il n'y avait que la peur. Une terreur pure qui la submergeait.

Elle ouvrit la bouche mais il n'en sortit que des râlcs. Nikitine attendit, attentif à ce qu'il percevait dans les yeux noirs paniqués.

— Où ? répéta-t-il à la seconde où elle retrouvait un peu de souffle.

Elle remua les lèvres. Elle ne résistait plus.

— Coronado Shores, hoqueta-t-elle.

— Où, sur Coronado Shores ?

— L'immeuble La Torre.

Nikitine avait une vague idée de l'endroit où se trouvait Coronado Shores. Un quartier rupin. Il hocha la tête, comme si elle venait de confirmer ce qu'il savait déjà.

— Quoi d'autre ? demanda-t-il d'un ton ennuyé, comme si la suite n'avait plus d'importance. Tu sais autre chose sur cette Chloé ?

Elle parut déconcertée et répondit dans un bredouillement :

— Rien, je ne sais rien de plus.

Nikitine n'aurait jamais pris un mensonge pour une vérité. Il avait brisé suffisamment d'hommes pour faire la différence. Cette pute disait la vérité. Elle n'avait rien de plus à lui apprendre. Si elle avait su ce qui était arrivé à ses hommes, elle l'aurait dit. Elle ne pouvait plus lui servir à rien.

— Trois fois de plus, ordonna-t-il en russe à Dimitri.

Ce serait assez pour la briser. Cette salope le méritait. Si elle n'avait pas commencé à faire la maligne, il n'aurait pas eu besoin de confier à ses hommes cette fichue mission qui inexplicablement avait tourné au fiasco. C'est comme ça qu'il se retrouvait seul dans un pays étranger, avec la première cargaison qui n'allait plus tarder et ses chefs qui s'attendaient à ce que tout soit prêt pour la réceptionner. Sans aucune anicroche...

Il se leva et observa la femme responsable de ses soucis. Si elle n'avait pas représenté autant d'argent, il l'aurait tuée, vite fait bien fait. L'envie le démangeait.

— Trois fois de plus, répéta-t-il avant de s'en aller.

Esméralda revint peu à peu à elle. Elle avait froid. Terriblement froid. Elle était gelée jusqu'aux os. Née à Tijuana, vivant à San Diego, elle n'avait jamais vraiment connu le froid. Maintenant, elle avait l'impression d'être prise dans une gangue de glace.

Elle ouvrit les yeux. D'abord, elle ne reconnut rien. Une surface plane et brillante. Elle fut longue à comprendre. De l'eau. De l'eau partout.

Elle battit des paupières et les images se précisèrent. Elle était couchée sur le sol, nue dans une grande mare d'eau. Elle frissonna.

Elle resta là, sur le carrelage glacé, sans bouger, l'esprit vide. Elle était habituée à être nue, c'était sa tenue de travail, après tout, mais pas comme ça. Elle ne se sentait pas seulement nue, mais dépouillée de tout, même de son humanité.

Tout revenait par fragments. Le regard cruel du Russe, l'interrogatoire, le tissu gorgé d'eau, la noyade.

Combien de fois lui avaient-ils plaqué cette horrible serviette sur la figure ? Elle ne s'en souvenait pas. Mais elle se souvenait fort bien de son angoisse au seuil de la mort, et puis de son retour à la vie, haletante, tremblante, pétrifiée par la peur.

Et le Russe qui l'observait avec ses yeux froids, et son visage qui n'exprimait rien. Tout le contraire de ses clients lorsqu'ils la rudoyaient ou qu'ils lui tiraient les cheveux. Il y avait toujours une espèce de sale sourire sur leurs lèvres, parce qu'ils aimaient faire souffrir.

Le Russe n'était pas comme ça. Ni plaisir, ni dégoût. Seulement de l'indifférence. S'il avait pensé que ça pouvait lui servir, nul doute qu'il aurait ordonné à son acolyte de verser de l'eau jusqu'à ce qu'elle en crève. Mais elle rapportait beaucoup d'argent au Météore, c'est pourquoi elle était toujours en vie.

À part ça, qu'elle soit morte ou vive, le Russe s'en foutait.

D'un côté, Esméralda avait l'habitude, elle n'était pas grand-chose pour les hommes qui payaient ses services. Mais les horreurs du Météore, c'était autre chose. Et avec les Russes qui dictaient leur loi, ça ne risquait pas de s'arranger. Selon la rumeur, ils investissaient tellement de fric dans l'affaire qu'ils pouvaient tuer les filles et en faire de la pâtée pour chiens, Sands ne broncherait pas. Il y avait aussi tellement à gagner...

Elle essaya de se relever, ses mains dérapèrent et elle se retrouva à plat ventre dans l'eau. Se remettre debout lui semblait au-dessus de ses forces.

Un ressort en elle était brisé.

Souvent, après une passe, elle avait mal partout. Beaucoup d'hommes vont avec des prostituées parce qu'ils peuvent les mépriser et les maltraiter à leur guise. Une épouse, une maîtresse demandent des égards, qu'ils sont incapables d'accorder. Ils accumulent une rancœur dont ils se soulagent dans des séances d'amour tarifé.

Esméralda avait l'habitude, elle était endurcie, mais ça, encore une fois, c'était au-delà du concevable. Un degré de cruauté et de noirceur qu'elle ne soupçonnait même pas. Elle avait touché le fond. Senti les ailes de la mort se refermer sur elle, chaque fois que le tissu gorgé d'eau était plaqué sur sa figure. Elle se souvint alors de ce que disaient les nonnes qui venaient prêcher la bonne parole dans les bidonvilles de Tijuana. Elle avait une âme. Cette âme, le diable venait de mettre le doigt dessus et d'y laisser son empreinte.

Il fallait qu'elle s'en aille. Pour sa vie. Pour son âme.

Elle ne pouvait pas rester ici.

Le sol était glissant et elle était sans force. Mais elle devait se relever. Et partir, s'enfuir, *maintenant*.

Sands traitait les filles relativement bien, Esméralda le savait. Lorsqu'il l'avait recueillie, une pauvresse vivant dans la rue, il lui avait sauvé la vie. Combien de fois le lui avait-il répété !

Il avait attendu qu'elle ait quinze ans avant de la faire travailler. Pas par bonté d'âme, mais parce qu'il avait le sens des affaires. Ce qui incluait de lui faire apprendre l'anglais, de lui donner des cours de maintien et de savoir-vivre. Il en avait fait une fille éduquée, une prostituée de luxe qui lui rapportait beaucoup plus que s'il l'avait mise simplement sur le trottoir.

Elle avait été éperdue de reconnaissance et même, dans les premiers temps, amoureuse de lui. Au point de rêver qu'il l'épousait et qu'ils avaient des enfants. Elle avait honte, quand elle y repensait, d'avoir pu croire à ces chimères.

Elle grelottait, mais parvint tant bien que mal à se redresser, pataugeant dans la flaque d'eau, au milieu de la pièce carrelée. Elle chercha autour d'elle à quoi se raccrocher. Rampa jusqu'au fauteuil où le Russe était installé, au début, quand elle avait dû se dévêtir et s'allonger sur la planche, sous la menace de son homme de main. Ensuite, quand elle avait été attachée, il s'était approché pour vérifier les liens, puis assis sur le tabouret à présent remisé dans un coin de la pièce, avec la planche et ses courroies qui pendaient.

Elle se cramponna à l'accoudoir du fauteuil de cuir et se hissa en respirant bruyamment. Ses poumons la brûlaient, respirer était une torture. Elle s'affala sur le siège, le nez contre le dossier, hors d'haleine. En se retournant, au prix d'un effort qui lui sembla surhumain, elle érafla ses doigts sur un petit objet métallique, coincé au fond du fauteuil, derrière le coussin. Une fois assise, encore étourdie, épuisée, elle ouvrit la main et le vit briller dans sa paume. Même une putain de Tijuana était capable de reconnaître une clé USB…

Elle appartenait au Russe, certainement. À l'idée qu'il l'avait perdue, qu'elle contenait peut-être des choses importantes pour lui, et que de l'avoir en sa possession lui permettrait, qui sait ? de lui nuire, un regain d'énergie la ranima.

Elle réussit à se lever, à tenir sur ses jambes, bien que la tête lui tournât. Elle mit plusieurs minutes à atteindre, à l'autre bout de la pièce, le placard où son tortionnaire avait jeté ses vêtements.

En enfilant son slip, elle vit les marques violacées en travers de sa poitrine, de son ventre, de ses mollets. Les lanières de caoutchouc avaient en plusieurs endroits entamé la peau, tellement elle s'était débattue et tordue de douleur et de terreur... Malgré les renforts d'ouate, les minces liens de plastique s'étaient incrustés dans ses chevilles et ses poignets... Elle frotta machinalement ses articulations meurtries, faillit s'évanouir au rappel de ses contorsions désespérées. Elle eut à peine la force d'enfiler sa robe, renonça au reste.

Elle avait l'air d'un zombi, en quittant la pièce insonorisée du sous-sol du Météore. Le couloir devant elle lui parut interminable, à la lumière des appliques de néon. L'épaisse moquette étouffait ses pas et les murs capitonnés absorbaient sa respiration sifflante.

Mais il y avait peu de risques qu'elle rencontre quiconque. À cette heure de l'après-midi, le club était pratiquement désert. La vie n'y commençait qu'après le dîner...

Elle ne croisa personne sur le chemin de sa chambre, sur l'arrière du bâtiment, au rez-de-chaussée. Une fois la porte tirée derrière elle, le décor familier la soulagea d'abord. Elle sortit de sa penderie un jean et un chemisier, des chaussures de sport.

Puis elle contempla sa garde-robe, ses tenues luxueuses, ses accessoires sexy. De la lingerie et des corsets, du latex et du cuir, de la soie et des froufrous.

Des robes du soir somptueuses, des tailleurs chic...
Tout ce qui flatte les femmes, en mettant leur beauté
en valeur. Tout ce qui plaît aux hommes, les excite et
se révèle, en plus, facile à retirer...

Il y en avait pour des dizaines de milliers de dollars.
Elle aurait tout réduit en charpie, si elle n'avait craint
d'y laisser le peu de forces qui lui restaient...

L'envie d'y mettre le feu l'effleura quand même. Tout
ce que cette garde-robe de pute de haut vol représentait lui faisait horreur. La femme qui paradait dans les
salons du premier au milieu des hommes avides était
morte. Et pour survivre, son fantôme avait besoin que
l'alerte soit donnée le plus tard possible...

Esméralda laissa donc tout en ordre, en espérant
même qu'on ne s'inquiéterait pas d'elle avant le lendemain soir, quand un avocat d'affaires qui avait ses
habitudes avec elle pointerait son sale museau au
club. Ils avaient rendez-vous pour dîner à 9 heures.
D'ici, elle serait loin...

Ce n'était vraiment pas dur de tourner le dos à tout
ce luxe, songea-t-elle au moment de quitter pour toujours sa chambre impeccablement rangée.

Ses mains se remirent à trembler lorsqu'elle sortit
une carte, cachée dans la doublure d'une poche de son
sac à main, car les chambres des filles étaient réguliè-
rement fouillées. Esméralda aurait dû, par prudence,
apprendre le numéro par cœur, mais elle aimait cette
carte et n'avait pu se résoudre à la jeter. C'était une
carte de visite qui ne mentionnait qu'un numéro de
téléphone et montrait un oiseau stylisé sur fond ivoire.
Un appel à la liberté, avait-elle pensé en prenant le risque de la conserver.

Selon son amie Natacha, qui lui avait fait connaître
l'asile de la Bonne Espérance, l'une des personnes qui
se trouvaient à l'autre bout du fil était le frère de Chloé.

Si c'était vrai, pourvu qu'il ne la rende pas responsable de l'agression de Chloé, se dit Esméralda en composant le numéro. Parce que cet homme était désormais sa dernière chance.

Elle attendit, tremblante, en essayant d'oublier la douleur que lui causait le simple fait de respirer. Lorsqu'on décrocha, elle dit dans un souffle :

— J'ai des ennuis. Pouvez-vous m'aider ?

15

La Torre, Coronado Shores

— Tu as faim ? demanda Mike.

Chloé n'était toujours pas redescendue du septième ciel. Elle comprit à peine ce qu'il disait. Couchée sur lui avec ses pectoraux en guise d'oreiller, elle n'avait pas vraiment entendu ses paroles, seulement leur écho dans sa poitrine.

— Tu m'entends ? Tu veux manger quelque chose ?

Le picotement de sa barbe rêche contre sa joue la ramena à la réalité. Manger lui semblait le cadet de ses soucis mais, au même moment, son estomac cria famine.

— On dirait que j'ai faim, reconnut-elle. Qu'est-ce que tu as à m'offrir ?

Elle ne reconnut pas sa propre voix. Avait-elle jamais eu ces inflexions rauques et sensuelles ? En souriant, Mike lui prit la main et la posa sur son sexe.

Il était à nouveau dur. Chloé était fatiguée, mais Mike semblait doté d'une énergie inépuisable. Elle le sentit grossir encore et s'animer sous ses doigts.

Il poussa un soupir, elle était en train de lui faire du bien.

— Si tu veux manger, tu as intérêt à arrêter, dit Mike.

— Les hommes sont vraiment différents des femmes, répondit Chloé d'un ton songeur.

Sa main montait et descendait lentement le long de la hampe, et l'énorme gland passa du rose au pourpre. Ce membre en érection était la chose la plus fascinante qu'elle eût jamais vue. Mike se cambra, l'encourageant à l'empoigner plus vigoureusement.

— Les hommes différents des femmes ? se moqua gentiment Mike. La belle découverte !

— Je veux dire que le désir chez les femmes est plus discret, moins flagrant, expliqua Chloé. Et puis nous autres, nous savons nous reposer. Je n'ai pas beaucoup d'expérience, mais j'ai l'impression que chez toi, le rut est permanent.

C'était une piètre plaisanterie, elle s'en rendit compte en le voyant s'assombrir. Il lui saisit le poignet pour qu'elle arrête de le caresser.

— Je... commença-t-il, je ne suis pas comme ça, je...

Il s'interrompit, incapable de trouver les mots. Chloé comprit. Combien de fois n'avait-elle pas eu envie de dire des choses qui étaient restées coincées dans sa gorge ? Elle lâcha à regret le sexe de Mike. Il voulait dire quelque chose et ne savait pas comment. Pour éviter de le distraire, elle s'assit dans le lit et se couvrit avec le drap. C'était le moment de parler et non de faire l'amour. Elle lui prit la main, la garda dans les siennes. Elle la trouvait presque aussi fascinante que son sexe, et elle lui procurait presque autant de délices. Elle était grande et large, rude et un peu calleuse. D'une force inouïe, avec sur le dos des veines épaisses en relief. Une vraie main d'homme.

— Il y a quelque chose que tu veux me dire, Mike ? murmura Chloé.

Il poussa un bruyant soupir avant de se retourner vers elle.

— Oui, c'est vrai, dit-il. Le moment est sans doute mal choisi, mais il n'y a pas de bon moment pour raconter ça. C'est dur à dire parce que ce n'est pas très joli. Je dois t'avouer que j'ai couché avec beaucoup de femmes.

Elle sourit. Il avait l'air tellement solennel, et emprunté...

— Je sais, Mike, Ellen et Nicole me l'ont dit et, pour ne rien te cacher, Harry aussi. Ils m'ont dit clairement que tu étais un coureur de jupons.

C'était une manière délicate de dire les choses.

— Mais pas pendant les six derniers mois, dit Mike avec un air buté, comme s'il s'attendait à être contredit. Pas une seule fois depuis le jour où je t'ai rencontrée.

Après cela, le silence s'éternisa et finit par devenir pesant. Mike était tendu et mal à l'aise, sur la défensive. Chloé posa sa main sur sa poitrine. Le cœur de Mike battait à tout rompre.

— Tu as quelque chose à dire, et j'ai l'impression que c'est pénible pour toi, murmura-t-elle. Mais je ne suis pas pressée. Je peux attendre. Une autre fois...

— Non ! s'exclama-t-il. Non, maintenant.

Il baissa les yeux. Son érection n'avait pas diminué.

— Donc, j'ai un gros appétit sexuel. Je suis encore relativement jeune, en bonne santé. Avoir envie de sexe, ça va avec, pas vrai ?

Une goutte de sueur brilla à sa tempe.

— Oui, ça va avec, acquiesça Chloé pour l'encourager.

— Eh bien, non ! fit Mike entre ses dents. Pendant toutes ces années, ça n'a jamais été un plaisir. Ce n'était jamais bien. C'était même… malsain. Comme un poison qui se répandait en moi, dont je devais me purger. Une tension qui s'accumule, s'accumule, et je ne pouvais pas rester en place. J'étais possédé. Il fallait que je fasse quelque chose pour exorciser ça. Alors, je sortais et, comme par hasard, j'atterrissais toujours dans un bar, le genre d'endroit où vont aussi les femmes qui cherchent un type pour la nuit. Je dois avoir quelque chose de spécial, parce qu'à chaque fois, ça marchait, j'en trouvais une. Presque toujours, c'était elle qui m'abordait. Au bout de quelques minutes, il y en avait une qui buvait dans mon verre. Je n'ai jamais payé. Ni prostituées, ni femmes mariées. C'était ma règle…

— Ça limite le choix…, glissa-t-elle.

— On s'imagine ! Mais ça m'en laissait encore beaucoup. Alors, j'attrapais la première nana baisable qui passait à portée… Excuse-moi, je suis grossier, mais il n'y a pas d'autre façon de dire les choses.

Elle sentit la main de Mike se crisper entre les siennes. Lorgna vers le bas de son ventre, où le sexe vibrait, sans rien perdre de sa raideur.

— C'est OK, Mike, dit-elle d'une voix douce et qui se voulait rassurante.

Il secoua la tête.

— Non, ce n'est pas OK, ç'en est même loin.

Il prit une profonde inspiration

— Donc, enchaîna-t-il, je partais avec une femme. On allait chez elle, de préférence, parce que, comme ça, je n'avais pas besoin de la foutre dehors après. Et on baisait comme des bêtes. Je pouvais faire durer aussi longtemps qu'elle voulait. Un jour, j'ai appris que deux Marines que je connaissais avaient sauté sur une mine en Irak. Je suis sorti, je me suis trouvé trois nanas et je les ai baisées pendant vingt-quatre heures d'affilée, comme ça, sans débander. J'étais dans le brouillard. En plus de ça, j'avais trop bu. Il fallait à tout prix que je picole et que je baise, sinon je risquais de…

Encore une fois, sa gorge se noua. Il avait les yeux rouges et sa respiration était haletante.

— De mourir ? suggéra Chloé.

— Quoi ?

— Tu risquais de mourir, sans cela ?

C'était l'histoire classique. Elle l'avait souvent entendue, lorsqu'elle avait fait du bénévolat à Londres. Les moyens changeaient mais le mécanisme était toujours le même. Cocaïne, héroïne, alcool, sexe. C'étaient les drogues les plus répandues, mais il y en avait d'autres. Certains dépensaient leur argent jusqu'à ce qu'ils soient ruinés et, même ruinés, ils dépensaient encore. On tombait toujours sur les mêmes choses. La drogue, quelle qu'elle soit, apparaissait comme un remède contre le néant. Jusqu'à ce qu'on découvre que c'était elle, le néant.

Chloé ne supportait pas l'alcool. Autrement, elle serait peut-être devenue alcoolique, simplement pour remplir le vide de sa vie. Le cas de Mike lui semblait simple. Il avait vu sa famille massacrée lorsqu'il était enfant. Tous étaient morts et il était vivant. Il faisait tout son possible pour ne jamais être obligé de s'en souvenir.

— Non, absolument pas ! s'écria Mike. Ça n'est pas du tout ça !

Brusquement, il se leva. Ses veines saillaient et il serrait les poings.

— J'ai picolé et j'ai baisé pour ne pas mourir ? Ce serait dingue. Et je ne suis pas dingue !

— Non ! Bien sûr que non ! protesta timidement Chloé. Je n'ai jamais dit ça !

Elle replia les jambes et enroula ses bras autour de ses genoux. Elle comprenait la violence de sa réaction. Elle n'avait pas peur de Mike, en aucune façon, mais instinctivement elle se recroquevillait en présence d'un homme imposant et agité.

Mike se mit à faire les cent pas dans la pièce, nerveux et ébouriffé. Chloé le regardait aller et venir. Elle aurait voulu l'aider, mais c'était impossible. Il fallait qu'il résolve ça seul. Mike résistait.

— Je n'avais pas peur de mourir si je ne baisais pas. C'est des bêtises, tout ça ! Mais j'avais cette force en moi, mauvaise et incontrôlable. Ça s'accumulait et, à un moment donné, il fallait que ça sorte, sinon je risquais d'exploser. Je ne me suis senti bien qu'à la guerre. Quand on évite les balles, on ne pense à rien d'autre. En position de combat, j'étais Superman, une fois, je suis resté pendant trois jours couché sur le ventre, bien camouflé, en attendant le moment de tirer. Je savais que je disposerais d'une minute pour atteindre ma cible, une minute, pas plus, et que ça pouvait être n'importe quand pendant ces soixante-douze heures. Alors, j'ai attendu sans manger, sans dormir, l'œil collé à ma lunette de visée. Je n'ai pas bougé d'un millimètre. Pour boire, j'avais une gourde et une paille. Pendant tout ce temps, crois-moi, je n'ai pas pensé une seule fois à ma queue. Mais, quand je suis rentré au pays, elle s'est mise au garde-à-vous et elle y est restée.

Il l'empoigna et la secoua. Elle était toujours dressée, collée à son nombril.

— Je suis vraiment désolé pour ce qui est arrivé à ta famille, Mike, dit Chloé tout à trac.

Il s'immobilisa brusquement, vacillant comme s'il venait de recevoir une balle en plein cœur. Avait-elle dépassé les bornes ? L'espace d'une seconde, elle le craignit. Il avait l'air égaré, et stupéfait.

— Tu étais au courant ?

Elle acquiesça d'un hochement de tête.

Mike demeura figé, puis se frotta les yeux, comme s'il émergeait d'un cauchemar. Lorsqu'il revint s'asseoir au bord du lit, ses joues étaient mouillées de larmes.

— C'est gravé dans ma mémoire. Je ne cesse de revoir la scène. Je la revois presque toutes les nuits. Quelquefois, j'appréhende de dormir parce que je sais d'avance que je vais tout revoir dans mes cauchemars.

— Oui, murmura Chloé. Je sais. Tu as envie d'en parler ?

Mike regarda le sol pendant si longtemps qu'elle se demanda s'il ne valait pas mieux le laisser seul. Mais, lorsqu'elle fit mine de se lever, il lui saisit le poignet.

— Non, ne pars pas !

Elle reprit sagement sa place.

Ils restèrent comme ça longtemps, jusqu'à ce qu'enfin, Mike évacue sa tension dans un énorme soupir.

— Je n'en ai jamais parlé, dit-il. Jamais. Sam et Harry connaissent les grandes lignes. Sam, Harry et moi, on s'est connus chez le vieux Hughes. J'étais un sale gosse, il faut bien le dire. Je m'étais déjà fait virer de quatre foyers d'accueil. À l'époque, j'aurais été bien incapable d'en parler. Et même si j'avais eu besoin de me confier, Sam et Harry n'auraient pas forcément été disposés à m'écouter. Ils avaient bien assez de leurs misères sans s'occuper de celle des autres ! La mère de Sam l'avait jeté aux ordures alors qu'il n'était encore qu'un bébé. Quant à la mère d'Harry, c'était une dingue avec un faible pour la drogue et pour les drogués.

Il s'interrompit quand il se rendit compte de ce qu'il venait de dire et regarda Chloé.

— Oh, mon Dieu, c'était aussi ta mère. Je te demande pardon, chérie.

Chloé hocha la tête. C'était déplaisant à entendre, mais vrai. Sa mère avait été exactement comme Mike venait de le dire : une pauvre folle, toxicomane, abonnée à un certain type d'hommes, des toxicos comme elle, de préférence violents.

— Qu'est-ce que j'aurais bien pu leur dire ? reprit Mike. Tous les deux, ils avaient grandi dans la misère, sans amour. Tu aurais voulu que je leur parle de ma famille ? De la famille que j'avais perdue ? Mon père et ma mère, ils étaient formidables. Les meilleurs parents du monde. Je ne m'en rendais pas bien compte, faute d'éléments de comparaison. J'étais môme. Pour moi, tous les maris aimaient leur femme et toutes les femmes aimaient leur mari. Et tous les parents aimaient leurs gosses. Mon père était ingénieur dans l'aéronautique. Il dessinait des pièces pour les moteurs d'avion. Il avait une petite entreprise qui faisait de la sous-traitance pour Boeing. Ma mère était prof. On était cinq. J'avais deux frères, Eddie et Jeff, douze et quatorze ans. J'étais le dernier. Plutôt petit pour mon âge. Dans la famille, on me taquinait gentiment. Mais, en dehors de la famille, personne ne me cherchait des noises, parce que j'avais mes deux frères pour me protéger. Les Keillor, il ne fallait pas les chatouiller !

Il rit en secouant la tête.

— Je pensais que nous étions une famille comme toutes les autres, mais c'était loin d'être le cas.

Cinq personnes qui s'aimaient, ça n'est pas si fréquent que ça.

Chloé essaya d'imaginer la vie au milieu d'une famille unie. Elle en avait eu un avant-goût depuis six mois. Mais, en avoir profité depuis sa plus tendre enfance, n'avoir jamais rien connu d'autre, et le perdre brutalement, il y avait de quoi vous ébranler l'esprit.

Mike s'était remis à fixer le sol.

— Tu veux bien me raconter ce qui s'est passé ?

Il lui décocha un rapide coup d'œil en coin. Chloé afficha un visage impassible, comme elle savait si bien le faire. Mais c'était dur de ne pas réagir, en voyant la souffrance inscrite sur les traits de Mike.

— Oui, je veux bien, répondit-il. C'est quelque chose que je n'ai jamais raconté à personne, sauf des bribes.

Il s'éclaircit la voix, prit une profonde inspiration et commença :

— J'avais dix ans. C'était un samedi, le 12 mars, et nous allions à la plage. Papa s'est arrêté dans une station-service pour faire le plein. Une station-service qui faisait aussi épicerie et drugstore, tu vois le genre ?

Il lui tournait le dos mais Chloé acquiesça quand même d'un hochement de tête.

— On s'est aperçu qu'on avait oublié le ballon de volley à la maison. Maman a dit qu'il était usé, de toute façon, et qu'on ferait aussi bien d'en acheter un neuf. Alors, on est entrés, on a acheté le ballon de volley et tant qu'on y était on a pris aussi deux raquettes de badminton et un volant, et puis cinq Coca-Cola. Je voulais des Snickers, mais ma mère a mis le holà. Elle avait préparé des sandwichs et elle n'aimait pas que nous mangions trop de sucreries. J'ai regardé mes frères d'un air suppliant, dans l'espoir qu'ils achèteraient des barres de Snickers en cachette de maman et qu'ils me les refileraient en douce, mais ils ont fait semblant de ne pas comprendre. Pas de Snickers ! J'ai piqué ma crise et je suis parti en courant vers le fond du magasin. J'étais le benjamin de la famille et particulièrement gâté. Je ne savais pas ce que j'avais en tête, peut-être piquer les Snickers et les fourrer dans la poche de mon short. Il faut croire que j'étais de la graine de délinquant ! Pendant ce temps-là, mon père, ma mère et mes deux frères m'attendaient près de la caisse. Ma mère m'a appelé, elle a crié : « Viens, on s'en va ! » J'étais à l'autre bout du magasin, en train de baver devant les Snickers, lorsque... lorsqu'ils sont entrés.

Ils, c'est-à-dire les assassins de sa famille. Chloé perçut le frisson de Mike.

— Ils étaient deux. Je les voyais distinctement entre les rayons. Je les ai bien regardés parce que je n'avais jamais vu des types comme ça. Deux mecs, un grand et un petit, maigres comme des clous. Avec des dreadlocks, des grosses baskets sans lacet et des pantalons trop grands, avec la ceinture au milieu des hanches et l'entrejambe au niveau des genoux. À cette époque, c'était nouveau. C'était bien avant que tous les mômes du pays se mettent à s'habiller comme des taulards ! De mon point de vue, c'était des bêtes curieuses, rougeaudes, avec de la morve qui leur coulait du nez. Ils se disaient des choses qui n'avaient ni queue ni tête, et ils rigolaient comme des imbéciles. Ils roulaient les yeux comme des caméléons. Il y a quelques années, lorsque j'étais encore dans les SWAT, j'ai eu accès au dossier. Ces deux résidus de fausse couche étaient pleins de cocaïne, avec deux grammes d'alcool. Ils marchaient vraiment au radar.

Il joignit les mains entre ses genoux, la tête basse.

— J'ai lu les minutes du procès. L'un des avocats a plaidé que le résidu de fausse couche n° 1 avait eu son libre arbitre altéré par la drogue et l'alcool, qu'il n'avait pas eu la moindre notion de ce qu'il faisait et qu'il s'était contenté de suivre son pote... Le résidu de fausse couche n° 2.

— Le juge a gobé ça ? demanda Chloé.

— Dieu merci, non ! Le juge était un homme raisonnable. Il leur a flanqué le maximum. Quarante ans de taule chacun. Pas de jaloux !

— Bien fait ! dit Chloé. Donc, ils sont entrés dans le magasin. Et ?

— Et ils ont demandé au caissier d'ouvrir le tiroir de la caisse enregistreuse. Moi, je les ai catalogués comme des excentriques et je suis retourné aux Snickers.

Le ton de Mike était devenu plus amer.

— Ma famille était en danger et je ne pensais qu'à piquer des cochonneries de bonbons !

— Tu n'étais qu'un gamin, dit Chloé en profitant de l'occasion pour le masser entre les omoplates. Et comment aurais-tu pu deviner ce qui se tramait ?

Mike secoua la tête, pour se débarrasser de ses idées noires.

— Le caissier n'était pas bête. Il a vidé son tiroir-caisse. Il y avait 137 dollars et 32 *cents*. Le prix de ma famille. Même pas 140 sacs ! 28 dollars par tête en comptant le caissier. Lorsqu'ils ont vu le peu qu'il y avait, ils sont devenus dingues. Ils se sont mis à gueuler. Le plus grand des deux a sorti un flingue. Le gars derrière la caisse, un gamin de dix-neuf ans – il en paraissait douze sur les bandes vidéo – a senti le danger. En tremblant, il a vidé ses poches. Il y avait moins de 10 dollars. Les deux tas de merde ont gueulé de plus belle. Cette fois, j'ai compris qu'il se passait quelque chose d'anormal. Je me suis avancé dans l'allée pour voir à quoi ça rimait, tout ça. Mon père m'a fait signe de ne pas m'approcher. Celui qui était armé, il s'était mis à brandir son flingue dans tous les sens. De temps en temps, il le braquait vers ma famille. Papa était devant, les bras écartés, maman et mes deux frères derrière lui.

Chloé continuait de le caresser entre les omoplates.

— J'ai eu l'impression que ça durait une éternité, poursuivit-il. Presque comme dans un film au ralenti, mais encore plus lent que ça. Pourtant, d'après l'horloge des caméras de sécurité, ça a duré en tout et pour tout deux minutes quarante.

Deux minutes quarante qui avaient changé irrémédiablement le cours de sa vie. Mike n'avait pas besoin de le dire.

— Le caissier a passé la main sous le comptoir pour appuyer sur l'alarme silencieuse. Le pourri avec le flingue a tiré au même moment. La tête du garçon a explosé comme une pastèque. J'en revenais pas… J'étais tétanisé. Incapable de bouger d'un centimètre. Et puis, le type s'est retourné vers ma famille et il a commencé à tirer. Il avait un semi-automatique. Les douilles giclaient et tournoyaient et roulaient par terre. Il tirait… tirait. Il les a abattus comme des animaux. Ils sont tombés les uns sur les autres. Mon père au-dessus, les bras écartés. Il avait essayé de les protéger jusqu'à la dernière seconde. Le deuxième pourri a glissé dans leur sang et s'est retrouvé à plat ventre. Il riait comme un fou.

Chloé se représentait la scène – cet homme, cette femme et ces deux garçons, morts, leurs corps entassés, le sang, le tireur, le petit garçon survivant, horrifié.

— J'étais bon au base-ball, poursuivit Mike. Vraiment bon. Quand on me demandait ce que je voulais faire plus tard, je répondais : joueur de base-ball professionnel. J'étais un bon lanceur, puissant et précis. J'ai attrapé des boîtes de conserve et je les ai lancées de toutes mes forces, sur l'enfoiré avec le flingue pour commencer, et puis sur l'autre, qui était encore à se tordre de rire dans le sang de mes parents. Le tireur, je l'ai eu du premier coup, en plein sur la tempe. Je l'ai envoyé au tapis pour le compte. Celui qui était par terre, je ne l'ai pas raté non plus, tu t'en doutes. Ils étaient K-O mais je ne me suis pas arrêté. J'ai continué de les bombarder avec des boîtes de conserve. Je visais à la tête. Je leur ai tout cassé, mâchoires, nez, pommettes. Je hurlais, je ne me contrôlais plus. Leurs sales gueules, j'en aurais fait de la bouillie. Je crois que j'aurais fini par les tuer si un grand type en uniforme n'était pas arrivé à temps pour m'en empêcher.

— La police ?

Mike marqua une courte pause, le temps de reprendre haleine.

— Oui, confirma-t-il. Le flic m'a saisi doucement par le poignet, il m'a retiré de la main la boîte que je m'apprêtais à lancer et ça a fini comme ça. Ce qui s'est passé ensuite, je ne m'en souviens plus très bien. Ils ont cherché si j'avais de la famille mais ma mère et mon père étaient tous les deux des enfants uniques et mes quatre grands-parents étaient morts. On m'a désigné un tuteur qui devait gérer les biens de ma famille et qui a tout dilapidé. On m'a mis dans un foyer d'accueil et puis un autre et puis encore un autre. Je me bagarrais tout le temps. Je me suis fait une réputation de teigneux. J'ai fini dans le pire foyer d'accueil de l'État, le seul qui acceptait de prendre les gosses à problèmes, parce que ça payait mieux. La maison était dirigée par le dénommé Hughes, un sadique de la pire espèce. Heureusement que Sam et Harry se trouvaient là. On a fait alliance contre le vieux Hughes. Je me suis engagé dans les Marines dès que j'ai eu l'âge légal.

— Je suis désolée, Mike, dit Chloé.

Les mots ne voulaient pas dire grand-chose, mais ils étaient dits avec le cœur. Parce qu'il venait de raconter l'histoire d'un jeune garçon dont l'univers en un instant avait été détruit.

— Ça n'aurait jamais dû arriver, dit Mike d'une voix sourde.

— Quoi ?

— Ça n'aurait jamais dû arriver. Si je n'avais pas fait un caprice, nous aurions déjà été en route vers la plage lorsque ces deux enflures sont entrées dans le magasin. Ma famille a été massacrée parce que je voulais absolument une barre de Snickers. Ma mère, mon père, mes deux frères, morts à cause de moi.

Chloé resta interdite, scandalisée par ce qu'elle venait d'entendre. Elle se pencha pour voir le visage de Mike mais il gardait la tête obstinément baissée.

— Ce n'était pas ta faute, Mike ! protesta-t-elle. Rien de tout cela n'est ta faute. Tu ne penses pas sérieusement qu'à dix ans tu aurais pu arrêter deux drogués, dont l'un était armé !

— Nous aurions dû être repartis. C'est à cause de moi si…

— Tout ça n'a pas de sens, c'est de la pensée magique ! s'exclama Chloé en l'interrompant. Tu as dit toi-même que tout s'est passé très vite. Si tu n'avais pas été en train de saliver devant les Snickers, tes parents et tes frères auraient quand même été près de la caisse. La seule différence, c'est que tu aurais été avec eux et que tu serais sans doute mort aussi.

À ces mots, elle le sentit tressaillir sous sa main et comprit quelque chose : il regrettait de ne pas être mort avec le reste de sa famille. Le fait d'avoir survécu n'était pas une consolation pour lui. Son chagrin était intact et il se sentait toujours coupable.

Chloé, pendant toute son enfance et jusqu'à une époque récente, s'en était voulu parce que ses parents ne l'aimaient pas. Ils n'avaient même jamais essayé de faire semblant. Elle s'en était rendue responsable et elle se l'était reproché chaque jour. Chaque jour, elle s'était demandé ce qu'elle avait fait de mal. Elle avait redoublé de sagesse et d'obéissance lors des rares visites de sa mère. Chaque fois qu'elle avait vu son père, environ une fois par an, elle avait essayé d'obtenir de lui une marque d'affection. Ça n'avait jamais marché.

Que fallait-il faire pour mériter l'amour de ses parents ? Elle avait scruté le visage de sa mère à la recherche d'indices. En vain. La seule explication possible, c'était qu'elle avait un défaut de fabrication qui la rendait indigne d'amour. Tout était de sa faute.

Chloé savait ce que c'était que d'être la vraie victime et de se sentir coupable de tout. Elle avait le cœur plein de compassion pour Mike, qui avait eu toute sa vie le remords d'une faute imaginaire.

Il avait détourné le visage, mais Chloé vit quand même ses yeux rouges et ses joues sillonnées de larmes.

— Mike, murmura-t-elle, submergée par une vague de tendresse.

Elle le poussa par l'épaule. Il était massif et puissant. Elle n'aurait pas pu le forcer à se retourner vers elle, mais c'est pourtant ce qu'il fit.

Son visage défait, exténué, lui fit mal. Elle l'embrassa, le couvrit de baisers.

— Pose ton fardeau, chéri. Il y a trop longtemps que tu le portes.

Elle voulut l'enlacer, le sentit trembler.

240

— Ce n'est pas à toi d'avoir des remords, dit-elle encore.

À cet instant, il fut violemment secoué par une espèce de séisme. Un spasme le parcourut. C'était ses vieux démons qui s'enfuyaient. Aussitôt après, il eut l'air plus serein, sa respiration se calma. Il prit Chloé par les épaules, la fit pivoter, la coucha sur le lit et s'allongea sur elle. Un peu surprise, Chloé, d'instinct, se prépara à le recevoir. Elle l'enlaça avec ses bras, lui enroula ses jambes autour de la taille, et le serra contre elle.

Il l'embrassa avec voracité, comme si la bouche de Chloé avait recelé quelque chose de vital pour lui. Et puis, il releva la tête une seconde. Il glissa ses mains dans ses cheveux et la prit par la nuque. Ses grandes mains l'immobilisaient, la tenant fermement, comme s'il y avait eu le moindre risque qu'elle esquive son baiser.

Alors qu'elle mourait d'envie d'être embrassée…

— Je t'ai dit tout à l'heure que les coucheries m'avaient longtemps servi de béquille, murmura-t-il. Tu te demandes peut-être si là, maintenant, ce n'est pas encore la même chose. Je te jure que non.

Il secoua la tête et insista :

— Ce n'est pas la même chose, non. Mais, pour être franc avec toi, je ne sais pas au juste ce que c'est. J'en ai besoin, c'est tout. J'en ai besoin tout de suite. Plus que tout au monde. J'ai besoin de ça. J'ai besoin de toi.

Chloé le dévisagea. Elle n'avait encore jamais vu chez quiconque ce feu de passion dévorante qui brûlait présentement dans les yeux de Mike.

La gorge sèche, elle hocha la tête. Sous les paumes, Mike s'ébroua, poussa un soupir.

— Ouvre-toi, dit-il d'une voix sourde.

Machinalement, elle regarda plus bas, vers le milieu de leurs corps, mais tout ce qu'elle vit fut la musculeuse poitrine de Mike, ces pectoraux magnifiquement dessinés et couverts d'une toison châtain foncé.

— Je vais te pénétrer, reprit-il, mais je ne veux pas ôter mes mains. Ouvre tes jambes ! Guide-moi !

Il se souleva un peu et elle put voir son sexe, si gros qu'il lui fit un peu peur. Le moment était mal choisi pour avoir peur, et Chloé, qui avait eu peur toute sa vie, n'allait pas avoir peur maintenant !

Elle faufila ses mains entre eux, écarta les cuisses et sépara les lèvres de sa fente, les étirant. Les chairs humides s'écarquillèrent. Elle saisit alors le sexe de Mike, que le seul contact des doigts refermés dessus en anneau fit sursauter. Il se força à demeurer immobile, ses grandes mains derrière la tête de Chloé. Il ferma les yeux et retint son souffle.

Elle plaqua le membre contre sa vulve, le guida, basculant le bassin légèrement vers l'avant. Le gland vint s'ajuster à sa cible avec une merveilleuse précision. Alors elle murmura à l'oreille de Mike :

— Viens, maintenant.

Avec un grognement issu du fond des entrailles, il la pénétra d'une poussée rectiligne. Il la remplit complètement et aussitôt elle sentit sa propre chair se modeler pour l'accueillir.

— Ça va ? demanda-t-il.

Une goutte de sa sueur tomba sur la poitrine de Chloé. Elle releva les jambes, se cambra pour s'ouvrir davantage. Il s'enfonça encore plus loin en elle. Elle voulait qu'il se sente le bienvenu.

— Oh oui ! murmura-t-elle en le prenant par les fesses. Fais-moi l'amour, Mike !

Il fut trop content d'obéir. Pour commencer, il alla lentement, avec mesure, la caressant en dedans et au-dehors. Il allait et venait en elle et il lui enfonçait sa langue dans la bouche au même rythme. Leurs sexes et leurs bouches faisaient les mêmes bruits mouillés, scandant leur halètement.

Chloé s'abandonna aux coups de reins amples et réguliers de Mike. Elle ne pensait plus, et l'orgasme la prit totalement par surprise. Les vagues du plaisir la portaient, chacune plus forte que la précédente, au rythme d'un ressac qui cognait en elle. Et soudain, elle se sentit projetée plus haut, la vague culmina et la jouissance déferla, sans prévenir. Son corps fut parcouru par une brusque décharge électrique. Un spasme qui déborda de son sexe pour embraser tout son corps. Elle ne se contrôlait plus. Ses mouvements étaient désordonnés, sa respiration saccadée. Une marionnette désarticulée entre les mains d'un marion-nettiste ivre !

Elle se retint à Mike, c'était la seule chose stable au milieu de ce chaos. Derrières ses paupières closes, des éclairs fulguraient. Elle poussa un cri et se contracta autour du membre fiché en elle. Prise d'une sorte de vertige, elle s'agrippa à Mike aussi désespérément que si un abîme béait au-dessous d'elle.

En ponctuant de plaintes sourdes son mouvement de va-et-vient, Mike coulissait en elle de plus en plus vite, de plus en plus fort. Chloé perdit la notion du temps. Elle ne sentait plus les limites qui séparaient leurs corps. Pendant un long moment, ils ne firent plus qu'un.

Le monde parut se stabiliser progressivement, les contractions s'espacèrent, Chloé eut la sensation de revenir tout doucement à elle. Mais à ce moment, Mike explosa au fond de son ventre, libérant des jets brûlants qui criblèrent les parois de son sexe, et elle jouit de nouveau.

À la fin, elle était complètement épuisée. Leurs corps baignés de sueur exhalaient l'odeur fauve des amants qui viennent de s'unir.

Mike, la tête enfouie dans l'oreiller, respirait laborieusement. Il s'était complètement abandonné.

Chloé ressentit une énorme bouffée de tendresse. Ce moment de merveilleuse et puissante fusion qu'ils venaient de partager, elle ne croyait pas qu'il l'eût connue auparavant avec ses innombrables partenaires. Ça ne marchait pas comme ça.

Mike était aussi bouleversé qu'elle par ce qui venait de se passer. Après lui avoir fait le récit du massacre de sa famille, l'aveu de sa honte et de ses remords, il était submergé par ses émotions, remué au plus intime. Il n'avait pas envie de parler, ni même de la regarder. Ou alors, il n'osait pas.

Chloé était à même de comprendre ce qu'il éprouvait. Elle respecta son silence, noua ses bras autour de son cou. Elle était résolue à veiller sur lui. Personne ne connaîtrait jamais les faiblesses de Mike. C'était leur secret.

Il l'avait protégée. En retour, elle le protégerait.

— Dors, mon amour, murmura-t-elle en lui caressant les cheveux, ainsi qu'on le fait à un enfant vulnérable.

Elle se promettait de veiller sur lui, mais fut vite rattrapée par sa propre fatigue.

Cinq minutes plus tard, elle s'endormait en serrant Mike contre son cœur.

16

Esméralda serrait dans sa main la clé USB. Elle véri-
fia pour la dixième fois que l'adresse qu'elle avait gri-
bouillée sur un bout de papier correspondait à celle
gravée sur la plaque de cuivre fixée à côté de la porte
de l'immeuble.

Elle ne s'était jamais aventurée dans cette partie de
la ville. Pourquoi l'aurait-elle fait ? Il n'y avait pratiquement que des immeubles de bureaux, par ici. Les
gens qui franchissaient les immenses portes vitrées
étaient pour elle comme des Martiens.

Elle se redressa, plus déterminée que jamais. Cette
période de sa vie s'achevait ici et maintenant. Les gens
qu'elle avait appelés au téléphone aidaient des femmes
à disparaître. Ils avaient aidé deux femmes de l'asile de
la Bonne Espérance, c'est comme ça qu'elle avait eu la
carte de visite.

Si elle ne réussissait pas à les persuader d'aider une
pute, elle se passerait d'eux, même si elle ne savait pas
comment. Elle avait vingt mille dollars économisés en
cachette. Mais pas de papiers d'identité.

Elle était une clandestine. Elle n'avait jamais été en
règle. À supposer qu'elle parvienne à franchir la

frontière, ce qui était hautement improbable, elle ne serait pas en règle non plus au Mexique. Elle ne saurait pas où aller.

Tout bien pesé, il faudrait qu'ils soient fous pour l'aider. Elle ne pouvait leur valoir que des ennuis.

D'un autre côté, peut-être que le petit objet qu'elle serrait dans son poing valait quelque chose pour eux. Elle pourrait le leur donner en échange de leur aide.

Des gouttes de sueur coulaient dans le dos, comme souvent lorsqu'elle avait peur. Alors, Esméralda se comporta comme chaque fois qu'elle avait peur : elle fit semblant d'avoir du courage. Plaquant un sourire sur ses lèvres, elle franchit la porte.

Mike avait été soldat pendant une grande partie de sa vie. Les soldats ne se réveillent pas en douceur, persuadés que le monde est un endroit merveilleux. Ils rouvrent brusquement les paupières, tout de suite sur le qui-vive, lucides, prêts au combat, parce qu'ils savent que le monde est plein de gens qui ne leur veulent pas que du bien.

À la guerre, la loi de la sélection naturelle joue à plein. En cas d'attaque-surprise, seuls survivent ceux qui sont capables de passer en une fraction de seconde d'un sommeil de marmotte à une vigilance de lion. Les autres ne font pas de vieux os.

Les vieilles habitudes ne sont pas faciles à perdre, surtout quand elles sont du genre qui sauve la vie. Mike n'était plus soldat mais il se réveillait toujours en un éclair, avec une bonne excuse pour ne pas s'attarder auprès de la femme avec laquelle il venait de passer la nuit.

En général, il était sombre et mélancolique. Et surtout pressé de rentrer chez lui. Où il serait tout aussi sombre et mélancolique – mais peinard !

Maintenant, ce n'était pas comme d'habitude. Maintenant, il se sentait en pleine forme. Il n'était pas pressé de sauter du lit et de s'esquiver. Il n'était même pas pressé d'ouvrir les yeux. Non, il n'avait pas envie de s'en aller. Pas avec le joli corps gracile de Chloé couché en travers du sien.

Désormais, nul besoin de faire un effort de mémoire pour se rappeler le nom de sa compagne de lit. Parce que ce n'était plus n'importe quelle femme. C'était Chloé.

Le soleil brillait. Il le savait parce que l'intérieur de ses paupières était badigeonné d'or.

Il se sentait propre, purifié. Débarrassé de cette bile noire qui l'empoisonnait depuis toujours. Il ne s'était jamais senti aussi léger. L'ancien Mike avait été réduit en cendres cette nuit et, à sa place, il y avait un nouveau Mike, prêt à attaquer la journée le sourire aux lèvres.

Quand était-ce, la dernière fois qu'il avait attaqué une journée le sourire aux lèvres ? Il se sentait un peu comme un puceau qui vient de faire l'amour pour la première fois. En réalité, il ne se souvenait pas bien de sa première fois. Ils avaient fait ça debout, dans une encoignure. Il n'était déjà pas très regardant à l'époque !

Il avait peut-être été initié au sexe à dix-sept ans par une étudiante, mais c'est seulement avec Chloé qu'il commençait l'exploration du plaisir. Du plaisir partagé.

Chloé, qui était belle et intelligente et douce.

Et chaude comme la braise.

Quelle chance il avait !

— Mike ? murmura Chloé.

— Oui ? fit-il en ouvrant les yeux.

Elle s'écarta doucement de lui. Il aurait voulu la retenir, mais sa main retomba mollement sur le matelas.

— Mike Keillor, tu m'as promis par deux fois de me nourrir et j'ai toujours aussi faim, dit Chloé sur un ton de réprimande. Tu devrais avoir honte. On peut mourir de faim chez toi.

Mike referma les yeux et s'intéressa aux inflexions de la voix. Les mots, au loin, rendaient un son mélodieux. Quant à savoir ce qu'ils voulaient dire…

Les draps glissèrent, le lit se creusa à peine, et les pieds nus de Chloé s'éloignèrent avec grâce.

Puis de la douche lui parvinrent des sonorités claires et apaisantes.

— Bon ! s'exclama Chloé en revenant dans la chambre. Je sais ce qui me reste à faire. J'espère que je trouverai de quoi faire.

Mike l'entendit s'éloigner. Puis ses neurones se remirent à fonctionner, et il sauta du lit, enfilant un peignoir. Chloé dans une cuisine, c'était l'assurance d'un désastre qu'il valait mieux éviter… Elle était nulle en cuisine, mais, par malheur, avait à cœur de prouver le contraire. Alors, elle saisissait toutes les occasions de se mettre au fourneau, et les résultats étaient désolants. Merry elle-même, pourtant prête à tout pour lui faire plaisir, devait en convenir.

Il courut à la cuisine et s'immobilisa dans l'encadrement de la porte pour la regarder évoluer dans la lumière vive. D'accord, elle n'était pas un cordon-bleu, mais qu'est-ce qu'elle était jolie !

Elle avait enfilé l'un de ses T-shirts, qui lui descendait jusqu'aux genoux. Les manches flottaient autour de ses bras comme des voiles. Elle était pieds nus, l'un posé sur l'autre tandis qu'elle s'appliquait à carboniser une tranche de pain de mie dénichée Dieu sait où. Elle avait allumé la radio sur une station qui ne jouait que des standards et elle balançait son ravissant postérieur au rythme de *Hotel California*.

On aurait dit un ange descendu du ciel pour lui cramer son café et faire des œufs broyés trop cuits, avec des bouts de coquille dedans.

Il n'avait rien dit, mais soudain elle posa la spatule dont elle s'était servie pour touiller la tambouille dans la poêle et se retourna.

La cuisine était sens dessus dessous et la nourriture sentait mauvais. Mais elle lui sourit et le cœur de Mike se dilata dans sa poitrine.

Chloé !

Tant pis. Il engagerait une cuisinière.

Le sourire de Chloé, quel homme aurait pu lui résister ? Elle lui tendit une tasse.

— J'ai préparé le petit déjeuner.

— C'est formidable, chérie.

Il but une gorgée. Bah, ce n'était pas si mal, à part le goût.

— Assieds-toi, dit-elle.

Elle posa la poêle sur le dessous-de-plat au milieu de la table, à côté d'une assiette avec les toasts brûlés. Mais elle avait joliment mis la table, avec le peu qu'elle avait sous la main. Le résultat était mignon. Mike avait encore des emplettes à faire pour s'équiper, mais telle quelle, la table avait de l'allure. Elle en eut davantage encore lorsque Chloé y fut assise.

Elle trichait, quant à elle, elle buvait du thé !

C'était une matinée splendide. Le ciel était de ce bleu qui ne s'observe qu'au-dessus de la Californie et l'océan était calme, festonné de vaguelettes bordées de dentelle.

Mike se sentait d'une sérénité à toute épreuve.

— J'aurais pu faire mieux si j'avais eu un peu plus d'ingrédients, dit Chloé. Je me suis servie de tout ce que j'ai trouvé dans ton frigo et tes placards, c'est-à-dire trois fois rien. Il va falloir aller faire des courses, qu'est-ce que tu en dis ?

Mike se figea en repensant aux événements de la veille, et toute la noirceur du monde lui revint en tête. Il prit la main de Chloé dans la sienne et choisit ses mots avec soin.

— Chérie, ça ne me plairait pas trop que tu ailles déjà te promener par monts et par vaux.

Il mesurait ses paroles. En réalité, à l'idée de Chloé se baladant en ville, à la merci d'une bande de salauds dont on ne savait rien, sauf qu'ils étaient hyperdangereux, il se sentait devenir fou.

— Tant que nous ne savons pas qui sont les types qui t'ont attaquée, j'aimerais mieux que tu restes ici.

— Dans cet appartement ? Sans sortir, même avec toi ?

— C'est plus prudent.

— Jusqu'à quand ?

— Jusqu'à ce que nous sachions qui t'a attaquée.

Chloé essaya d'argumenter.

— Mais… l'un est mort et l'autre est à l'hôpital, hors d'état de nuire à quiconque, après la raclée que tu lui as administrée. Je ne me trompe pas ?

— Non, c'est exact. Mais on ne peut pas se contenter de ça…

Un pli profond se creusa entre les sourcils de Chloé, son expression s'assombrit.

— Tu penses que je devrais rester ici indéfiniment ?

Elle n'allait pas aimer qu'il lui donne des ordres, mais c'était à lui de veiller sur elle, de la protéger. Il n'avait pas de formule magique. Seulement conscience de se sentir lié à Chloé par des liens impossibles à briser. Elle était sa famille. Il en avait déjà perdu une, la sienne. Il n'allait pas la perdre, elle. Pas question.

Comment lui dire tout ça ? Le lui faire accepter, sans autre certitude ? Jusqu'à ce que tout danger soit écarté, c'est-à-dire jusqu'à une date indéterminée…

— Le temps qu'il faudra, répondit-il d'un ton dur.

Elle qui adorait aller et venir, se promener et faire du shopping, profiter d'une liberté de mouvements dont elle avait longtemps été privée… Elle qui avait transformé son appartement en un petit paradis, alors que celui de Mike était si impersonnel, fonctionnel et nu. Comment lui faire admettre qu'elle devrait rester recluse ici, le temps que… Le temps qu'il faudrait !

— Tu veux vraiment que je reste ici jusqu'à nouvel ordre ? insista doucement Chloé.

Il voulait la rendre heureuse et il envisageait déjà de l'enfermer à double tour, sans savoir jusqu'à quand, se reprocha-t-il aussitôt. Mais en même temps, sachant ce qu'elle risquait alors qu'elle avait peut-être la mafia russe à ses trousses, comment ne pas lui interdire de s'exposer ? Il fit la grimace, prêt à affronter sa colère, ses hauts cris. Tant pis.

— Oui, répondit-il d'une voix sourde. Oui, c'est exactement ce que je veux.

Il était tendu, malade d'avance à l'idée d'une querelle avec Chloé.

— Tu penses que je serai en sûreté ici ? demanda-t-elle.

— Oui, ici plus que nulle part ailleurs ! s'écria-t-il.

Sam, Harry et lui avaient fait subir quelques petites modifications à leurs appartements respectifs. Mike avait une porte blindée. Le mur du côté du couloir était couvert de plaques d'acier dissimulées sous une couche de crépi. Toutes les fenêtres étaient à l'épreuve des balles. Il aurait fallu un lance-roquettes pour passer au travers.

Il n'y avait pas non plus d'endroit à l'extérieur où un sniper pourrait se poster. Mike était lui-même un sniper. Il avait étudié la question à fond. Il avait poussé la minutie jusqu'à sortir en mer pour tester si un tireur pouvait quand même l'ajuster, ou quiconque se trouverait chez lui, depuis le pont d'un bateau. Verdict : Non.

Pour finir, il y avait des détecteurs de mouvement sur les balcons, pour le cas où un type serait assez fou pour essayer de descendre depuis le toit.

Non, cet appartement était tout à fait sûr.

Encore fallait-il convaincre Chloé d'y rester. Elle lui prit la main et la pressa gentiment.

— J'ai passé beaucoup de temps enfermée, dit-elle. J'ai l'habitude d'être seule entre quatre murs. Rester ici en attendant que tu aies tiré les choses au clair, ce n'est pas ça qui va me tuer. Rassure-toi, Mike, je veux bien rester ici. Le temps qu'il faudra…

Mike soupira de soulagement. Chloé n'allait pas lui tenir tête par principe. Elle n'allait pas l'obliger à tenir le rôle du méchant. Il n'avait jamais vécu ça avec une femme, mais il reconnut tout de suite ce que c'était. C'était du travail d'équipe. Comme dans les Marines. Comme dans les SWAT. Comme avec Sam et Harry. Fais des efforts pour ton partenaire. Au besoin, fais un sacrifice.

Elle n'avait pas envie de rester enfermée et c'est pourtant ce qu'elle allait faire, si ça pouvait le rassurer.

Mike se détourna pour cacher ses larmes. Lui qui ne pleurait jamais ! Même à l'enterrement de sa famille, parce qu'il avait éprouvé encore plus de rage que de chagrin. Mais il avait pleuré la nuit dernière et voilà qu'il remettait ça !

— Mike ? Allons sur le balcon respirer un peu d'air frais, suggéra Chloé en souriant. Parce que je suppose que tu ne voudras même pas que j'ouvre les fenêtres quand tu seras parti ?

— Exactement.

Il ne contrôlait peut-être pas ses larmes, mais les questions de sécurité, il maîtrisait !

— Laisse-moi d'abord jeter un coup d'œil.

Il sortit sur le balcon filant, qui donnait sur l'océan. C'était ce qui l'avait décidé à l'acheter, en plus du fait que Sam et Harry habitaient déjà dans l'immeuble.

Face à la cuisine, l'espace n'était pas immense, mais suffisant pour contenir une table et deux chaises, si jamais ils avaient envie d'y prendre leurs repas. Quelque chose que Mike n'avait jamais envisagé jusqu'ici. Quand cette histoire serait finie et que Chloé vivrait avec lui, voilà ce qu'il ferait : il décorerait un petit peu, afin qu'elle n'ait pas l'impression d'habiter dans une station spatiale, et puis il mettrait une table sur le balcon pour pouvoir déjeuner dehors.

Pas la cuisine de Chloé, bien entendu. Manuela, la cuisinière de Sam, leur ferait des petits plats. Ou bien, il passerait commande chez le traiteur du coin.

Mike se pencha par-dessus le garde-corps et scruta les alentours. Il n'y avait pas âme qui vive. Rien à l'horizon, pas même un petit bateau de pêche. Pas non plus de promeneur sur la plage. Un paysage complètement désert.

— Tu peux venir, chérie. Il n'y a pas de problème.

Chloé s'accouda près de lui, respira une grande goulée d'air marin.

— Cela sent bon, dit-elle. Et les couleurs sont si intenses ! Tu as de la chance d'avoir ça sous les yeux en permanence. J'aime bien ma vue sur la baie mais là, c'est autre chose.

Il se plaça derrière elle et posa les mains sur le garde-corps, l'emprisonnant dans l'espace délimité par son corps et ses bras. Le panorama était à son goût ? Pour habiter ici, elle n'avait qu'un mot à dire, et elle pourrait l'admirer tant qu'elle voudrait.

— Je suis content que ça te plaise.

Elle lui sourit par-dessus son épaule. Il lui rendit son sourire. Il n'était plus sur les nerfs.

Relaxation complète.

Enfin, sauf une certaine partie de son anatomie. Cette partie-là n'était pas du tout relax, elle devenait même de plus en plus tendue.

Chloé contemplait l'océan. Il écarta ses cheveux, les mèches glissant entre ses doigts comme une eau vive, et l'embrassa sur la nuque. Quelle joie de la sentir frissonner contre ses lèvres !

Il ouvrit son peignoir et se colla contre elle, qui fut bien obligée de sentir son érection. Elle tourna à peine la tête, mais cambra ses fesses pour se coller à lui. Il souleva le T-shirt pour admirer son joli dos au bronzage délicatement doré, sa taille fine. Il posa sa main au creux des reins. Elle avait la peau douce, et dessous, des muscles fermes et souples à la fois. Il l'embrassa de nouveau sur la nuque, à l'endroit où un mince duvet clair se hérissait, et elle frissonna de nouveau. Elle se mit à respirer plus lentement et plus profondément.

Même si Mike avait les splendeurs de l'océan répandues devant lui, il n'avait d'yeux que pour Chloé. Sa manière d'onduler sous la caresse et de creuser les reins le rendait dur comme de l'acier.

Il était prêt. Mais elle ?

Il n'y avait qu'une seule façon de s'en assurer. Il glissa sa main sous les fesses de Chloé, aventura un doigt dans les replis de sa fente. Elle était prête, oh oui ! toute chaude et mouillée, accueillante.

Elle poussa une petite plainte et, s'il n'avait pas été un macho invétéré, il l'aurait imité ! C'était tellement excitant ! Et nouveau pour lui… Absolument inédit. Il se félicita de n'avoir jamais ramené de femme ici. Rien n'était défraîchi pour Chloé.

Il lui mordilla l'épaule, juste un peu, et la sentit tressaillir de surprise. Puis, il l'embrassa dans le cou et lorsqu'il fut tout près de son oreille, lui murmura, d'une voix rauque et sur un ton de prière bien plus que de commandement :

— Écarte les jambes !

Elle obéit, il lui passa un bras autour de la taille et, de sa main libre, il agrippa le garde-corps.

Il la tenait fermement, il se tenait fermement – rien ne pouvait leur arriver.

Avec un long soupir, il entra en elle. La chair de Chloé s'écarta peu à peu pour lui faire place. Il se mit à bouger lentement, penché sur elle. Il posa une main sur son ventre et elle le récompensa en se serrant autour de lui.

Une autre palpitation de Chloé et il s'enfonça plus profondément. Elle gémit et ses jambes tremblèrent. Mike aurait voulu passer la matinée à faire l'amour avec Chloé sur le balcon, face à l'océan, mais les choses allaient trop vite.

— Mike ! murmura Chloé, la tête pendante, les mains agrippées au garde-fou.

Il était sur le point de céder à la frénésie. Déjà les cheveux de Chloé se balançaient à chacun de ses coups de reins. Elle se pencha encore, s'offrit du mieux qu'elle put. Mike la martelait de petits coups plus courts et plus rapides. La sueur lui dégoulinait dans le dos. Il haletait.

Chloé poussa un cri qui se répercuta dans l'air du matin et commença à jouir. Campé derrière et lui donnant de véritables coups de boutoir, il ne tarda pas à se répandre en elle, à longs jets impétueux. Puis il resta courbé un long moment sur elle, le temps de redescendre sur terre. Avec un soupir de bien-être, elle renversa la tête en arrière, offerte aux rayons du soleil. Le plaisir partagé les avait fondus en un seul être et ils demeuraient soudés.

Mike murmura la formule magique :

— Je t'aime.

— Je sais, répondit Chloé.

Ils ne bougèrent plus, Chloé dans les bras de Mike, tous deux regardant la mer, parfaitement heureux. Mike poussa un juron lorsque son téléphone sonna.

— Il faut que je réponde, finit-il par dire.

À regret, il s'écarta d'elle, se retira du chaud réduit où Chloé le retenait. Son sexe se recroquevilla dans le courant d'air.

L'écran du téléphone affichait *Harry*.

— Allô ?

La voix d'Harry était sourde et anormalement grave.

— À propos des types qui ont attaqué Chloé, on a une piste. C'étaient bien des Russes, elle ne s'est pas trompée. Tu devrais venir tout de suite.

17

« Ah, ces Amerloques ! pensa Nikitine avec dégoût, tandis qu'il observait dans ses jumelles le couple en train de forniquer sur le balcon. Presque aussi pourris que les Russes. »

Il avait trouvé une photo de Chloé Mason sur Facebook. On n'imagine pas à quel point les Américains peuvent être bêtes ! Du coup, il savait à quoi elle ressemblait et la salope en train de se faire enfiler, là-haut, c'était elle, sa meilleure chance de découvrir ce qui était arrivé à ses hommes. Il était là, planqué derrière une haie de troènes, en train de repérer son appartement, dont tous les rideaux étaient tirés, lorsque, *bingo !* elle était apparue sur le balcon un étage en dessous, en compagnie d'un inconnu.

Nikitine s'était garé au début de l'avenue Coronado Shores, située dans un secteur de la ville habité par des gens pleins aux as. Il avait vite repéré un poste d'observation à une cinquantaine de mètres de l'immeuble, de l'autre côté de la rue qui longeait la plage.

Nikitine fréquentait des riches, pour la bonne raison qu'il était à leur service. Il connaissait leurs goûts. En

Russie, aucun riche n'aurait toléré la présence en bas de chez lui d'une haie de troènes aussi épaisse et dans laquelle n'importe qui pouvait s'embusquer. Ou alors, il l'aurait fait surveiller jour et nuit par des vigiles.

Abrutis d'Américains, si confiants !

Nikitine avait observé le visage de Chloé Mason tandis qu'elle se faisait prendre en levrette. Attentif à ses mouvements et à ses expressions, il essayait de comprendre quel genre de femme elle était, comment elle avait pu lui coûter deux hommes.

Ensuite, il s'était intéressé au type en train de la fourrer. Pas très grand mais costaud, large d'épaules, très musclé. Nikitine ne voyait pas son visage enfoui dans les cheveux de la fille, mais il ressemblait au gars décrit par la pute mexicaine.

Ainsi, c'était ce mec-là qui lui avait fait perdre deux hommes ?

Nikitine sortit de sa poche son iPad. Il entra son identifiant, son mot de passe, photographia l'empreinte de son pouce gauche avec son iPhone 3GS et envoya le tout.

Moins d'une minute plus tard, le Pirate était en ligne. Nikitine avait un compte ouvert avec lui. Une heure avec le Pirate lui revenait à 10 000 dollars. Il espérait ne pas dépasser un quart d'heure.

Qu'est-ce que tu veux ?

Nikitine répondit :

Les plans d'un immeuble sur Coronado Shores, San Diego, Californie. La Torre. Noms des copropriétaires. Propriétaire du 3ᵉ appartement en partant de la gauche au 4ᵉ étage.

Au bout d'une minute et demie, Nikitine se trouva en possession des plans de l'immeuble et il connut les noms de tous les copropriétaires. Il prit ses jumelles pour voir où Chloé Mason et son jules en étaient. Ils baisaient toujours. Le jules en question avait de l'énergie à revendre. Il s'appelait Michael Keillor.

Une photo emplit l'écran. Cheveux châtain foncé. Yeux bleus. Un visage viril, presque brutal.

Nikitine s'apprêta à demander des informations complémentaires, mais elles étaient déjà en train de se charger dans son iPad.

Michael Keillor. Ancien Marine. Forces spéciales.

Pour Nikitine, ce fut une sacrée gifle. Ça voulait dire qu'il avait en face de lui un redoutable ennemi. Un tigre et non un chat. Les Américains étaient des chiffes molles, d'accord. Mais pas leurs soldats. Leurs Forces spéciales, c'était quelque chose.

Oui, ce type-là était certainement de taille à se farcir Ivan et Lev, à condition qu'il soit bien armé et qu'il leur tombe dessus par surprise.

Les informations continuaient d'arriver.

Après avoir quitté les Marines, Michael Keillor était entré dans la police de San Diego en tant que membre des SWAT. Nikitine savait que c'était le groupe d'intervention de la police. Aux dernières nouvelles, Michael Keillor était associé dans une agence de sécurité, RBK Security Inc.

Ancien soldat d'élite, ancien flic d'élite, coresponsable d'une agence de sécurité... Nikitine comprit qu'il allait avoir affaire à forte partie. Il écrivit :

Renseignements sur Chloé Mason, propriétaire d'un appartement dans le même immeuble.

En attendant la réponse du Pirate, Nikitine regarda une fois de plus dans ses jumelles. Le couple s'agitait, c'était l'heure de prendre son pied. Les gens se rendaient-ils compte à quel point ils étaient ridicules dans la fureur du coït ? La femme avait la bouche ouverte, les yeux révulsés, la gorge rouge, luisante de sueur. L'homme était collé à elle comme un chien sur une chienne. C'était dégoûtant. On aurait eu envie de leur jeter un seau d'eau.

La réponse du Pirate arriva. Nikitine abaissa ses jumelles et regarda l'écran :

Chloé Mason, 28 ans, adoptée à l'âge de 5 ans par George et Rebecca Mason, de Boston. Pensionnaire à l'école du Sacré-Cœur de Londres de 15 à 18 ans. University College de Londres. Diplôme de littérature anglaise. Sœur d'Harry Bolt, copropriétaire de RBK Security Inc.

Revoilà RBK ! Ça ne pouvait pas être une coïncidence.

RBK Security Inc. Nikitine chercha dans la poche de son blouson de cuir de quoi noter ce nom et se pétrifia.

Oh, putain, non !

Il chercha désespérément un trou dans sa poche parce que... parce que c'était impossible.

Peut-être dans l'autre poche ? Non.

Il ôta son blouson comme s'il avait pris feu, fouilla et refouilla toutes les poches, palpa la doublure, au cas où, tout en sachant d'avance qu'il ne trouverait rien.

La clé USB.

La clé USB avec toutes les données pour la vente aux enchères – photos, statistiques, mensurations. Les certificats médicaux. Et, pour couronner le tout, les noms de ceux qui étaient admis à enchérir. Des médecins, des avocats, des magistrats, des élus, des hommes d'affaires – tous prêts à s'acheter des filles. Des filles mineures, pour certaines.

Cette clé USB contenait de la dynamite. S'il l'avait perdue, il pouvait se considérer comme mort. Et la fin serait terrible. Les chefs n'étaient pas réputés pour leur indulgence.

Cette précieuse clé, il la gardait toujours sur lui. Où pouvait-il l'avoir perdue ?

Et soudain, il se revit dans la pièce insonorisée au sous-sol du Club Météore. Assis dans le fauteuil de cuir, observant cette pute d'Esméralda en train de se désaper. Il avait ensuite ôté son blouson avant de l'interroger, pour éviter de le mouiller. La clé USB devait être tombée à ce moment. Sur le carrelage ? Sur le fauteuil ? Ils avaient laissé Esméralda par terre dans son vomi. Si elle l'avait trouvée, en revenant à elle ? Si elle avait mis la main dessus ?…

Toutes les informations sur la clé USB étaient codées, mais Nikitine en aurait besoin lorsque les filles débarqueraient. Il y en avait au bas mot pour cinq millions de dollars. Ça devait être une vente anonyme par Internet, mais il n'y avait pas moyen de l'organiser sans les données contenues sur cette putain de clé !

On avait injecté un minuscule émetteur à toutes les pensionnaires du Météore, sous couvert d'une vaccination contre les maladies vénériennes. Il avait la possibilité de les retrouver avec son téléphone, mais il faudrait charger les données et puis balayer le terrain secteur par secteur. Ça prendrait du temps. Et il était pressé.

Le Pirate facturait au quart d'heure. Nikitine avait encore droit à sept minutes. Il envoya les références de l'émetteur d'Esméralda. Le Pirate était toujours aussi rapide. En moins d'une minute, Nikitine eut sa réponse.

Il s'attendait à ce qu'Esméralda soit au Météore. Au lieu de quoi, il lut :

Émetteur n° 3701 au 1147, Birch Street, Morrison Building.

Nikitine demanda :
À quel endroit dans l'immeuble ?
La réponse le sidéra :
Siège social de RBK Security.

Esméralda regarda la plaque de l'agence **RBK Secu-**rity pendant un long moment avant d'oser franchir la porte. Elle fut accueillie par une femme à l'air avenant, aux courts cheveux gris argent, vêtue d'un élégant tailleur sombre.

— Appelez-moi Marisa, lui dit la femme en souriant.

Immédiatement, Esméralda se sentit mieux.

C'était un endroit cossu, où des gens riches faisaient ce qu'ils avaient à faire. Quant à savoir ce que c'était, Esméralda n'en avait pas la moindre idée. Elle ne connaissait pas le monde. Elle avait été une mendigote pendant son enfance et une prostituée le reste du temps. Ici, elle avait l'impression d'avoir débarqué sur une autre planète. Une planète où il faisait bon vivre.

Une planète où les femmes n'étaient pas à moitié nues et en vitrine comme de la viande à l'étal du boucher. Et où les hommes n'avaient pas les yeux avides, comme des bêtes en rut, avec de gros portefeuilles.

Au Météore, la seule consolation, c'était la solidarité entre les filles. Mais depuis que les Russes avaient instauré leur dictature, elles ne pouvaient plus s'entraider. Personne ne pouvait plus rien pour personne.

Tout le monde savait ce qui était arrivé à Esméralda, la torture par simulation de noyade. Mais aucune des filles n'aurait pu l'aider. Alors, elles l'évitaient.

Ici, c'était différent. Tout le monde avait quelque chose à faire, quelque chose d'important. Les gens étaient estimés à leur juste valeur. Esméralda apprécia l'atmosphère paisible et saine de cet endroit où personne n'était à vendre.

C'est dans ce monde-ci qu'elle voulait vivre désormais.

Marisa la guida le long d'un couloir et s'arrêta devant une porte. Une lumière verte s'alluma au-dessus de la porte, qui coulissa sans bruit.

— Entrez, dit une voix grave.

Esméralda resta figée pendant une seconde. C'était le moment crucial.

Devant elle, il y avait son dernier espoir, qui se présentait sous la forme de deux hommes. Deux géants. Ils attendaient debout. L'espace d'une seconde, elle se demanda ce qu'ils faisaient debout et puis tout à coup, elle comprit.

Ils s'étaient levés pour l'accueillir. Comme pour une dame.

Son cœur se mit à battre la chamade, ses genoux tremblèrent. Elle eut envie de pleurer et ravala ses larmes.

Ils attendaient sans marquer d'impatience. Marisa l'encourageait d'un regard plein de chaleur. Esméralda prit une profonde inspiration et s'avança jusqu'au bureau.

Les deux hommes l'observaient attentivement. Ils ne lorgnaient pas ses seins ou ses jambes. Ils la regardaient dans les yeux. Du coup, elle se sentit autorisée à les dévisager.

Les traits d'un des hommes lui disaient vaguement quelque chose, bien qu'elle fût certaine de ne l'avoir jamais rencontré. Des cheveux blond foncé, des yeux dorés, la peau légèrement hâlée, couleur de miel. Puis elle eut une illumination :

— Vous êtes le frère de Chloé.

C'était écrit sur son visage.

— En effet, acquiesça-t-il. Je m'appelle Harry Bolt et je suis le frère de Chloé.

Il présenta l'autre homme.

— Et voici Barney Carter. Nous sommes heureux de faire votre connaissance.

Il fit quelque chose de tellement inhabituel qu'Esméralda fut un instant prise de court : il lui tendit la main. Elle hésita, décontenancée, puis la lui serra. Il avait la poignée de main franche et brève.

— Madame, dit l'autre homme d'une voix de basse.

Alors qu'Harry Bolt avait l'air d'un homme d'affaires riche et en pleine forme, celui-ci avait juste l'air dangereux. Le genre de costaud qu'on n'a pas envie de rencontrer au coin d'un bois. Encore plus grand et plus large que Bolt, il portait un tee-shirt dont les manches semblaient prêtes à craquer autour de ses énormes biceps.

Lui aussi lui serra la main, sans s'attarder mais avec beaucoup de douceur.

Harry Bolt hocha la tête.

— Je vous en prie, mademoiselle…

— Esméralda, dit-elle. Esméralda tout court.

Elle avait presque oublié qu'elle s'était un jour appelée Rosa Pérez.

— Esméralda, je vous prie, asseyez-vous donc, dit Harry Bolt.

Il lui montra un fauteuil et alla s'asseoir derrière le bureau. Le nommé Barney s'assit dans un fauteuil, près d'elle.

Les deux hommes la regardaient et attendaient. Soudain, elle comprit. Ils ne savaient pas qu'ils avaient affaire à une prostituée. Elle portait un jean et un chemisier blanc, elle n'était pas maquillée. Comment auraient-ils pu s'en douter ?

Elle respira profondément. Si ces deux hommes acceptaient de l'aider, elle entrevoyait la possibilité d'une vie où les choses se passeraient tous les jours comme ça, où elle ne serait pas instantanément cataloguée comme une pute...

— Donc, dit Harry Bolt en croisant les mains sur le plateau de son bureau, vous êtes une amie de ma sœur ?

— Oui, et c'est ma faute si elle a été attaquée. Ma faute et celle de quelques-unes de mes... de mes amies.

Harry Bolt hocha la tête sans changer d'expression. Esméralda jeta un coup d'œil à Barney. Attentif et impassible...

— Comment cela, Esméralda ? demanda Harry Bolt.

— Elle discutait avec nous, elle nous encourageait. Elle nous donnait la force de continuer à vivre. Certaines d'entre nous ont commencé à se rebiffer. Rien de bien méchant. Mais, pour les nouveaux patrons, c'était déjà trop, alors, ils ont envoyé les Russes.

Bolt se redressa et échangea un regard avec Barney.

— Quels Russes ?

Esméralda baissa les yeux et poursuivit :

— Les Russes du Club Météore, *où je travaille*. Le chef s'appelle Nikitine. Il y en a trois autres. Ils sont là depuis un an. Ils ont mis beaucoup d'argent dans le club. Il y a quelque chose qui se prépare, quelque chose d'énorme.

Elle releva les yeux, craignant de croiser leurs regards, d'y lire de la réprobation, du dégoût... Au lieu de cela, Bolt avait l'air pensif. Et l'autre curieux. Est-ce qu'ils n'avaient pas compris ?

— Vous avez entendu parler du Club Météore ? demanda-t-elle. Vous savez ce que c'est ?

— Oui, bien sûr, répondit Bolt. Donc, c'est deux Russes du Météore qui ont attaqué ma sœur ?

Esméralda n'en revenait pas. Elle venait de leur dire ce qu'elle était, et ça les laissait froids. Elle avait encore la respiration oppressée, mais à voir leur réaction, elle suffoquait déjà moins. L'étau qui lui comprimait la poitrine se desserrait.

— Oui, dit-elle. Je connais même leurs prénoms. Lev et Ivan. Des voyous. Très violents. Ils ont battu deux filles au Météore. L'une a dû être hospitalisée. Ils l'ont emmenée de l'autre côté de la frontière et on ne l'a jamais revue.

— Attendez une seconde, dit Bolt.

Sans la quitter des yeux, il prit un téléphone et composa un numéro. Expliqua à son correspondant :

— À propos des types qui ont attaqué Chloé, on a une piste. C'étaient bien des Russes, elle ne s'est pas trompée. Tu devrais venir tout de suite.

Il raccrocha.

— Pour quelle raison ont-ils attaqué ma sœur ? demanda-t-il à Esméralda.

— Ces Russes sont en train d'investir beaucoup d'argent, comme je vous l'ai dit. Le propriétaire du Météore, Franklin Sands, essaye toujours de se faire bien voir par eux. Il veut que tout marche droit. L'asile de la Bonne Espérance, ça ne pouvait pas leur plaire qu'on y aille. Et Chloé… Je me… on se sentait mieux grâce à elle. Je ne sais pas comment elle s'y prend, mais tout le monde se sent bien auprès d'elle.

Bolt hocha la tête avec gravité.

— Oui, je sais.

Esméralda le regarda droit dans les yeux et expliqua :

— Chloé organisait des séances de thérapie de groupe. Elle se contentait d'écouter. Mais on se sentait mieux, après. Et puis, il fallait retourner au Météore.

Esméralda toussa pour s'éclaircir la voix.

— Chaque fois, c'était plus dur, poursuivit-elle. Et nous avons commencé à ruer dans les brancards. Pas beaucoup, mais c'était déjà trop pour eux. Ce n'était pas la faute de Chloé. Elle ne nous a jamais dit ce que nous devions faire et comment nous devions nous comporter. Mais certaines d'entre nous n'en pouvaient plus. Le patron est devenu furieux. Il avait peur que ça arrive aux oreilles des Russes. Il ne voulait pas de problèmes. Il a peur d'eux. Une des filles, Susie, a dit qu'elle voulait s'en aller, que la Bonne Espérance l'aiderait. Que Chloé lui avait dit... Elle ne disait jamais des choses comme ça, en fait. Jamais de conseil, elle ne nous poussait jamais à faire ceci ou cela, elle nous écoutait, c'est tout. Mais ce qu'a dit Susie a suffi pour que les Russes se mettent en rogne.

— C'était donc ça ? dit Harry Bolt.

Esméralda hocha la tête.

— Oui, ils voulaient lui foutre la trouille, qu'elle arrête de faire des vagues, d'inciter à la désobéissance.

— Les ordures ! s'écria Bolt.

Il jeta un coup d'œil à l'autre homme, qui avait l'air furieux, lui aussi.

— Je vais leur faire mordre la poussière, à ces fumiers, dit encore Harry Bolt. Nikitine, hein ?

« C'est le moment ! » se dit Esméralda.

— J'ai ça qui lui appartient et peut-être pourrait vous servir, dit-elle en sortant de son sac la clé USB.

Elle la posa sur le bureau et la fit glisser vers Harry Bolt.

— Je l'ai chipée à Nikitine. Elle doit contenir des choses importantes. Il l'avait dans la poche de son blouson.

Bolt examina l'objet. Puis il pivota sur son fauteuil et enfonça la clé USB dans son ordinateur. Tout en fixant l'écran, il pianota sur le clavier. Esméralda ne connaissait rien aux ordinateurs. Elle attendit, curieuse.

Bolt grogna.

— C'est crypté. Et on dirait du 216 bits. C'est bien protégé. Le premier venu ne risque pas de décrypter ça !

Esméralda comprit que ce qu'elle avait apporté allait peut-être ne servir à rien.

— Vous ne pouvez pas le lire ?

— Nous pourrons, ne vous en faites pas, dit Bolt. On arrivera à le décrypter. Seulement, c'est du boulot. Il va nous falloir un petit génie qui, en plus, connaît le russe.

Il la regarda attentivement. Esméralda avait l'habitude de cacher ses émotions – pour une prostituée, c'est vital –, mais là, elle ne pouvait pas. Tout ce qu'elle ressentait se voyait sur son visage. Elle avait l'esprit vide et elle suffoquait.

— Qu'est-ce qui ne va pas ? demanda Bolt d'une voix radoucie.

Esméralda se tordit les mains et puis les posa à plat sur ses cuisses pour les empêcher de trembler. Baissant les yeux, elle vit à quel rythme sa poitrine gonflait son chemisier. Son cœur battait la chamade.

Elle regarda les deux hommes tour à tour.

— Je ne peux pas y retourner, murmura-t-elle. Je vous ai apporté la clé USB, euh… comment dire ? en paiement, pour que vous m'aidiez à disparaître. Je me suis dit que ça devait avoir de la valeur, si le Russe l'avait sur lui. Je ne peux pas…

Le souffle coupé, elle dut s'interrompre.

— Je ne veux pas retourner là-bas, reprit-elle. Si je devais revivre ça une deuxième fois, je deviendrais folle.

— Revivre quoi ? demanda Harry Bolt.

— Les Russes. Ils m'ont attachée sur une planche, ils m'ont plaqué un bout de tissu sur la figure et ils ont versé de l'eau dessus. J'ai cru mourir…

Le dénommé Barney se leva d'un bond.

— Ils vous ont fait ça ? rugit-il.

Esméralda se recroquevilla dans son fauteuil. Elle savait reconnaître l'humeur des hommes, et celui-là était devenu dangereux. Elle se raidit et se composa un visage indifférent, malgré sa peur.

— Calme-toi, Barney, dit Bolt. Tu ne nous aides pas. Tu effraies la dame, c'est tout. Désolé, madame, continua-t-il en s'adressant à Esméralda. Barney n'a rien contre vous. Il est furieux contre l'homme capable de faire ça à une femme pour la punir. Veuillez l'excuser.

— Tu appelles ça un *homme ?* éructa Barney. Pour moi, c'est pas…

— Barney ! cria Harry Bolt.

Barney s'immobilisa. Il resta bouche bée pendant un instant.

— Désolé, patron, dit-il en se rasseyant.

— Encore une fois, excusez-le, Esméralda, reprit Harry. Ce cher Barney a du mal à surveiller son langage devant une dame.

Esméralda se redressa.

— Je ne suis pas une *dame*, monsieur Bolt. Si vous connaissez le Club Météore, et si j'y travaille, alors vous savez ce que je suis.

— Ce que vous êtes ? intervint Barney. Une très jolie femme.

Surprise, elle se tourna vers lui. Il avait la peau grêlée, il n'était vraiment pas séduisant, mais un feu animait soudain son visage disgracié.

— Oui, vous êtes une très belle femme et rien d'autre, poursuivit-il. Ce que vous faites, ma mère l'a fait parce qu'elle avait trois enfants à nourrir et qu'elle n'avait pas le choix. Il n'y a pas de honte à ça.

Esméralda, le visage caché par ses cheveux qui pendaient, essuya une larme.

— Il y a pire, murmura-t-elle d'une voix à peine audible.

Les deux hommes ne demandèrent pas quoi, ils attendirent qu'elle se décide à le dire.

— Nikitine ne m'a pas torturée seulement pour me punir, expliqua Esméralda. Au début, il voulait me faire parler.

Elle peinait à retrouver le fil. Ce qu'elle avait à dire lui coûtait. Là encore, ils ne la pressèrent pas. Ils avaient l'habitude de ce genre de situation.

Esméralda parvint à reprendre le contrôle de sa respiration. Elle affermit sa voix :

— Nikitine voulait que je lui dise où étaient passés Lev et Ivan. Il a fini par comprendre que je n'en savais rien. Il a alors voulu savoir, pour Chloé... Son nom et son adresse. Par malheur, je les connaissais, alors...

Esméralda s'interrompit et se cacha derrière ses mains pour sangloter.

— Alors, vous les avez donnés, acheva Harry Bolt. Personne ne vous le reprochera. Arrêtez de pleurer, madame.

— J'ai résisté autant que j'ai pu.

— Je n'en doute pas, repartit Harry Bolt. Vous êtes courageuse, votre présence ici le prouve.

— À présent, Chloé est en danger à cause de moi, gémit Esméralda. Oh, j'ai tellement honte...

Et elle pleura de plus belle.

— Reprenez-vous, dit Harry. Personne n'aurait fait mieux à votre place. Et je sais de quoi je parle.

Il y était passé, en effet, à l'entraînement. La simulation de noyade était un supplice insupportable. Au bout de quinze secondes, on ferait n'importe quoi pour que ça s'arrête.

Personne n'aurait fait mieux à votre place.

À ces mots, Esméralda reprit courage. Elle se redressa, Barney lui tendit un Kleenex. Elle voulut essuyer ses larmes, mais elles coulaient plus vite qu'elle ne réussissait à les éponger.

— Ressaisissez-vous, insista Harry. Ma sœur est en danger, c'est un fait, mais pas à cause de vous.

Le nom et l'adresse de Chloé n'étaient pas des secrets d'État. Nikitine les aurait trouvés de toute façon, mais ces informations ne lui serviraient à rien puisque Chloé n'était plus chez elle.

En larmes, Esméralda frissonna au souvenir du dernier épisode atroce de son supplice.

— Vous savez, même quand j'ai eu tout dit... tout ce qu'ils voulaient savoir, ils ne se sont pas arrêtés. Ils me l'ont fait subir encore trois fois...

Barney se tourna vers Harry.

— Sauf votre respect, patron, c'est vraiment des raclures de bidet, ces types !

Bolt était en train de parler dans l'Interphone. La porte s'ouvrit et une femme extrêmement belle, une grande brune avec de magnifiques yeux bleus, entra. Esméralda ne put s'empêcher, en l'admirant, de penser au succès qu'une telle beauté devait lui valoir auprès des hommes... De quoi faire fortune au Club Météore... Et puis elle eut honte d'avoir ce genre de réflexe.

La belle brune était suivie par un homme qui avait l'air de beaucoup l'aimer et de veiller sur elle comme un dragon sur un trésor. Elle était visiblement enceinte. Au Météore, les filles ne tombaient pas enceintes. Celles à qui ça arrivait malgré tout, on les faisait avorter en moins de deux. Esméralda n'avait jamais vu de près un couple qui attendait un enfant. C'était une nouveauté pour elle. Les gens n'arrêtent pas de faire des enfants, c'est une affaire entendue. Elle le savait mais elle ne l'avait jamais vu. Dans son monde, il n'y avait pas de place pour les enfants.

Harry et Barney se levèrent à l'entrée de la femme, qui se déplaçait lentement mais avec grâce en dépit de son gros ventre. Barney lui avança un fauteuil. Elle s'y laissa choir en soupirant. Son compagnon resta debout derrière elle.

Harry fronça les sourcils.

— Qu'est-ce que tu fais au bureau alors que tu risques d'accoucher d'une minute à l'autre, Nicole ?

Elle s'appelait Nicole, nota Esméralda, en continuant à l'admirer avec une sorte de dévotion. Nicole soupira de nouveau.

— J'ai un travail à finir et je veux mettre de l'ordre dans mes dossiers pour pouvoir prendre quelques semaines de repos après la naissance du bébé.

— Quelques *mois*, dit l'homme debout derrière elle.

Il était très attentionné, mais avait quand même l'air effrayant – presque aussi effrayant que le dénommé Barney. Nicole corrigea en riant :

— J'ai dit *semaines*, Sam. Je pourrais travailler à la maison, au début.

Sam eut l'air exaspéré, mais Nicole rit de plus belle.

Sam regarda Harry Bolt.

— Qu'est-ce qui se passe ici, Harry ? demanda Sam. Pourquoi as-tu appelé Nicole ?

— Puisqu'elle se trouve dans nos murs, je me suis dit qu'elle pourrait peut-être nous aider.

Harry lui tendit la clé USB.

— Qu'est-ce qu'il y a là-dessus ? questionna-t-elle.

— Je n'en sais rien. C'est russe et c'est codé. Du coup, les fichiers sont sans doute en russe. Tu connais le russe, n'est-ce pas ?

— Un peu. Assez pour saisir les grandes lignes d'un texte.

— Tu m'as dit que tu avais parmi tes collaborateurs un Russe qui s'y connaît en informatique. Il fait de la traduction technique. Crois-tu que… ?

— Oh ! oui, Rudy, bien sûr ! s'exclama Nicole. Tu as raison, si quelqu'un peut se charger de ce travail, c'est lui. Il ne demandera pas mieux que de nous aider ! Au fait, c'est urgent ?

— À ton avis ? Cette clé contient peut-être des informations sur les hommes qui ont agressé Chloé.

Il y eut un moment de silence.

Sam saisit la main que lui tendait Nicole et l'aida à se relever.

— Dans ce cas, dit celle-ci en s'emparant de la clé USB, je vais faire aussi vite qu'il est humainement possible. Je peux squatter ton deuxième ordinateur ?

Harry acquiesça d'un hochement de tête et Nicole s'assit devant un ordinateur portable. Elle s'absorba un moment à une occupation silencieuse et concentrée. Les yeux rivés sur l'écran, elle tapait sur le clavier, s'arrêtait, tapait de nouveau.

Au bout d'un moment, elle se redressa.

— Bon ! annonça-t-elle en se frottant le ventre. J'ai tout envoyé à Rudy. Il a jeté un coup d'œil et assure qu'il n'en aura pas pour longtemps. Il appelle ça de l'« encodage mafia russe ». Il est habitué. Harry, as-tu une idée de ce que ça peut être ?

— Je ne sais pas, répondit Harry, mais c'est sûrement important. Cette jeune dame, là, poursuivit-il en désignant Esméralda, l'a subtilisée au type qui a donné l'ordre d'attaquer Chloé. Ces salauds l'ont torturée...

Nicole fit l'effort de se lever et s'approcha d'Esméralda pour lui poser affectueusement une main sur l'épaule et la réconforter.

— C'est abominable, dit-elle. Il n'est pas question que vous retombiez entre leurs pattes !

— On vous protégera d'eux ! promit Sam.

Harry Bolt et Barney hochèrent la tête.

Esméralda, la gorge serrée, les remercia d'un regard d'animal aux abois. C'était exactement pour ça qu'elle était venue trouver une protection... Elle ne devait pas laisser passer sa chance.

— J'espère qu'il y aura quelque chose d'utile sur la clé USB, finit-elle par dire, d'une voix éraillée. De quoi envoyer Nikitine en prison, parce que c'est lui qui en veut à Chloé. On dit que vous aidez des femmes à disparaître, à refaire leur vie sans que personne ne les retrouve... Et j'ai aussi de l'argent, vous savez...

D'une main qui tremblait, elle sortit de son sac une enveloppe et la posa sur le bureau. Harry Bolt la regardait, elle le fixa.

— Vingt mille dollars, murmura-t-elle. Pour m'aider à disparaître.

Serait-ce suffisant ? Elle n'en avait pas la moindre idée.

Harry Bolt repoussa l'enveloppe vers elle.

— Nous ne pouvons pas accepter votre argent, Esméralda.

Elle se crut perdue. Bien sûr qu'il ne pouvait pas accepter l'argent d'une putain ! Elle aurait dû le savoir ! Les gens riches, elle les avait vus de près. Vingt mille dollars ! Pour elle, c'était toutes ses économies, mais pour lui ? Était-ce ce qu'il dépensait pour le cadeau de Noël de sa femme, s'il en avait une ?

Elle lui décocha un regard noir. Son refus équivalait à une condamnation à mort.

Elle se revit, en un clin d'œil, ligotée sur la planche, la tête en bas. Si nue, si vulnérable… Elle suffoqua, comme si le chiffon mouillé se plaquait une nouvelle fois sur son visage, et que l'eau se déversait. Le flot qui l'asphyxiait, la noyade promise, quand elle serait forcée de reprendre son souffle. La terreur la clouait sur le fauteuil, l'empêchait de comprendre ce que Bolt était en train de lui dire. La main de Nicole, revenant se poser sur son épaule, l'aida à surmonter la panique qui l'avait saisie.

— Quoi, quoi ?… bafouilla-t-elle.

Il répéta bien volontiers, d'une voix posée, rassurante :

— Nous n'acceptons jamais d'argent des gens que nous aidons. Vous savez, on ne disparaît pas comme ça, il faut un peu de préparation. Nous allons vous trouver une planque, le temps de préparer des faux papiers pour votre nouvelle vie. Vous serez en sûreté, je vous le promets. Barney va veiller sur vous. Personne ne vous fera de mal.

Esméralda se tourna vers Barney, qui hocha la tête. Sentit la main de Nicole lui communiquer sa force.

Personne ne vous fera de mal.

— Où aimeriez-vous aller ? demanda Harry Bolt.

Elle resta coite. Elle n'avait jamais envisagé la question, ou plutôt jamais imaginé de réponse à une question que personne n'était censé lui poser.

— Miami, dit-elle sans réfléchir.

— Excellent choix, dit Harry, il y a là-bas beaucoup d'Hispaniques. Les grandes villes sont les meilleurs endroits pour se cacher. Nous allons préparer tous les documents dont vous aurez besoin. En plus de vous fournir un avenir, nous allons vous fournir aussi un nouveau passé, que vous ayez quelque chose à répondre, quand on vous demandera d'où vous sortez. Faites profil bas pendant un an ou deux, et vous verrez qu'un jour vous aurez vraiment l'impression d'être la personne que vous prétendez être.

Tout à l'heure, Esméralda s'était sentie mourir. Elle se sentit renaître.

— Nous ouvrirons un compte en banque à Miami sous votre nouvelle identité, poursuivit Harry Bolt. Nous y déposerons dix mille dollars. Avec ce que vous avez déjà, ça devrait vous permettre de tenir pendant un bout de temps. Après quelques mois, vous pourrez commencer à chercher du travail. Rien d'extravagant. Serveuse ou vendeuse.

Esméralda était trop heureuse pour parler. Elle hocha la tête.

Après le faux luxe du Météore, elle aspirait à une vie simple. Un petit appartement, rien que pour elle, des fringues ordinaires, bosser le jour, regarder la télé le soir, dormir seule la nuit.

Cette existence banale, les gens dans cette pièce allaient la lui offrir.

— Merci, dit-elle, les yeux à nouveau emplis de larmes. Merci infiniment. Vous me sauvez la vie.

Nicole, restée à ses côtés, se posa sur le bras de son fauteuil.

— Votre salut, vous ne le devez qu'à vous-même, lui dit-elle. Vous avez fait le plus gros et nous vous donnerons juste un petit coup de main. Suivez les instructions d'Harry et de Barney et tout ira bien.

Se penchant, elle lui dit tout bas à l'oreille : « Bonne chance ! » et ce fut comme une bénédiction.

— Madame…, dit Barney, en se levant pour se diriger vers une porte latérale.

Esméralda mit quelques secondes à réaliser qu'il s'adressait à elle. C'était le mot qu'il avait prononcé. Tellement important. Lourd de sens. Elle n'était pas habituée... Il dut répéter :

— Venez, madame.

Esméralda se leva et suivit Barney.

Le type finit par s'en aller. Nikitine le vit sortir du parking souterrain. Les vitres latérales de sa voiture étaient teintées, mais à travers le pare-brise il distingua son visage. Oui, c'était bien Keillor, l'homme qui venait de s'envoyer en l'air avec Chloé sur le balcon.

Chloé Mason, à présent, était seule. Et Chloé Mason allait lui permettre de récupérer sa clé USB, que Dimitri n'avait pas retrouvée dans la « salle d'eau » du Météore.

Il avait appelé Dimitri et allait le rappeler pour lui donner des ordres. Mais, d'abord, il envoya un e-mail au Pirate.

Trouve-moi les coordonnées d'un endroit bien dégagé dans les environs de San Diego.

La réponse arriva immédiatement.

Crédit insuffisant.

Nikitine lâcha un juron bien senti. Il avait épuisé son crédit chez le Pirate. En pestant, il transféra 10 000 dollars depuis son compte aux Bahamas sur celui du Pirate à Goa.

« Là, t'es content ? » pensa-t-il. Mais il ne l'écrivit pas. Le Pirate était susceptible...

Quelques minutes plus tard, Nikitine obtenait les coordonnées de l'endroit idéal, ainsi que des photos-satellite, si nettes et précises qu'il aurait pu lire les numéros d'immatriculation des voitures, s'il y en avait eu. Mais il n'y en avait pas, dans le désert d'Anza-Borrego. Ni voiture, ni rien... Le Pirate avait même fourni une carte avec la route à suivre, surlignée en bleu.

Nikitine fit un rapide calcul. C'était à trois quarts d'heure de route. Cela lui laisserait le temps d'organiser l'échange.

Il rappela Dimitri pour lui dire de le rejoindre sur Coronado Shores avec le pick-up, et de se garer à deux ou trois cents mètres avant La Torre.

En attendant, il surveilla l'appartement du quatrième étage. Quatre pièces donnant sur le même balcon, et une cinquième, qui avait son propre balcon séparé, celui où le couple s'en était donné à cœur joie. Les rideaux d'une pièce – la chambre ? – étaient tirés, mais ouverts dans toutes les autres. Il voyait la femme quand elle passait devant une fenêtre.

Il serrait les dents si fort qu'il n'y aurait rien eu d'étonnant à ce que des morceaux d'émail lui sortent par les oreilles. De la sueur ruisselait le long de son dos.

Nikitine était un soldat, et un bon. Il avait été dans les forces spéciales, les Spetsnaz, pendant quatorze ans. Il s'était battu en Afrique et en Tchétchénie. Il avait entendu les balles siffler. Mais à la guerre, si vous êtes bon, vous avez une chance de survivre.

Pas ici. S'il n'était pas capable de récupérer la clé USB avant que les chefs n'arrivent pour superviser la vente aux enchères, il était un homme mort. Et sa fin ne serait ni rapide ni douce.

Les chefs n'en feraient même pas une question personnelle. Ils feraient ça pour l'exemple. Chaque minute de son atroce agonie serait filmée, afin que les autres sachent ce qui les attendait, si jamais ils étaient assez bêtes pour perdre un truc qui valait plusieurs millions de dollars.

Il était en train d'élaborer un plan à la va-vite, avec peu d'infos, dans un pays étranger, avec un seul homme pour l'épauler. Tout ça à cause de la petite pétasse, là-haut !

Nikitine savait se contrôler. Il savait que le monde est dangereux, c'était inscrit dans ses gènes. Mais se retrouver en péril de mort parce qu'une gosse de riches s'était mêlée de ce qui ne la regardait pas – ça le mettait vraiment en rogne ! S'il s'était laissé aller, il serait entré dans cet appartement et lui aurait collé une balle dans la tête. Il était tenté. Mais une vie de discipline militaire ne s'oublie pas comme ça !

Il voyait clairement ce qu'il fallait faire et comment s'y prendre. Si tout se passait bien, il avait encore une chance de s'en sortir. Et les chefs ne sauraient jamais ce qui s'était passé.

Il trouverait une explication à la disparition de ses deux hommes, en signalant la disparition d'une grosse somme d'argent. Ivan et Lev avaient piqué le fric et filé, probablement au Mexique. Les chefs avaleraient ça, il leur promettrait qu'une fois la vente des filles effectuée, il partirait à leur recherche pour leur faire payer leur trahison, et récupérer l'argent.

Mais, pour l'heure, il devait s'emparer de Chloé Mason.

Dimitri était en train de se garer à quelques centaines de mètres de là. Nikitine scruta les alentours. Il n'y avait personne pour le voir, personne sur les balcons de La Torre, et pas de promeneur. C'était un quartier résidentiel, la plupart des habitants étaient partis travailler.

Il rangea ses jumelles dans son sac à dos, puis se mit en marche sur Coronado Shores. Un quidam qui fait une petite balade pour entretenir sa santé…

Il passa à côté du pick-up sans s'arrêter et quand il fut sûr qu'il n'y avait personne dans les parages, il fit demi-tour et revint frapper à la fenêtre du conducteur. La vitre descendit sans bruit.

— Tu as tout ce qu'il faut ? demanda Nikitine à voix basse.

Pour toute réponse, Dimitri déverrouilla l'arrière du véhicule. Nikitine fit un rapide inventaire. Deux pistolets GSh-18 avec silencieux. Des armes longues qui serviraient plus tard. Du gaz. Des explosifs. Parfait !

Il glissa un des pistolets dans sa ceinture, derrière son dos, et donna l'autre à Dimitri. Puis, il prépara deux sacs à dos. Dans chacun d'eux, il mit trois chargeurs et un masque à gaz. Le reste du matériel, il le répartit entre les deux sacs.

Il s'éloigna vers la résidence La Torre. Dimitri ferma le pick-up et le suivit. Nikitine lui donna le second sac. Ils atteignirent le bout de l'avenue. La chance continuait de leur sourire : ils n'avaient croisé personne, même pas vu une voiture. Sans hésiter, ils franchirent les doubles portes en verre de La Torre. L'immense hall était vide, à part un agent de sécurité, derrière un comptoir en fer à cheval.

Nikitine regarda autour de lui et nota en connaisseur la présence de quatre caméras de vidéosurveillance, disposées de façon à couvrir l'intégralité du hall. Et deux autres au-dessus des ascenseurs.

— Je peux vous aider, messieurs ? demanda l'agent de sécurité.

Il souriait d'un air avenant mais il était jeune, en pleine forme et sur ses gardes. Nikitine et Dimitri tâchaient de prendre un air innocent. L'agent se leva à leur approche, une main sur le comptoir et l'autre qui pendait au bout de son bras, comme par hasard à proximité du Beretta accroché à son ceinturon.

Tout sourire, Nikitine s'avança jusqu'au comptoir.

— Je cherche un M. Darren Smith. Il m'a dit qu'il habitait sur Coronado Shores, dans un immeuble qui s'appelle La Torre. Ai-je frappé à la bonne porte ?

— Oui, monsieur, répondit le gardien. Vous êtes bien à La Torre. Mais il n'y a pas de…

D'un geste souple en direction de ses reins, Nikitine saisit à sa ceinture le GSh-18, le pointa et tira à bout portant sur le vigile. En pleine tête, à la base du nez, tranchant net le tronc cérébral. Un nuage rouge et gris se forma derrière la tête du gardien, qui s'affala comme une poupée de son.

Nikitine et Dimitri n'avaient pas besoin de parler. Ils enfilèrent les gants de latex qui se trouvaient dans le sac de Dimitri. Nikitine débrancha les écrans de contrôle pendant que Dimitri cachait le corps du gardien sous le comptoir. Il y avait du sang sur le sol, mais il fallait s'approcher pour le voir. Nikitine fit un signe à Dimitri, qui retraversa le hall pour attacher ensemble les poignées des doubles portes avec des menottes en plastique. Les menottes seraient pratiquement invisibles de l'extérieur et il faudrait une poussée de cinq cents livres pour les casser. L'immeuble était coupé de l'extérieur.

Bien sûr, la première personne qui voudrait entrer dans La Torre, trouvant portes closes et ne voyant plus le gardien, penserait qu'il y avait du louche et appellerait le 911. Pour commencer, il faudrait que les flics la prennent au sérieux. Après quoi, il faudrait leur laisser le temps d'arriver. Et, une fois sur place, il faudrait encore qu'ils comprennent que c'était grave. Tout cela pour dire que les deux Russes allaient être tranquilles pendant le peu de temps dont ils avaient besoin pour kidnapper Chloé Mason.

Nikitine examinait le système de vidéosurveillance, pendant que Dimitri s'occupait des portes. Il connaissait la plupart des systèmes de sécurité. Celui-ci était de premier ordre.

Mais pas invulnérable.

Nikitine bascula le bon interrupteur et les lampes au-dessus des caméras s'éteignirent toutes en même temps.

Désormais, l'immeuble était non seulement clos, mais aveugle.

Phase numéro un, terminée. On passait à la phase numéro deux.

Chloé Mason se trouvait au quatrième étage, dans le troisième appartement en partant de la gauche. D'ordinaire, Nikitine aurait pris l'escalier jusqu'à l'étage au-dessus et il serait redescendu. Mais le temps pressait. Le système de vidéosurveillance était neutralisé, mais il ne savait pas s'il y avait un deuxième agent de sécurité quelque part dans l'immeuble. C'était le problème avec les actions improvisées – pas assez d'infos, pas de plan précis. Alors, ils prirent l'ascenseur.

Devant l'appartement, Nikitine alluma le scanner à infrarouge et regarda l'écran. Il n'y avait rien. Absolument rien.

Il s'avança dans le couloir en pointant le scanner sur les murs et les portes et il découvrit la présence de deux personnes. Le scanner marchait bien.

Il revint devant l'appartement où se trouvait Chloé. Toujours rien.

La porte était lisse – manifestement, une porte coulissante. Elle ne laissait pas passer les infrarouges. Il essaya les murs de part et d'autre de la porte. Eux non plus ne laissaient pas passer les rayons.

Mike Keillor ne rigolait pas avec la sécurité.

Nikitine accrocha le regard de Dimitri et lui désigna l'appartement voisin. Dimitri hocha la tête. Ils s'approchèrent sans bruit. Dimitri était bien entraîné. Nikitine n'avait pas besoin de lui donner d'ordre.

Il pointa le laser sur la porte. Elle était en bois. Les rayons entraient comme dans du beurre. Il parcourut la longueur du couloir correspondant à l'appartement et ne détecta aucune présence humaine. Parfait. Les propriétaires étaient absents. S'ils étaient juste sortis faire des courses et rentraient dans la minute, ce serait tant pis pour eux. Nikitine ne ferait pas de quartier.

Il examina la serrure. Elle était crochetable mais ça prendrait du temps. Il fit signe à Dimitri et s'écarta. Le coup de feu fut à peine audible. Le même bruit qu'une boîte de bière qu'on débouche…

Une légère poussée sur la porte, et ils entrèrent. Nikitine partit tout de suite vers la droite et pointa son scanner sur le mur mitoyen, tandis que Dimitri passait de pièce en pièce, l'arme au poing, prêt à faire feu.

Le temps qu'il revienne et fasse signe que tout était en ordre, Nikitine avait repéré Chloé dans la pièce qui se trouvait de l'autre côté du mur du salon. Il regarda avec soin l'image dans le moniteur.

Une frêle silhouette assise sur une chaise, tenant entre ses mains quelque chose de chaud, la seule autre source de chaleur étant le micro-ondes, en train de refroidir rapidement.

Elle était en train de boire une tasse de thé ou de café. Parfait.

Le 23 octobre 2002, Nikitine était un jeune lieutenant dans l'unité antiterroriste du FSB de Moscou. Il était de garde lorsque l'appel était arrivé à 21 h 20. Cinquante terroristes avaient pris plus de neuf cents otages dans un théâtre pendant la représentation d'une comédie musicale. Les terroristes étaient armés jusqu'aux dents et portaient des ceintures d'explosifs. Quelques personnes qui s'étaient trouvées dans les coulisses avaient réussi à s'enfuir par l'entrée des artistes et elles avaient été à même de renseigner les Forces spéciales qui cernaient le théâtre. Les terroristes, de véritables bombes humaines, n'arrêtaient pas de circuler parmi les otages.

Donner l'assaut ? Les pertes humaines seraient énormes. Impossible à envisager pour un gouvernement démocratiquement élu sur un programme de lutte contre le terrorisme.

Les négociations avaient duré quatre jours sans mener à rien.

À 5 heures du matin, le 26, les forces russes répandirent du fentanyl, un puissant anesthésique, dans le théâtre, assommant aussi bien les gardiens que leurs captifs.

Le fentanyl était cent fois plus puissant que la morphine, capable d'endormir un ours en cinq secondes. Alors, une petite bonne femme de rien du tout !

Nikitine posa le scanner sur le parquet et sortit de son sac une perceuse. Il fallait faire vite. Si la fille quittait la cuisine et s'éloignait dans l'appartement, il serait obligé de faire sauter un pan de mur, et elle aurait tout le temps d'appeler le 911.

Non, il avait besoin d'elle endormie, le plus vite possible.

Il commença à percer au niveau du joint entre le mur et le plancher. La mèche émit un petit sifflement, rien de tonitruant, mais, dans la pièce parfaitement silencieuse, ça ne passait pas inaperçu.

Il regarda Dimitri et articula *shum*. Bruit. Dimitri hocha la tête et un instant plus tard, de la musique jaillit de la chaîne stéréo. Du rock… Parfait. Cela couvrait le piaulement de la perceuse. Laquelle était petite mais surpuissante. La mèche perça facilement le premier mur, les plaques isolantes et l'autre mur dans la foulée.

Le moniteur indiquait que la femme n'avait pas bougé. Elle était toujours assise sur la chaise. Mais la température de la tasse avait baissé. Nikitine sortit un mince tuyau de caoutchouc, brancha une extrémité sur le robinet de la bouteille de fentanyl et poussa l'autre bout dans le trou qu'il venait de percer. Il s'arrêta lorsqu'il estima que le tuyau dépassait de quatre ou cinq centimètres. Il était peu probable que la femme le remarque et bientôt elle serait knock-out.

Les deux hommes mirent leur masque à gaz, et Nikitine ouvrit le robinet. Pour commencer, il ne se passa rien. Et puis, la femme se redressa un peu sur sa chaise et leva la tête. On aurait dit qu'elle avait repéré quelque chose d'insolite. Le fentanyl était sans odeur, mais elle avait peut-être entendu un sifflement.

Chloé Mason se leva et, l'espace d'une seconde, d'une horrible seconde, Nikitine pensa que le fentanyl ne marchait pas. Mais soudain, la silhouette tituba, essaya de se raccrocher à la table et s'affaissa sur le sol.

Fin de la phase numéro deux.

Nikitine rangea son matériel tandis que Dimitri disposait des petites charges de C4 sur le mur, en rectangle, un mètre sur deux. Lorsqu'il eut fini, Dimitri mit la musique à fond et les deux hommes allèrent se réfugier dans la pièce voisine.

Dimitri appuya sur le détonateur. L'explosion fit moins de bruit que la musique. Nikitine et Dimitri se précipitèrent dans l'appartement voisin, leur masque à gaz les protégeant contre les vapeurs de fentanyl mais aussi contre la poussière. Nikitine donna son sac à Dimitri, souleva la femme inerte et la jeta en travers de son épaule. Ils ressortirent par le même chemin.

La chance continuait de leur sourire. L'ascenseur les emmena jusqu'au garage, au sous-sol. Nikitine resta caché dans un coin sombre avec sa proie, pendant que Dimitri allait chercher le pick-up. Nikitine en profita pour vérifier les caméras de surveillance. Elles étaient éteintes.

Dimitri arriva. Nikitine coucha Chloé sur la banquette arrière, examina ses yeux et lui prit le pouls. Le fentanyl était une substance dangereuse. Nikitine ne l'avait pas dosé et d'ailleurs il ne connaissait pas la dose mortelle. Dans le théâtre, ce jour-là, le gaz avait tué cent soixante-dix personnes...

Chloé Mason allait mourir aujourd'hui, de toute façon, mais pas avant qu'il ait récupéré la clé USB. Sous forme de cadavre, elle ne valait rien comme monnaie d'échange.

Il lui mit des menottes en plastique. Puis, il sortit une seringue et la lui enfonça dans la cuisse. Une bonne dose de M5050, un antidote. Dans une heure, elle serait de nouveau sur pied.

Nikitine s'installa sur le siège du passager, rentra dans le GPS les coordonnées du désert indiqué par le Pirate, se tourna vers Dimitri et lui fit signe de démarrer.

Phase numéro trois, terminée. Prêts pour la phase numéro quatre.

18

Mike entra dans le bureau d'Harry et évalua d'un coup d'œil la situation. Harry avait l'air d'une humeur massacrante, Nicole était assise dans un fauteuil, les mains croisées sur le ventre, les yeux clos. Sam, debout derrière elle, comme un gigantesque chien de garde, lui massait les épaules. Pas de Barney en vue…

— Bon, qu'est-ce qui se passe ? demanda-t-il tout à trac.

Nicole rouvrit les yeux et les referma au bout d'une seconde.

— Nous avons le nom de celui qui a donné l'ordre d'agresser Chloé, dit Harry.

Mike tressaillit.

— Qui ? Où ?

On parlait de l'homme dont les sbires avaient brutalisé Chloé. Un homme qui n'avait plus que quelques heures à vivre.

— Holà ! fit Sam quand Mike se rua vers le placard où étaient rangées les armes.

— Oui, on se calme ! dit Harry.

Il leva les mains en signe d'apaisement lorsque Mike lui montra les crocs.

— Écoute, Mike, moi aussi j'ai envie de me venger de ce salaud. Autant que toi. Mais nous avons besoin d'en savoir plus.

Tout à l'heure, chez lui, Mike s'était senti tellement détendu qu'il avait eu l'impression d'être liquide. Maintenant, c'était tout le contraire, comme si son crâne allait exploser. Il n'avait pas besoin d'en savoir plus. Un nom, une adresse... que fallait-il de plus ?

Son cerveau en ébullition ne lui permettait pas de réfléchir. Il s'efforça de chasser de sa tête les images de Chloé brutalisée par les deux Ruskoffs... Demanda d'un ton presque posé :

— Comment l'avez-vous appris ?

— Par une femme que Chloé a aidée, à l'asile de la Bonne Espérance, répondit Harry. Une pensionnaire du Club Météore. Chloé a organisé des séances de psychothérapie de groupe avec elle et d'autres filles, et certaines ont commencé à ruer dans les brancards. Au Météore, notamment. Alors, ce type a envoyé ses gros bras pour donner une leçon à Chloé.

Pour donner une leçon à Chloé. Ce mec pouvait déjà se considérer comme mort.

— Il s'appelle comment ?

Lorsque Mike entendit le nom, tous ses poils se hérissèrent.

— Anatoli Nikitine. Ancien colonel du FSB. Forces spéciales. Il travaille maintenant pour la mafia russe. C'est Nicole qui a découvert ça. Elle a été plus rapide que moi sur ce coup.

Sans rouvrir les yeux, Nicole fit un petit salut de la main. Un sourire flottait sur les lèvres. Les grandes mains de Sam qui la massaient lui faisaient un bien fou.

— D'après la femme qui est venue nous voir, la mafia russe investit de grosses sommes dans le

Météore et Nikitine est là pour veiller à ce que tout se passe bien. Quelque chose d'énorme se prépare, paraît-il. Le Russe ne devait pas s'attendre à rencontrer d'opposition, car il n'avait que trois hommes avec lui, dont deux sont d'ores et déjà hors de combat, grâce à toi.

— Tout le plaisir a été pour moi, dit Mike.

— Nikitine est dans le brouillard, il ne sait pas ce qui est arrivé à ses hommes. C'était une bonne idée de garder l'info secrète. Nikitine a pensé que la femme savait quelque chose, alors, il l'a interrogée… torturée en réalité.

— Torturée ? demanda Mike.

— Simulation de noyade. Comme elle n'avait rien à lui apprendre sur ses hommes, il l'a questionnée sur Chloé. Et, pour finir, il en a rajouté : trois séances sans poser la moindre question, pour qu'elle comprenne bien que c'était lui le chef.

En entendant ça, Mike eut la nausée. Lui aussi savait ce que ça voulait dire. Dans le centre d'entraînement des Marines, à Warner Spring, ils y passaient tous deux fois. Pour se faire une idée de ce qui les attendait s'ils tombaient aux mains de l'ennemi. C'était abominable. Ça faisait mal et ça faisait peur. De tous les tests que Mike avait subis, la simulation de noyade était le pire. Les deux fois, il lui avait fallu plusieurs jours pour récupérer et il en faisait encore parfois des cauchemars.

— Je devine ce que tu ressens, lui dit Harry.

Mike hocha la tête. La torture était une chose abominable, qui pouvait se justifier seulement contre des ennemis jurés. Mais pour obtenir d'une femme des renseignements sur une autre femme !

— Qu'est-ce qu'il voulait savoir sur Chloé ?

— Son nom de famille et son adresse. Par malheur, elle les connaissait. Elle a fini par les lui dire. Et maintenant, elle a des remords.

Mike resta sans réaction, ni rancœur ni inquiétude. Comment reprocher à une femme d'avoir parlé pour faire cesser un supplice aussi atroce ? Et le fait que Nikitine connaisse l'adresse de Chloé n'était pas si grave que ça puisqu'elle était en lieu sûr, chez lui.

Par acquit de conscience, il sortit son téléphone et appuya sur la touche d'appel abrégé qui correspondait à Chloé : la touche numéro un.

— Allô ?

Mike fut quand même soulagé d'entendre sa voix.

— C'est juste pour savoir si tout va bien.

Chloé parut étonnée.

— Mike, tu es parti il y a une demi-heure, que veux-tu qu'il se passe en une demi-heure ? Tout va bien. Je suis dans ta cuisine en train de finir mon thé. Dans cinq minutes, je vais passer ton appartement au peigne fin, à la recherche de quelque chose à lire, mais je crains le pire. J'ai l'impression qu'en dehors des œuvres complètes de Stephen Hunter, tu n'as que des magazines sur les armes.

Mike sourit. Elle avait l'air en pleine forme. À part qu'elle s'ennuyait. C'était super.

— Je reviens le plus tôt possible, dit-il. Tu ne vas nulle part et tu n'ouvres à personne, sauf à moi ou à quelqu'un de la famille. Tu vérifies toujours dans le moniteur de la caméra avant d'ouvrir, d'accord ?

Il coupa la communication et se tourna vers Harry.

— Elle va bien.

— C'est ce que j'avais compris, répondit Harry. Et je souhaite bonne chance à celui qui voudrait forcer ta porte. De toute façon, on approche du dénouement. La femme nous a également apporté ça, dit-il en montrant la clé USB. Nous saurons bientôt ce qu'il y a dessus. Avec un peu de chance, il y aura de quoi incriminer Nikitine et son acolyte. Nous la montre- rons à O'Connell, qui les fera expulser sans leur laisser le temps de dire ouf !

Mike plissa les yeux. Les faire expulser, ça ne lui semblait pas suffisant. Il voulait… Mais Harry, le devançant, enchaîna aussitôt :

— C'est comme ça que ça va se passer, Mike, dit-il. Nous allons laisser la justice s'en occuper. Nous n'allons pas nous lancer dans des trucs douteux qui risqueraient de nous revenir en pleine poire. C'est clair ? Je veux le bien de Chloé autant que toi mais je ne veux pas que tu passes les trente prochaines années en taule. Chloé n'aimerait pas ça du tout.

Mike aurait peut-être répondu quelque chose, mais juste à ce moment, la porte latérale s'ouvrit et Barney fit son entrée, l'air renfrogné, avec un sac de femme dans une main et un scanner dans l'autre. Derrière lui se tenait une superbe Latina qui avait l'air terrifié et des traces de larmes sur les joues.

— Qu'est-ce qui se passe, Barney ? demanda Harry.

— Mauvaise nouvelle, patron. J'ai demandé à madame Esméralda (Barney pointa son gros pouce vers la belle brune) si elle était repérable. Elle m'a dit qu'elle avait éteint son téléphone portable avant de venir ici. Mais, quand j'ai allumé le scanner, j'ai capté un signal. Il y a un transpondeur quelque part et je n'arrive pas à le trouver.

Il alluma le scanner, qui émit un petit sifflement. Hélas, le niveau sonore du scanner n'avait rien à voir avec la distance. Cela permettait de savoir qu'il y avait un transpondeur dans un rayon de trois mètres, sans plus de précision.

— Nous allons le trouver, affirma Harry.

Il prit le sac, qui avait l'air aussi ridicule dans sa main que dans celle de Barney, le posa dans un coin du bureau et demanda à Esméralda de se tenir dans le coin opposé. Le scanner resta muet du côté du sac et siffla du côté d'Esméralda.

— C'est sur vous, madame, lui dit Barney en rougissant comme une jouvencelle.

Barney était un tireur d'élite, un expert en arts martiaux et un mécano génial. Il possédait une collection impressionnante de vieux disques vinyle. Mais il était timide avec les femmes…

Mike sortit sans rien dire, alla dans son bureau et revint une minute plus tard avec un scanner ultramoderne, dont le signal sonore et le signal visuel variaient avec la distance. C'était une courte tige de titane avec un cadran dans le manche, qui ressemblait un peu à la baguette magique d'Harry Potter.

Il s'approcha de la femme.

— Vous permettez ?

Elle acquiesça d'un battement de paupières, essayant même de sourire, malgré son anxiété. Plus Mike se rapprochait, plus les signaux du scanner étaient forts.

C'était sur elle, sans aucun doute.

Mike commença par la tête et n'alla pas plus loin que le cou. La loupiotte clignota follement et le signal sonore devint pénible pour les oreilles. Était-ce dans le chemisier ?

— Nicole, s'il te plaît, peux-tu venir ?

— J'arrive.

Sam l'aida à se lever. Elle s'approcha d'Esméralda, lui sourit de femme à femme et se mit à palper le col du chemisier. Puis, elle écarta doucement les cheveux, dévoila le cou et se raidit en passant le doigt sur la nuque d'Esméralda.

— Il y a quelque chose, là ! annonça-t-elle. Qu'est-ce que c'est ?

Esméralda se palpa le cou. Son doigt s'arrêta sur un point rouge, gonflé comme une piqûre d'insecte.

— Oh, ça ! C'est une piqûre que toutes les filles ont eue. Un vaccin contre les MST.

Mike passa la tige de titane sur le cou d'Esméralda et l'on aurait dit que le scanner affolé s'écriait *Eurêka !*

— Je ne pense pas que c'était un vaccin, madame. Je crois plutôt que quelqu'un à qui vous êtes très précieuse vous a greffé une puce électronique pour ne rien perdre de vos allées et venues.

Le visage d'Esméralda se décomposa. Son teint devint livide.

— Il y a quelque chose dans mon corps qui leur dit où je suis ? Oh, mon Dieu, mon Dieu !

Complètement bouleversée, elle tournoya sur place comme un derviche, pour tenter d'expulser ce quelque chose qui était en elle.

— Retirez-moi ça ! Retirez-moi ça ! Vite !

Elle criait et suppliait d'une voix déchirante en griffant la peau de son cou.

— Il va me retrouver. En ce moment même, il sait où je suis. Il va venir me chercher, me ramener là-bas. Oh ! mon Dieu, aidez-moi. Il arrive ! Au secours !

Il aurait fallu avoir un cœur de pierre pour rester insensible à un tel désarroi. Et ils n'avaient pas des cœurs de pierre.

— Calmez-vous, lui dit Mike. Il ne vous arrivera rien. Nous allons vous conduire chez un médecin…

— Non ! hurla Esméralda. Retirez-moi cette saloperie tout de suite.

Elle sautillait sur place, au comble de la panique.

Harry resta sans réaction, lui qui d'ordinaire savait toujours quoi faire. Mike hésitait, il fallait aller chez un médecin, mais si elle refusait, que faire ?

Barney, le colosse, intervint alors. Il n'était plus rose comme une jouvencelle, mais rouge comme une pivoine.

— Voulez-vous que je m'en charge, madame ? J'ai une formation d'infirmier. Et, malgré mes grosses paluches, je peux être délicat.

Esméralda n'hésita pas une seconde.

— Oh oui, s'il vous plaît, débarrassez-moi de ça ! J'en deviens folle !

Barney regarda Mike.

— Il me faut du matériel.

Mike savait où était rangé celui qui convenait. Il quitta le bureau et revint avec une trousse qui contenait un nécessaire d'urgence. De quoi soigner toutes sortes de blessures, sinon celles qui relevaient de la chirurgie.

Esméralda écarta ses cheveux tandis que Barney vaporisait un anesthésique sur sa nuque. Puis il nettoya l'endroit concerné, et à l'aide d'un scalpel, incisa adroitement la peau. Deux secondes plus tard, il extrayait avec des pincettes un minuscule objet plat. La coupure saigna à peine et ne réclama qu'un petit pansement.

— Et voilà le travail ! annonça Barney en brandissant les pincettes.

Esméralda contemplait avec horreur ce qu'elle avait porté sur elle à son insu. Elle tremblait encore comme une feuille.

— Il faut le jeter. Nikitine sait que je suis là, il va venir.

Harry prit la puce et s'apprêta à l'écraser avec un presse-papiers, mais Mike l'arrêta.

294

— J'ai une meilleure idée. Nikitine va avoir une surprise.

Il pressa un bouton sur le bureau d'Harry. Un des hommes de l'agence apparut sur le seuil.

— J'ai un travail pour toi, Dan, annonça Mike. Barney, mets la puce électronique dans une enveloppe et donne-la-lui.

Barney s'exécuta et l'enveloppe contenant la puce se retrouva dans la main de Dan.

— Toi et Lee, vous allez partir sur-le-champ, ordonna Mike. Prenez une voiture de RBK. Passez la frontière. À Tijuana, vous louez une chambre dans un petit hôtel facile à surveiller, vous payez plusieurs jours d'avance, vous laissez l'enveloppe dans un tiroir et vous ressortez sans qu'on vous voie. Dans l'enveloppe, il y a un transpondeur qui est suivi par deux sales types. Des Russes. Mettez-vous en planque et attendez qu'ils se pointent. Ensuite, vous savez quoi faire.

— À vos ordres.

Dan empocha l'enveloppe, fit un vague salut militaire et sortit.

Esméralda avait retrouvé des couleurs. Elle poussa un soupir.

— Je ne sais comment vous remercier, dit-elle d'une voix entrecoupée.

Harry la confia à Barney.

— Je vais te faire parvenir des papiers pour elle, lui assura-t-il. Ensuite, tu l'emmèneras vers le Nord. Trouve un bon endroit et préviens-moi en mode sécurisé quand elle y sera installée. Esméralda ouvrira un compte sous sa nouvelle identité. Esméralda, faites-vous oublier, pour le moment. Quand nous aurons mis Nikitine hors d'état de nuire, vous pourrez aller à Miami, où vous serez tranquille.

— Tranquille, oh, oui ! murmura Esméralda.

Le silence se fit. Nicole prit Esméralda par les épaules et l'embrassa sur la joue.

— Bonne chance, ma belle, lui dit-elle.

Harry attendit qu'Esméralda et Barney aient quitté la pièce pour reprendre :

— Si nous savions ce que ces fumiers mijotent, nous pourrions appeler O'Connell et…

L'ordinateur portable émit un petit tintement.

Nicole regarda l'écran et annonça :

— C'est Rudy. Il a déchiffré le code de la clé. Voyons voir… Il est sur Skype. Salut, Rudy ! lança-t-elle après avoir pianoté sur le clavier.

Mike, Harry et Sam se rassemblèrent autour du portable devant lequel Nicole s'était assise. L'homme, dans un petit carré en haut à gauche de l'écran, avait l'air incroyablement jeune, avec de grands yeux bleus et une barbichette rousse. Il dit quelques mots en russe. Nicole lui répondit en cherchant ses mots.

Nicole parlait couramment trois langues, et elle se débrouillait en russe et en arabe. Mike l'admirait pour ça, lui qui parlait à peine l'anglais.

— Qu'est-ce qu'il dit ? voulut-il savoir.

— Il dit que ça pue, répondit Nicole. Voyons ce que c'est.

Elle soupira et changea de position, cherchant un peu de confort, ce qui n'était pas facile avec une tonne de surcharge sur l'estomac. Elle appuya sur une touche. L'écran s'emplit de photos de jeunes filles. Des gamines, plutôt. Portraits de face, de profil et en pied. Un assortiment de jolies blondinettes. Les photos étaient d'excellente qualité, du travail de pro. À côté de chacune, il y avait des caractères en cyrillique et des chiffres. Une voix off commentait, en russe. Nicole tendit l'oreille, concentrée, puis soudain, elle hoqueta, restant bouche bée.

— Oh, mon Dieu, murmura-t-elle.

Sam se précipita.

— Ça ne va pas, chérie ? demanda-t-il en s'accroupissant près d'elle. Le bébé… ?

Sam était un dur, sauf pour ce qui concernait sa femme et sa fille, plus maintenant le bébé à venir. Nicole fixait l'écran, une main devant sa bouche. Elle secoua la tête, se leva toute seule, titubant jusqu'à la corbeille à papier. Elle eut un spasme et vomit. Lorsqu'elle se redressa, elle était en larmes.

— Sam ! s'exclama-t-elle en se raccrochant à son bras. Il faut les empêcher de faire ça !

Mike échangea un regard alarmé avec Harry. Nicole indiqua d'un geste l'écran constellé de portraits.

— Ces gamines sont sur un bateau qui fait route vers ici, San Diego…, expliqua-t-elle dans un souffle. Les pauvres gamines ! Il va y avoir une vente aux enchères. Elles vont être livrées au plus offrant.

Un frisson la secoua des pieds à la tête.

— On ne peut pas laisser faire ça ! répéta-t-elle.

Une seconde plus tard, elle perdit les eaux.

19

Chloé se réveilla en sursaut, le cœur battant.

— Voilà qui est mieux ! s'exclama une voix d'homme avec un accent à couper au couteau. Morte, tu ne me servirais à rien, ma cocotte.

Les mots ne signifiaient rien pour elle. C'était un bruit de plus, mêlé à d'autres bruits.

Tout lui faisait mal. Sa tête lui faisait mal. Avec le soleil en pleine figure, ses yeux lui faisaient mal. Son flanc droit aussi lui faisait mal, comme si elle était tombée. Elle éprouvait une douleur à la cuisse, une sorte de brûlure en un point précis. Elle avait les poignets attachés. Elle réussit à se tortiller suffisamment pour voir l'endroit où ça faisait mal. Un rond rouge, gros comme une piécette de deux *cents*, très luisant. Au milieu du cercle, un petit trou. Elle ferma les yeux.

Avait-elle été mordue par un insecte venimeux ? Cela pouvait-il expliquer le mal de crâne, l'allergie à la lumière, la fatigue ? Peut-être, mais ça n'expliquait pas le vrombissement, comme celui d'un moteur.

Un moteur ? Se trouvait-elle dans une voiture ?

À cause du soleil aveuglant, elle ne pouvait pas garder les yeux ouverts. Le vrombissement changea d'intensité et Chloé fut secouée d'avant en arrière. Le brouillard dans sa tête se déchira assez longtemps pour qu'elle se rende compte qu'elle était bien dans une automobile, dont le chauffeur venait de changer de vitesse. Elle était couchée sur la banquette arrière, les poignets entravés par des bracelets en plastique. Elle essaya d'écarter ses mains, mais il n'y avait rien à faire. Le seul résultat fut qu'elle se coupa sur l'arête du serre-flex. Les menottes en plastique dur, à la moindre tentative de s'en défaire, entamaient la peau.

Elle n'y comprenait rien. C'était un cauchemar, ou pire ? Aux dernières nouvelles, elle était assise dans la cuisine de Mike, en train de finir une tasse de thé tiédasse. Elle l'avait rassuré au téléphone, peu avant... Que pouvait-il bien lui arriver ?... Il s'inquiétait pour rien... Était-elle allée se recoucher ? S'était-elle rendormie ? Et maintenant, elle rêvait, ou on l'avait kidnappée ?

Elle sut qu'elle ne rêvait pas en entendant les bips d'un clavier de téléphone portable. Et puis la voix à l'accent russe qui disait :

— Non, ce n'est pas Chloé, monsieur Bolt. Chloé est vivante, rassurez-vous, et ça ne changera pas tant que vous ferez exactement ce que je dis...

Harry avait pris la place de Nicole devant l'ordinateur et passait en revue les fichiers stockés sur la clé USB.

Nicole et Sam étaient en route pour l'hôpital.

Soudain, Harry poussa une exclamation. Mike s'approcha. Quoi encore ? Pouvait-il y avoir encore pire que des gamines vendues aux enchères, sur cette foutue clé ?

Harry avait fait défiler les photos. Des petites poupées ! Des beautés adolescentes. Certaines à peine pubères... Pas besoin de connaître le russe pour comprendre les chiffres. C'étaient les âges et les mises à prix, pas moins de cinquante mille dollars. Mais il y avait d'autres infos !

— Regarde-moi ça ! dit Harry en pointant l'écran du doigt.

Mike découvrit une liste de noms, faciles à lire, parce qu'ils étaient écrits en caractères latins, et non en cyrillique. Les noms de clients potentiels.

Mike les parcourut et en eut le souffle coupé. Il en connaissait un certain nombre, des personnalités, des gens qu'on n'aurait jamais soupçonnés d'être friands de jeunes filles.

Le bras droit du maire, des élus, des représentants de la loi, des hommes d'affaires, des journalistes, des médecins... La liste n'en finissait pas, et les noms connus y étaient innombrables !

— On va faire tomber cette bande de pourris, dit Harry.

Voilà une idée qui réchauffait le cœur !

— Oh ! oui, approuva Mike. Le FBI va s'en occuper.

Il savait qui appeler. L'agent spécial Aaron Welles. Aaron était un ami et il avait des raisons personnelles de ne pas aimer les amateurs de chair fraîche.

Mike eut un haut-le-cœur. Il n'avait qu'à imaginer un pervers en train de s'en prendre à ses nièces pour devenir fou de rage. Parmi les gamines proposées à la vente, certaines étaient à peine plus vieilles qu'elles...

— Quand les filles arrivent-elles ?

— La réponse doit se trouver quelque part là-dedans.

Harry scrutait l'écran, comme si cela suffisait pour qu'il comprenne tout à coup le russe ! Mais il n'y eut pas de miracle. Il leva les mains en signe d'impuissance.

— Je n'en sais fichtre rien, grogna-t-il. J'espère seulement que ce n'est pas déjà fait, ou en cours. Dès qu'elles auront débarqué, elles s'évanouiront dans la nature et ensuite ce sera la croix et la bannière pour les retrouver.

— Tu devrais peut-être faire traduire par *Google Translate*, suggéra Mike. Par petits morceaux, pour que personne n'en ait une vue d'ensemble et…

Harry lui lança un regard noir.

— Quoi ? demanda Mike. J'ai dit une connerie ?

— Non, admit Harry, mais je n'aime pas quand tu as une bonne idée en informatique. L'informatique, c'est *mon* truc ! Et toi, c'est les armes. J'aimerais que ça reste comme ça.

Harry se remit au travail sur le clavier, et au bout d'un moment, il s'adossa à son fauteuil en poussant un soupir de soulagement.

— Ça y est, j'ai la réponse ! Le bateau s'appelle le *Svetlana* et il est prévu pour accoster dans le port de San Diego après-demain en fin de journée. Les gardes-côtes l'intercepteront facilement. Ces fumiers vont avoir la surprise de leur vie ! Prions pour qu'il n'y ait pas de fuites ! Je ne serais pas surpris que des mecs comme ça aient des complicités dans la police. Si par malheur ils ont vent de quelque chose, ils sont capables de foutre les filles à la flotte, ni vu ni connu.

Le téléphone d'Harry sonna. Il le sortit de sa poche.

— C'est Chloé, dit-il, passablement surpris.

Mike fronça les sourcils. Pourquoi Chloé appelait-elle son frère plutôt que lui ? Il se rapprocha et tendit l'oreille, un peu honteux quand même de son indiscrétion. Chloé avait-elle besoin de quelque chose ? Si oui, bon Dieu ! c'était à lui de s'en occuper, pas à Harry !

— Allô, sœurette ? dit Harry d'une voix faussement enjouée.

Et puis, il ravala son souffle. D'une pression du pouce, il enclencha le haut-parleur.

— ... pas Chloé, monsieur Bolt, dit une voix grave au fort accent russe. Chloé est vivante, rassurez-vous, et ça ne changera pas tant que vous ferez exactement ce que je dis. Vous avez quelque chose qui m'appartient. Je vous l'échange contre votre sœur.

Mike eut l'impression que ses cheveux se hérissaient sur sa tête. Une goutte de sueur roula sur la tempe d'Harry.

— Qui parle ? demanda-t-il inutilement.

Il connaissait déjà la réponse.

Anatoli Nikitine. Le Russe du Club Météore. L'homme qui n'hésitait pas à faire subir à une femme le supplice de la simulation de noyade.

Et il avait enlevé Chloé !

Mike frissonna. Son corps réagit comme jamais. Il se couvrit brusquement d'une sueur âcre. Ses muscles mollirent. Il flageola sur ses jambes. Chloé à la merci de ce tortionnaire ! Son estomac se retourna et il faillit imiter Nicole.

Pendant ce temps, Nikitine parlait. Dictait ses conditions.

— ... les coordonnées du lieu de rendez-vous. Venez seul. Si quelqu'un vous suit, je le verrai, croyez-moi. Apportez la clé USB. Vous me la rendez, je vous rends votre sœur, et tout le monde est content.

Il raccrocha.

— Il a enlevé Chloé ? demanda Mike, incrédule. Comment est-ce possible ? Mon appartement est un vrai coffre-fort. Comment serait-il entré ? Et d'abord, comment a-t-il su qu'elle était chez moi ? Comment ? À moins que...

À moins qu'il n'ait été planqué quelque part dans les environs et qu'il ne nous ait vus faire l'amour sur le balcon !

Avec son smartphone, Mike entra dans le programme qui contrôlait les caméras de surveillance de La Torre. Le chef de la sécurité de la copropriété était loin de se douter que c'était possible, mais ça l'était… Il n'obtint qu'un écran noir parcouru de zébrures blanches. Il composa le numéro du poste de garde au rez-de-chaussée. Personne ne décrocha.

— L'agent de sécurité ne répond pas, dit-il à Harry. C'est José, ce matin. Un type sérieux. S'il ne répond pas, c'est qu'il est mort, ou dans les vapes. J'essaye chez moi…

Il appela chez lui, sur la ligne fixe. Il laissa sonner dix fois. Si Chloé avait été là, elle aurait répondu.

— Il l'a vraiment enlevée…, conclut Mike d'une voix lugubre.

Il avait déjà perdu du temps à s'en convaincre ! Il essaya de ne pas s'affoler, pour être capable de réfléchir efficacement. Mais dans ces circonstances, rien à faire !

Il était là, ruisselant de sueur, les mains moites, l'esprit vide, incapable de penser, tout juste capable de trembler pour Chloé.

Harry le rappela sèchement à l'ordre.

— Ressaisis-toi, Mike ! Tu ne pourras rien faire pour Chloé si tu paniques. Elle est aux mains de ce monstre ! Je l'ai crue perdue, je l'ai retrouvée, je ne veux pas la perdre à nouveau. Bouge ton cul, putain ! J'ai besoin de ton aide. Si tu ne te secoues pas, et en vitesse, on peut déjà la considérer comme morte.

Mike avait l'air absent. *On peut déjà la considérer comme morte.* Ces mots lui firent l'effet d'un électrochoc. Bientôt, il cessa de suer, ses mains cessèrent de trembler. Il releva la tête, l'esprit clair à nouveau.

— Il t'a dit où devait avoir lieu l'échange ? demanda Mike.

Harry poussa un soupir de soulagement.

— Dieu soit loué, te voilà revenu ! J'ai besoin de toi. Je ne peux pas la sauver tout seul.

— Il n'arrivera rien à Chloé, jura Mike d'un ton solennel. Tant qu'il me restera un souffle de vie, il ne lui arrivera rien. Nous allons la ramener à la maison. Si on peut neutraliser ce salaud, tant mieux, mais l'essentiel, c'est Chloé. Vivante…

Harry entra dans son ordinateur les coordonnées du lieu de rendez-vous et une carte s'afficha.

— C'est là, dit-il en pointant l'index. Près de la réserve indienne de Los Coyotes.

« Parfait », pensa Mike. C'était surtout près des Warner Springs où il s'était entraîné à maintes reprises. Il connaissait ce coin de désert comme sa poche.

— C'est plat comme la main, Nikitine a dû le choisir pour ça, et sur une carte, parce que ça m'étonnerait qu'il connaisse. Moi si ! On va le baiser, cette raclure de bidet ! Je te le promets, vieux frère.

Mike zooma sur la carte et chercha le meilleur itinéraire. Il n'y en avait pas des masses. Un seul, en fait. Il le suivit avec son doigt.

— Ce n'est que de l'autoroute, dit-il. On prend la 163 jusque-là, ensuite la 15, ensuite la 78. Les derniers kilomètres, c'est de la piste.

— Allons-y ! dit Harry en tapant dans le dos de Mike, qui donnait l'impression d'avoir vieilli de dix ans en dix minutes. Allons chercher ma sœur !

— Affirmatif, répondit Mike en fonçant vers le placard aux armes.

20

— On approche, dit Harry.

Il conduisait le Ford Transit de la compagnie, qui avait l'air banal et même un peu décati vu du dehors, avec des traces de rouille, de crasse et de boue. Mais le moteur était surpuissant, la carrosserie blindée, capable de résister à tout sauf peut-être à une roquette, et il y avait à l'intérieur de quoi équiper un commando.

Mike était assis à l'arrière du van, tranquille et sûr de lui. Sa panique de tout à l'heure n'était plus qu'un mauvais souvenir.

Un drone tournait au-dessus de leurs têtes, à 20 000 pieds, complètement invisible. Aaron avait des contacts au Pentagone.

Mike surveillait les alentours avec ses jumelles.

Primo, deux hommes attendaient à côté d'un pick-up à deux kilomètres de l'endroit indiqué. Secundo, on ne voyait pas Chloé.

Le terrain était peu propice aux embuscades. Pas une cachette en vue… Nikitine s'y croyait en sûreté, mais ignorait qu'à dix kilomètres de là, Aaron attendait avec l'équipe des SWAT de San Diego. Trop loin pour sauver Chloé mais assez près pour que, quoi qu'il arrive, les deux Ruskoffs ne ressortent pas de là.

Sauver Chloé, c'était le boulot de Mike. Il avait un Barrett MRAD chambré en .338 Lapua Magnum. Avec ça, il aurait été capable de faire sauter les testicules d'une mouche en plein vol sans la tuer – sauf qu'après elle n'aurait plus la même voix.

Il avait envisagé tous les scénarios possibles, il avait un bon fusil, il était prêt.

— On stoppe, annonça Harry, et il arrêta le Transit juste à l'endroit indiqué.

Le téléphone de Mike sonna. Un texto d'Aaron.

N'oublie pas que je les veux vivants.

La poussière était à peine retombée autour du Ford Transit que le téléphone d'Harry sonna à son tour. L'un des Russes descendit du pick-up, un téléphone dans une main, des jumelles dans l'autre et un fusil en bandoulière. Harry décrocha et mit le haut-parleur.

— Allô ?

— Tu es venu seul, oui ?

— Oui.

— Fais faire demi-tour à ton tacot, le cul tourné vers moi, et ouvre en grand les portes arrière.

Le van avait un double fond contre les sièges avant. Mike réussit à se loger entre les deux panneaux, même si ce n'était pas très confortable pour un homme de sa corpulence. Par une fente, il pouvait voir ce qui se passait à deux mille mètres de là, grâce à ses puissantes jumelles Sunagor. Le pick-up marron. Un blond avec des jumelles et un fusil. Un homme assis sur le siège du passager. Et pas de Chloé.

— Montrez-moi ma sœur d'abord, dit Harry.

Nikitine fit un signe de tête et l'autre homme sortit du pick-up, ouvrit la portière arrière et fit descendre Chloé. C'est-à-dire qu'il l'attrapa par les aisselles et qu'il tira si fort qu'elle tomba la tête la première dans la poussière. Puis, il la releva d'un geste brusque. Mike suivait la scène dans ses jumelles. Chloé ouvrit la bouche pour pousser un cri de douleur qu'il n'entendit pas, mais qu'il devina très bien. Il scruta le visage du type qui venait de faire ça à Chloé. Toi, tu ne perds rien pour attendre.

— Mike ? dit Harry sans bouger les lèvres, le pouce sur le micro de son téléphone. Qu'est-ce que tu vois ?

Ils avaient chacun une oreillette et un minuscule micro, pratiquement indétectables.

— Elle n'a pas l'air blessée, dit Mike. Mais ses gestes sont lents. Elle a peut-être été droguée.

— Tu es satisfait ? dit le Russe dans le téléphone. Alors, bouge ton tas de ferraille.

Sans un mot, Harry passa la première et fit demi-tour. Puis, il sortit et ouvrit les portes arrière. Tout le matériel était dissimulé dans les parois. Le sol était nu, à part un innocent escabeau. Nikitine regardait dans ses jumelles. Harry lui laissa le temps de constater qu'il n'y avait personne dans la camionnette et puis il referma les portes arrière le plus naturellement du monde. Ils étaient dans la mélasse si le Russe exigeait qu'il les rouvre et les laisse comme ça.

— Qu'est-ce que je fais maintenant ? demanda Harry.

Nikitine lui ordonna d'ôter sa chemise et de faire un tour sur lui-même, lentement, et puis de remonter son pantalon jusqu'au-dessus des genoux, pour s'assurer qu'il n'était pas armé.

— Parfait, dit Nikitine dans le téléphone.

Il n'aurait pas dit ça s'il avait su qu'Harry avait un Glock 17 caché au creux des reins. Harry l'avait choisi d'un commun accord avec Mike parce qu'il était discret. Pour les tirs à longue portée, Mike s'en chargerait.

Harry remit sa chemise mais sans la reboutonner. Puis, il se mit en route. Le second Russe braqua le canon de son pistolet contre la tempe de Chloé.

Mike suivait la scène dans ses jumelles.

Tandis que Nikitine restait près du pick-up, son complice, retranché derrière Chloé, s'avança à la rencontre d'Harry. Nikitine épaula tranquillement son fusil. C'était un Dragunov avec une lunette d'au moins cinquante centimètres de long.

Mike était calme et confiant, comme tout bon sniper se doit de l'être. Le Dragunov est un bon fusil mais le mien est meilleur, pensa-t-il. Le Russe est peut-être un bon tireur mais je suis meilleur que lui. Et même si c'est le meilleur tireur du monde, je suis quand même le meilleur des deux.

Sa respiration ralentit. Ses battements de cœur aussi, tellement réguliers qu'ils auraient pu servir de métronome. Il ne pensait plus à rien d'autre qu'à sa mission.

Avec son fusil visant la nuque de Chloé, Nikitine était prêt à la tuer en cas d'imprévu.

Et sans doute pas seulement en cas d'imprévu.

Mike fit coulisser le toit ouvrant du Transit, qui avait été considérablement agrandi pour permettre de sortir par là en cas de besoin. D'où il était, le Russe ne pouvait pas le voir.

Harry était maintenant à une cinquantaine de mètres de Chloé et du tueur. Mike put observer le visage de Chloé. Elle avait l'air terrifié mais déjà moins groggy que tout à l'heure. Elle relevait la tête et regardait Harry d'un œil vif.

Quarante mètres.

Même si ç'avait été le moment de tirer sur Nikitine, Mike n'aurait pas pu, car Chloé était dans sa ligne de mire.

Lorsque Chloé était petite, Harry avait inventé un signal secret qui voulait dire *Gare-toi, Rod fait sa crise !* S'en souvenait-elle ?

Harry décida de se servir de ce signal, en espérant qu'elle s'en souviendrait et qu'elle le comprenait malgré sa torpeur.

Trente mètres.

Mike avait remisé ses jumelles et observait la suite des événements dans la lunette de son fusil. Le Russe était en train de dire quelque chose à Harry, qui sortit de sa poche la clé USB et la brandit à bout de bras.

Vingt mètres.

Harry laissa retomber sa main. Mike installa l'escabeau sous le toit ouvrant et monta dessus, sans faire dépasser sa tête.

Il n'aurait qu'une fraction de seconde pour agir.

Quinze mètres.

Harry agita sa main d'une certaine façon. La mémoire est une chose curieuse. Ce signal qui n'avait pas servi depuis vingt-trois ans, Chloé le reconnut tout de suite et réagit au quart de tour.

Elle se laissa tomber dans la poussière.

Le Russe qui la tenait perdit un peu l'équilibre. Harry n'en demandait pas plus. Il tira son Glock de sa ceinture et tira. Le Russe s'effondra avec un trou rouge au milieu du front.

Maintenant, c'était à Mike de jouer. Chloé n'était plus dans sa ligne de mire. Il surgit par le toit ouvrant, épaula, visa, tira. Avec deux tonnes d'énergie cinétique en plein front, Nikitine se retrouva décapité.

C'est alors que Mike daigna se souvenir du texto d'Aaron. *N'oublie pas que je les veux vivants.*

— Zut ! pensa-t-il. J'ai gaffé !

Il posa son fusil. Une seconde plus tard, il courait sur le sable du désert aussi vite que si sa vie en dépendait.

Chloé était en train de se relever.

Mike n'était plus calme du tout. Il était en nage et il avait l'impression qu'un cercle de fer lui enserrait la poitrine, l'empêchant de respirer.

Dans sa course folle, il réussit quand même à s'arrêter juste avant de bousculer Chloé.

Harry regarda le Russe répandu à ses pieds. Il lui shoota dans la tête, le genre de coup qui aurait vraiment fait des dégâts, si l'autre n'était pas déjà mort.

— Chloé ? bredouilla Mike d'une voix étranglée.

Elle acheva de se relever et lui sourit. Il la prit dans ses bras et la pressa contre son cœur en faisant bien attention de ne pas la broyer. Elle lui dit quelque chose qu'il n'entendit pas car soudain il y eut un grand bruit au-dessus de leurs têtes. C'était un hélicoptère sur les flancs duquel on pouvait lire en lettres blanches : FBI.

— La cavalerie arrive ! cria Harry. Maintenant, ils vont vouloir prendre nos dépositions et il va y en avoir pour la journée !

— Non, répondit Mike. Chloé et moi, nous allons d'abord nous marier. Tout de suite.

Harry écarquilla les yeux.

— Tu devrais peut-être commencer par lui demander son avis, gros malin.

Mike se tourna vers Chloé.

Ç'aurait été chouette de pouvoir lui ébouriffer les cheveux et lui murmurer des mots d'amour au creux de l'oreille, mais les rotors de l'hélico étaient déjà en train de la décoiffer et elle n'aurait pas entendu un murmure.

— Chloé Mason, hurla-t-il, veux-tu m'épouser ? Aujourd'hui même.

Elle éclata de rire, l'embrassa et cria à tue-tête :

— Oui.

Épilogue

Chez Sam et Ellen Reston, trois ans plus tard

On ne les attendait pas. Mike et Chloé arrivèrent vers midi, avec deux jours d'avance.

Les Reston et les Bolt déjeunaient ensemble, comme presque tous les samedis. Merry fut la première à les apercevoir. Elle poussa un cri de joie et courut se jeter dans les bras de Chloé, suivie par Gracie, sa sœur Emma et la petite Laura, qui était née le jour où Chloé avait bien failli mourir.

Nicole et Ellen étaient des femmes formidables. Sam et Harry étaient des veinards. Mais Chloé était un trésor et Mike était le plus heureux de tous. Elle ne savait toujours pas cuisiner, elle avait une façon très personnelle de gérer son argent, mais les enfants l'adoraient et c'était l'essentiel.

Nicole et Ellen se levèrent de table.

— Eh bien, quelle charmante surprise ! dit Nicole. Nous avions l'intention de préparer un petit truc gentil pour votre retour, mais vous êtes en avance. Venez ! Nous étions sur le point de passer à table. Vous connaissez le dicton : Quand il y en a pour huit, il y en a pour dix !

Ellen caressa la main de Chloé.

— Ça s'est bien passé à Londres ? Comment va sœur Marie-Michel ? Et les filles ?

— Sœur Marie-Michel va très bien, répondit Chloé. Elle vous envoie ses amitiés. Et les filles sont très heureuses.

Les filles en question, c'étaient celles qui s'étaient trouvées trois ans plus tôt sur le *Svetlana*. Le navire avait été arraisonné aussitôt après avoir pénétré dans les eaux territoriales américaines. L'affaire avait fait les gros titres pendant six mois. L'opinion publique avait été scandalisée. Les juges n'avaient pas lésiné sur les années de prison.

Pendant ce temps, on s'était demandé ce qu'il fallait faire des filles. Leur état civil avait été consciencieusement détruit. Certaines ne savaient même pas dans quelle ville elles étaient nées, n'ayant connu que l'orphelinat, où d'ailleurs elles avaient été effacées des registres.

Alors, Chloé avait appelé Wonder Woman, en l'occurrence sœur Marie-Michel, la directrice de l'école du Sacré-Cœur. Un petit bout de femme à l'énergie inépuisable. Elle était venue aux États-Unis et, après des négociations à n'en plus finir, elle avait obtenu la tutelle des filles. Elle les avait ramenées avec elle à Londres, où elles étaient en train de devenir des jeunes filles heureuses de vivre.

Chloé avait toujours dit qu'elle avait de l'argent à ne plus savoir qu'en faire. Alors, elle avait créé un fonds de 20 millions de dollars pour payer leur pension au Sacré-Cœur et financer leurs études à l'université.

Chloé et Mike allaient les voir souvent et, ces temps derniers, leurs voyages à Londres étaient devenus plus fréquents, et pas seulement à cause des filles.

Il y avait une nouvelle clinique à Knightsbridge où l'on faisait des miracles.

— Écoutez-moi tous, dit Chloé.

Tout le monde s'immobilisa et attendit. Chloé resplendissait.

— Mike et moi, continua-t-elle en prenant la main de son mari, nous avons quelque chose à vous dire. Nous sommes souvent allés à Londres ces temps derniers et je sais que vous vous êtes demandé pourquoi. Nous allions dans un centre qui s'est spécialisé dans une nouvelle technique de fécondation *in vitro*.

Sam et Harry restèrent comme deux ronds de flan. Nicole et Ellen firent *oh !* Chloé reprit son souffle.

— Nous avons une grande nouvelle à vous annoncer, enchaîna-t-elle. Mike et moi, nous attendons un heureux événement. Je suis enceinte. Des jumeaux...

Chloé devint toute rouge et sourit d'une oreille à l'autre. Dans un coin de la pièce, les quatre petites filles se chamaillaient en poussant des cris suraigus.

Mike leva les yeux au ciel.

— Ce seront des garçons, dit-il avec une pointe de soulagement dans la voix.

Découvrez les prochaines nouveautés
des différentes collections J'ai lu pour elle

AVENTURES
& PASSIONS

Le 2 janvier

Inédit **Les fantômes de Maiden Lane - 4 -**
L'homme de l'ombre cx **Elizabeth Hoyt**
Directeur d'un orphelinat le jour, Winter Makepeace devient, chaque nuit, le Fantôme de St. Giles. Un soir, blessé, il est secouru par Isabel Beckinhall, qui lui offre un baiser passionné sans même connaître son identité. S'engage alors entre eux une liaison voluptueuse et dangereuse... Car la mort rôde autour du justicier de Maiden Lane.

Inédit **Beauté fatale** cx **Sherry Thomas**
La baronne de Seidlitz-Hardenberg est d'une beauté à couper le souffle. Il a suffi d'un regard pour que le jeune duc de Lexington tombe sous le charme. À tel point qu'il la demande bientôt en mariage ! Or elle disparaît sans laisser la moindre trace. Déterminé à connaître la vérité, le duc se lance à la poursuite de l'intrigante beauté...

La ronde des saisons - 1 - Secrets d'une nuit d'été
cx **Lisa Kleypas**
Dénicher la perle rare dans la haute société est loin d'être facile, Annabelle Peyton le sait. Et ce n'est pas ce malotru de Simon Hunt qui aura ses chances auprès d'elle. Lui qui a osé prétendre qu'elle serait sa maîtresse ! Enrichi dans l'industrie, ce fils de boucher n'est pas un bon parti. Même s'il embrasse divinement bien...

Le 16 janvier

Inédit ***Abandonnées au pied de l'autel - 1 - Le mariage de la saison*** ❧ **Laura Lee Guhrke**
Si Beatrix aimait tendrement son fiancé William, la folle passion de ce dernier pour l'Égypte était plus qu'envahissante. À tel point qu'elle lui avait demandé de choisir : les pyramides ou elle ! Et s'était vue abandonnée juste avant la cérémonie. Six ans plus tard, William est de retour. Seulement voilà, Beatrix se marie dans quelques semaines.

Inédit ***Les trois grâces - 1 - Par la grâce de de Sa Majesté*** ❧ **Jennifer Blake**
1486, Angleterre. Au plus grand désespoir de lady Isabel Milton, sa main a été offerte à sir Braesford. Bientôt, ce dernier réclamera ses droits d'époux, or Isabel redoute ce qu'il en adviendra. Car, en dépit de sa jeunesse et de sa bravoure, Braesford ne pourra lutter contre la malédiction qui pèse sur sa fiancée...

Captifs du désir ❧ **Johanna Lindsey**
Quelle humiliation pour Warrick de Chaville, le Dragon noir ! Capturé, il s'est réveillé enchaîné sur un lit, obligé d'endurer les assauts charnels d'une beauté blonde... Rowena n'a bien sûr pas ourdi elle-même ce plan diabolique, elle obéit au cruel Gilbert d'Ambray. Or Warrick, qui ignore cela, n'a qu'une obsession : se venger de Rowena.

Le 16 janvier

Romantic Suspense

Inédit ***BLACKS OPS - 1 - Impitoyable***
❧ **Cindy Gerard**

Seules deux choses pouvaient amener la journaliste Jenna McMillan à revenir à Buenos Aires si peu de temps après son enlèvement : l'interview exceptionnelle d'un mystérieux multimillionnaire et le souvenir de Gabriel Jones, l'homme sombre et dangereux l'ayant sauvée.

Un bombardement au Congrès National les réunit, mais très vite, la joie laisse place au doute.

Et si cette rencontre surprise n'était pas le fruit du hasard mais l'œuvre d'un ennemi commun ?

Inédit ***Silence mortel*** ❧ **Allison Brennan**

Étouffée par un sac poubelle, les lèvres collées à la glue : autant dire que les dernières heures d'Angie Vance, 18 ans, ont été un calvaire. Le meurtre semble être personnel, c'est pourquoi la détective Carine Kincaid concentre tous ses efforts sur l'ex-compagnon de la victime. Malheureusement, sans preuve matérielle, impossible de boucler l'affaire, surtout quand le Shérif Nick Thomas – frère du suspect – mène une enquête parallèle.

Mais les certitudes de chacun vont être ébranlées lorsqu'une amie de la victime disparaît à son tour. Carine et Nick décident alors d'unir leurs efforts...

Le 16 janvier

CRÉPUSCULE

`Inédit` *Le royaume des Carpates - 3 - Désirs dorés*
cx **Christine Feehan**
Entièrement dévouée à son jeune frère, Alexandria Houton donnerait tout pour le protéger des créatures qui rodent à San Francisco. Un jour, alors qu'ils sont attaqués par un vampire, un inconnu surgit de l'obscurité : Aidan Savage, un Carpatien. Qui est-il, ange ou démon ?

Chasseuses d'aliens - 3 - Mortelle étreinte
cx **Gena Showalter**
Mi-humaine, mi-robot, Mishka Le'Ace a été conçue pour tuer, dans un monde envahi par d'ignobles créatures. Sa dernière mission ? Secourir un agent de l'A.I.R., les forces spéciales anti-aliens, menacé de mort. Au premier regard lancé à Jaxon Tremain, Mishka comprend que l'attraction est réciproque...

Et toujours la reine du roman sentimental :

Barbara Cartland

« Les romans de Barbara Cartland nous transportent dans un monde passé, mais si proche de nous en ce qui concerne les sentiments.
L'amour y est un protagoniste à part entière : un amour parfois contrarié, qui souvent arrive de façon imprévue.
Grâce à son style, Barbara Cartland nous apprend que les rêves peuvent toujours se réaliser et qu'il ne faut jamais désespérer. »
Angela Fracchiolla, lectrice, Italie

Le 2 janvier
Le plus ridicule des paris

10134

Composition
FACOMPO

*Achevé d'imprimer en Italie
par* Grafica Veneta
le 5 novembre 2012.

Dépôt légal : novembre 2012.
EAN 9782290040782
L21EPSN000905N001

ÉDITIONS J'AI LU
87, quai Panhard-et-Levassor, 75013 Paris

Diffusion France et étranger : Flammarion